ハヤカワ文庫JA

〈JA1340〉

星系出雲の兵站1

林　譲治

早川書房

8231

目次

星系出雲の兵站1

登場人物

〈壱岐星系〉

タオ迫水…………………壱岐星系統合政府筆頭執政官

セリーヌ迫水…………壱岐星系防衛軍第三管区司令官。タオの従姉

ブレンダ霧島…………壱岐星系防衛軍軍務省第三管区軍事研究所首席分析官

フリッツ霧島…………ブレンダの夫。五年前、任務中に行方不明

アザマ松木……………壱岐星系統合政府統領

ルドラー大竹…………壱岐星系統合政府執政官

〈出雲星系〉

水神魁吾…………………コンソーシアム艦隊参謀本部首席参謀兼壱岐派遣艦隊司令長官

火伏礼二…………………出雲星系防衛軍軍務局第一部兵站監兼軍需部長

音羽定信…………………同主計少佐兼兵站監補佐

左近健一…………………コンソーシアム艦隊司令長官

殿上御先…………………出雲星系政府統領兼星系連合政府首席執政官

相賀祐輔…………………コンソーシアム艦隊所属壱岐星系根拠地隊司令

坂上好子…………………同司令秘書室長

シャロン紫檀…………コンソーシアム艦隊第一降下猟兵師団第一連隊第七中隊長

キース・ロズリン……同副長

マイザー・マイア……同先任兵曹長

クルツ白川……………同主計長

ラム浅井…………………同伍長

1　探査衛星

「タオ執政官、船内時間で五分後にＡＦＤ（Alternative Fact Drive）を停止します」

高速客船アンダニアのキャビンアテンダントは、貴賓室でくつろぐスキンヘッドの高官に告げる。タオ迫水《さこみず》は、妻を愛することでは人後に落ちぬつもりだが、それでも魅力的な女性を愛でる気持ちはある。

長身で健康的でショートヘアの似合う知的な女性、年齢は三〇代前半か。左手薬指に指輪はないが、痕跡は見える。乗船するまでしていた指輪を職務中は外した、つまり既婚者ということだ。

歴史家は、いまの我々は、伝説の地球から四〇〇〇年の時と一〇〇〇光年の距離の隔たりがあると言うが、結婚指輪なる謎の習慣は、その時と距離の隔たりを生き延びている。

とはいえ、美人のキャビンアテンダントをものにしようなどと思わないのは、彼女の結婚指輪の痕跡のためではない。自分の左手薬指の指輪のためだ。

壱岐《いき》星系社会の有力家族の一つである迫水家の一員なればこそ、家庭内のいざこざは御《ご》法度《はっと》だ。自分たちには夫婦喧嘩はない。タオが妻のクーリアと争えば、迫水家と妻の実家の安久《やすひさ》家との同盟関係にも影響する。それは彼らが支える現政権の基盤にも波及しよう。

そう、自分たちの結婚指輪は夫婦の問題にとどまらない。家門と家門の同盟の証《あかし》であり、それは政権の安定を意味する。

「いつもながら百合若《ゆりわか》商船は時間に正確だな」

「ありがとうございます。執政官にご満足いただき、船長以下、乗組員一同、光栄に思います」

キャビンアテンダントは正確に四五度の角度でお辞儀をする。そのときに制服の動きに左右で差が生じたのは、たぶん拳銃のホルスターを携帯しているためだろう。

歩き方や身のこなしは、元特警か、いまも現役か。彼女がその気なら、タオ迫水は一分で息の根を止められる。

ただし彼が反撃しなかったならば。本気で闘えば、四分ほど彼女に勝機はありそうだ、残り六分はタオの勝ちだ。

キャビンアテンダントの指輪跡や身のこなしから、あれこれ読み取ってしまうのは、執政官としての本能のようなものだ。壱岐星系統合政府統領アザマ松木《まつき》の腹心となるまでに、名門の出のタオにも競争があり、修羅場があった。

高等文官試験をパスしたものだけが執政官候補になれるとしても、ほとんどが迫水家と同格の家柄の若者たちとなれば、家柄だけではなんともならない。そこから先は実力の世界だ。

そして必要ならば、汚れ仕事も躊躇《ためら》わない胆力も要求される。若かったからできたとはいえ、タオ迫水の身体には、いまも弾傷が残っていた。手術で無くすのは簡単だが、彼は軽挙妄動の戒《いまし》めとして、その傷跡を残していた。

だからこそ、瞬時に人物を見極める能力が問われる。相手は真実を告げているのか、嘘を吐《つ》いているのか、はたまた殺意をいだいているのかどうか。

ＡＦＤ停止の一分前に貴賓室の照明が暗くなり、カウントダウンの表示が現れる。タオは窓に視線を向ける。ＡＦＤ作動中、宇宙船は外部とのすべての情報が遮断される。通信が届かない程度ではなく、量子レベルで外部との相互作用が成立しなくなる。

だから窓には何も映らない。星空も見えなければ、室内の光景さえ反射しない。だがカウントダウンの表示がゼロになり、プラスになると、窓に天体が甦る。

窓からは目的地である準惑星禍露棲《かろす》の姿が見えるはずだが、主星壱岐より四〇天文単位も離れていると、肉眼で見るのは難しい。

しかし、窓を模した正面モニターは、画像補正した禍露棲の地表を映し出す。岩と氷の地表は重力が低いため、起伏に富んでいた。多くは隕石の衝突によるものだという。ただ、星系内でも微小天体の乏しい領域のため、新しいクレーターは少なく、基地が設営できるような巨大なクレーターは、ここ一億年ほど生まれていないと言われていた。

高速客船アンダニアは減速しながら高度を下げる。壱岐星系防衛軍第三管区司令部は、準惑星禍露棲の赤道上にある最大規模のクレーター内にある。高度を下げて行くと、周囲の景色が飛ぶように流れる。これでも宇宙船は、銃弾の三倍の速度で飛行しているのだ。二時間弱で禍露棲の赤道上を一周するのは、今回の訪問が公式には査察となっているためだ。さほど意味もないが、そうやって基地所在地の様子を低空で確認する。

基地への進入路は、もともと山脈など障害物が少ないルートだが、幾つかのクレーターは縁を爆破され、切り取られていた。着陸の最終段階に入ると、船内に軽い衝撃があった。

「本船の制御は第三管区司令部に移行いたしました」

客船の自動音声が告げる。ここから先は、地表に埋め込まれた減速システムの磁場により誘導される。ここに基地が置かれたのはタオの若い頃だが、当時はパイロットが手動で着陸させなければならなかった。

それを思えば便利になった反面、自分の年齢ということも考えてしまう。

磁場で誘導された客船アンダニアは、滑るように移動する。準惑星禍露棲の巨大クレーターの内部には、ボーディングブリッジにより、数隻の警備艦が基地と接続しているのが見えた。

アンダニアは、そうしてVIP専用ターミナルで停止し、すぐにボーディングブリッジで結ばれた。

宇宙港によっては、宇宙船のハッチを開いた途端に基地との気圧差で、内耳に違和感を覚えるところもあるが、さすがにVIP専用ターミナルでは調圧は完璧だった。

「タオ執政官閣下、第三管区司令部よりお迎えに参上したフリオ大尉です。司令官がお待ちです」

小柄で筋肉質の若い大尉が従卒を伴い、タオを出迎える。いつものように「閣下はいらない」と言い、従卒に「鞄は自分で持つ」と伝える。

執政官は閣下ではないし、機密の詰まった鞄は他人に触れさせるわけにはいかない。上級執政官の中には、自らを閣下と呼ばせ、荷物を運ばせる者もいるらしい。そんな連中は馬鹿だと、タオ迫水は思う。こんなご時世に有力家族への反感を呼ぶような真似をしてどうする。

迎えが少ないのは、基本的にこの基地が軍事施設であることと、宇宙港から司令部施設までが遠いためだ。タオ迫水はフリオ大尉とともに公用ナンバーの車に乗り、司令部まで移動する。

「タオ執政官をお連れしました!」

フリオ大尉が司令官専用の応接室にタオを案内すると、第三管区司令官のセリーヌ迫水少将は、大尉に下がるように命じた。

「長旅お疲れ様……でもないか、半日だものね」

「四〇天文単位は近所じゃないぞ」

そう言いながら二人は軽く抱擁する。セリーヌ迫水とタオ迫水は親戚であり、タオから見ればセリーヌは従姉だ。

年齢はセリーヌの方が上だが、美貌もあって、一〇歳は若く見える。士官学校に入学する前は、長いブロンドが魅力的な美少女だったが、軍籍に入ってショートヘアにして以来、今日までそのままだ。

そしてかつての深窓の令嬢も、いまは深慮遠謀の高級軍人だ。歳月は人を変える。おそらくセリーヌも、自分を見てそう思っているだろう。

「訊かれると思って調べてきた、ハワードは元気で仕事も順調にこなしてる。愛人の類《たぐい》はいない」

セリーヌは第三管区司令部のある禍露棲には単身赴任であり、夫のハワードは星系の首都惑星壱岐に住んでいる。迫水家の中で数少ない有力家族以外の人間で、つまりセリーヌが見込んだほど有能であり、野心家であり、故に誰よりも迫水家に忠誠を誓っている。

「そう、それは何よりの報せだわ。わかるでしょ、電波じゃ、愛してると言っても返事が届くのに半日かかる。私的な通信にAFDの伝令艦は使えない」

「ハワードからのビデオメッセージも言付《ことづ》かったが……そういう私的な話はさておいてだ、用件は何だね？　首都惑星から査察を口実に筆頭執政官を呼び寄せるからには、相応の理由があるのだろ？」

「相変わらず、真面目ね。

そうよ、相応の理由がなければ、こんな真似はしない。どうも知らない間に、厄介な状況に巻き込まれたらしいのよ」

「厄介な状況？　第三管区で？」

「第三管区だからこそよ」

壱岐星系防衛軍は、首都惑星壱岐を基準に、その内惑星系を第一管区、外惑星系を第二管区、外惑星以遠の彗星の巣があるあたりまでを第三管区と区分していた。

それぞれの管区ごとに担当する任務は異なるが、もっとも広範囲な領域を担当するのが第三管区であった。人口こそ少ないが、将来的な資源開発など壱岐星系における経済発展の鍵を握るとされる領域だ。ただ政治的なあれこれが問題になることは、まず考えられない領域でもある。

「こういう言い方は好きではないが、人類コンソーシアムの五つの星系でもっとも辺境、あるいはフロンティアにあるのが我が壱岐星系だ。その中で、もっとも辺境域を防衛するのが第三管区だろ。

その第三管区だからこその問題などあるのかね？　まさか異星人が見つかったとでも？」

タオのそれは軽い冗談のつもりであった。だがセリーヌ司令官の表情で、タオ自身が青ざめる。

壱岐星系を含め、人類が居住する星系は五つある。文明発祥の地、出雲《いずも》星系、それらから植民した順番に八島《やしま》星系、周防《すおう》星系、瑞穂《みずほ》星系、そしてタオたちがいる壱岐星系だ。出雲星系から壱岐星系までの距離が二〇光年、それが五星系を擁する人類コンソーシアムの版図だ。

伝承を信じるなら、四〇〇〇年前に地球人類は、異星人の脅威から地球を守る防波堤として、恒星間宇宙船に人類や家畜などの凍結受精卵を載せ、複数の恒星系に送り出したという。これは播種《はしゅ》船計画と呼ばれた。

当時の地球人類には異星人からの侵略を真剣に考えねばならない事情があったらしい。ただ具体的にそれが何であるかはわからない。

彼らは、播種船のコンピュータから地球の情報が漏れるのを恐れ、そうした情報を何ら記録していない。本当に一〇〇〇光年先に地球があり、そこから四〇〇〇年前に播種船が出発したことも、すべて虚偽の情報である可能性さえあった。

それでもこうした伝承が残っているのは、播種船にコールドスリープしていた地球人が一〇〇〇人ほど乗っていたためらしい。彼らが文明の基礎を構築し、凍結受精卵から生まれた初期人類を教育したのだという。人類の言語体系が、複数の独立言語がキメラ的に混交しているといわれるのも、ここに原因があるという。とはいえ伝承は伝承だ。

一つだけ明らかなのは、異星人侵略に対する地球人類の病的ともとれる強迫観念だ。それがあったからこそ、恒星間宇宙船技術も実験室レベルに過ぎないにもかかわらず、多数の播種船が防衛線構築のために送り出された。

歴史学者の説が正しければ、出雲星系に到達した播種船以外は、ことごとく失敗したという。しかも唯一の成功例である自分たちにしても、到達した星系は目標としたものとは違うらしい。

出雲星系に到達した播種船は、二〇〇〇年前に惑星出雲に着陸し、人類を増やし、社会を築き、文明を発達させ、ついに植民した人類は宇宙に到達し、さらに星系内の惑星にも拠点を築いた。そしてAFDの発明以降は、近隣の星系にまで版図を拡大していた。それは、どこにあるのかわからない地球文明を守る防波堤としてだった。

歴史の黎明期に、播種船より生まれた人類が急激な発展を遂げられたのは、冬眠より覚醒した地球人による教育の成果もあるが、それ以上に技術文明の知識をAIより与えられたからと言われている。同時に、異星人に対する強迫観念も植え付けられたらしい。

ただ播種船もそのAIも、現在はすでに痕跡さえも残っておらず、こうした伝承も歴史学的に検証はできない。

確かに人類コンソーシアムの社会機構の幾つかは、いまも異星人の侵略に備えて維持管理されている。だが、さすがに今日では、歴史の黎明期にあったような強迫観念も薄れていた。

何しろ惑星出雲での文明建設から二〇〇〇年も経過しているのに、異星人の侵略はおろか、異星人文明が存在する痕跡さえ認められていない。異星人侵略を前提とした社会機構は維持しているものの、すでに人類の多くは、その存在にさえ疑念を抱いていたのである。

「まさか接触したのか、その、人類外の文明に？」

「それに対してYESともNOとも結論できないから厄介なの。まぁ、いまから説明する。ブレンダ、来てちょうだい」

「ブレンダって、ブレンダ霧島《きりしま》か？」

「当たり前じゃない。壱岐星系防衛軍軍務省第三管区軍事研究所首席分析官以外に、誰が筆頭執政官に責任を持って説明するというの？」

「それはそうだが、彼女も少しは丸くなったのか？」

「三角が六角程度にはね。丸じゃないけど、大きな進歩よ」

待機していたのだろう、ブリーフケースを持参した三〇代半ばくらいの長身の女性が入室する。黒髪の長い美人、ただし口を開かねば、とタオは言いたくなる。類い希《まれ》な才能を持ちながら、彼女の人生は、我《が》の強さでずいぶん損をしている。それが彼の見立てだ。

「お久しぶりです、タオ執政官」

ブレンダは、一八度くらいだが、タオに向かってともかくお辞儀をした。セリーヌは、言った通りだろうという視線を送る。

「あぁ、久しぶりだね」お辞儀ができるようになったんだ、とはさすがにタオも言わない。

「じゃぁ、ブレンダ首席分析官、状況を説明して」

ブリーフケースを開くと、ブレンダはリモコンを取り出す。すると、応接室の中に立体映像が浮かんだ。

「内容の重大さから、立体映像で説明します。現物をここに持ち込むわけにもまいりませんから」

現れたのは、長さ二メートルほど、直径は二〇センチほどのダンベルのようなシリンダーだった。ダンベルの両端部は中心部よりもやや太くなっており、それぞれが全長の四分の一ほどの長さになっている。それ以上の外見的な特徴は見当たらない。

「これが発見されたのは偶然によるものです。警備艦が通常の航路外での救難活動中に、レーダーが探知し、回収されました」

「ちょっと待ってくれ、どういう偶然か知らないが、いかに警備艦でもこんな小さなものをレーダーで探知できないだろう」

「その通りです。発見されたとき、この物体は、推定で半径一キロ前後のメッシュアンテナを展開していたようです。警備艦が接近するとアンテナは突然、消滅したと報告されています。熱源などの反応は低いことを考えるなら、急速に折り畳まれたのでしょう。

折り畳まれたアンテナは、この両端の膨らみの中に収納されたと思われます。肉眼ではわかり難いですが、そのためのスリットが認められます。また膨らみの内部には、アンテナの素材と思われる一〇キロ前後の銅が確認されました。

残念ながらテルミットのような自己破壊装置のため、アンテナは銅の塊となり、正確な大きさや展開収納機構については不明です」

ブレンダの説明に伴い、シリンダーの断面が表示されるが、銅の塊があることしかわからない。

「この衛星らしきものが、何を目的とするのか、仮説はないか？」

「それに関しては、ある程度、確実なことが説明できます。

まずシリンダーの中央部には正副二個のレンズと受光装置があります。要するにカメラです。またシリンダー内には複数のフライホイールが認められました。

メインとなるのはタンデムに配置された二個のフライホイールで、互いに反対方向に回転することでトルクを打ち消すようになってます。このフライホイールは姿勢制御のみならず、装置に電力を供給する機能も持たされていたようです。

このカメラとフライホイールにより、衛星は複数の恒星を観測し、自分が壱岐星系のどこに存在しているかを知ることができます。いわゆるスタートラッカーです。

そして巨大なアンテナを展開すると……」

「壱岐星系内の通信電波情報を傍受することができる、そういうことか」

「そう考えるのが順当だと思います。

さらに問題なのは、果たして衛星はこれ一つだけなのか、それとも他にも存在するのか？ です。効率を考えるなら、同じ信号を異なる場所の衛星が傍受すれば、それらの位置と受信時間から、発信源について正確な情報が解析できます」

「こうした衛星は、幾つぐらい存在すると推定できる？ あと、発見と撤去は可能か？」

「結論から言えば、わからない、まず無理、となります」

君にもわからないことがあるとはね、とタオは皮肉を言いかけるが、この首席分析官が「わからない」と弱気を口にするとは、ただ事ではあるまい。

「まず、わからないというのは、この衛星が何を調べるために設置されたのかがわからないからです。衛星の数は、そのまま分解能を意味しますが、探知対象が不明では解析のしようがありません。

ただ他の衛星も恒星壱岐から同じ距離に置かれていると仮定し、相互距離を一万キロと想定しても、ざっと一九〇万機になります。その場合の必要機材の重量は、この衛星が三〇キロほどですから、約五万七〇〇〇トン、資源的な負担はさほど大きくないでしょう。ただし、一割の一九万機だったとしても、撤去は容易ではありません」

「単純計算ではそうだろうが、一九〇万機もあればとうの昔に発見されていないか？　現実的には一〇〇とか一〇〇〇のオーダーではないのか？」

「もちろん執政官が仰《おっしゃ》るとおりかも知れません。ですが、その場合の相互距離は一天文単位以上にもなります。ますます発見は困難です。

そもそも他の衛星が同じような軌道面や距離にある保証はありません。衛星からすれば受信時の位置と姿勢さえ正確にわかっているなら、円軌道でも楕円軌道でもなんでもいいのです。それが発見を困難にしています」

「この衛星にもスタートラッカーがあるなら、コンピュータか何かあるだろう。それを解析できないか？」

「警備艦に発見された時点で、衛星は内蔵するテルミット弾で枢要な部分を破壊しています」

画像が変わり、熔けかけた金属製のスポンジのようなものが現れ、拡大される。

「これが衛星のコンピュータです」

「金属製のスポンジがか？」

「材料は鉄です。星系外縁部の小惑星帯では、さほど珍しい材料ではありません。スポンジのように見えますが、これは真空管です」

「真空管……播種船が惑星出雲に最初の人類文明を築いたとき、半導体産業を確立するまで電子機器の素子として使われていたという、神話に登場するあれか？」

「あれです。神話の真空管は、電極をガラス管に入れて真空にするものです。しかし、地上のどんな人工的な真空環境より、宇宙空間の方がはるかに真空です。

このスポンジ状構造の窪みの一つ一つが陰極であり、その中の棘のようなものが陽極なんです。そして微細な真空なら、半導体内より、高速に電子が移動できる。電子回路としてのこの金属スポンジは、そこそこの速度で情報を処理できます」

「スポンジのように窪みがあるということは、これは真空管式の集積回路ってことか？」

「そう解釈するのが妥当でしょう。附記すれば、この金属スポンジは三次元構造で回路を構成しています」

「いつからだ、いつからこの衛星は存在する？　重要な点だ。例えば一〇〇万年前ならば、当該文明が滅亡している可能性も考えられるだろ」

「最短で一年、最長でも三年です。つまり、これを設置した文明は現在も活動しています」

「一年だと！　根拠はなんだ！」

「第三管区の領域では恒星壱岐の磁場の影響も小さく、外宇宙からの宇宙線は容赦なく降り注ぎます。それは金属表面に風化をもたらす。基地で働く職員の健康管理のため、宇宙線の計測は綿密に行われています。そのデータより衛星の金属表面の風化具合を計算して導き出した数字です」

タオ執政官が、目の前の立体映像を動かすようなジェスチャーをすると、画像はそれに応じた動きをした。しかし、回転させても拡大しても、ブレンダの見解を覆《くつがえ》すようなデータが出てくるはずもない。

ただ筆頭執政官として、タオはいままでの説明に対して、別の疑念を覚えていた。

「セリーヌ、僕にはどう見ても人類以外の文明の所産に思えるが、どうしてYESともNOとも断定できないのだ？

そもそも人類コンソーシアムの一員である星系政府あるいは星系防衛軍が、異星人文明を発見したならば、直ちに星系連合政府のある出雲星系に報告すべきではないのか？」

セリーヌは、ここにいるからにはお前も共犯だとでも言いたげに、タオに応える。

「順番が逆よ。YESかNOかわからないからこそ、まず壱岐星系統合政府の筆頭執政官に報告する。あなたレベルなら、何かあったとしても、政府に連絡したとも、政府統領は報告を受けていなかったとも、どちらにも言い逃れは可能でしょ」

「何かあったら、僕に泥を被れというのか」

「壱岐星系統合政府統領アザマ松木は我々が守ってあげないと、政権を維持できないでしょ。タオは自力で生き残っていけるけど」

「やめてくれ、セリーヌ。君が僕を褒めるときは、ろくなことがない。まぁ、それよりブレンダ、これが異星人のものと断定できない理由はなんだ？　いままでの説明では人間の作ったものとは思えんが。金属スポンジの真空管集積回路など誰が作る？」

ブレンダは、教え子が望んでいた回答をしたことに満足げな女教師のような表情を浮かべた。

「問題はまさに、その点にあります。真空管集積回路をはじめとして、このスパイ衛星のコンポーネントに、我々が活用しているようなものはほとんどありません。ネジさえこの衛星には見当たらない。にもかかわらず、我々は、つまり人類は、その機能や原理を解析できる。言い換えれば、見慣れない機構はあっても、未知の機構はない。

　この真空管集積回路にしても、我々はこんな電子回路を決して作りませんが、しかし、原理は理解できますし、製造も可能です。ただ手間がかかるだけです」

「つまりどこぞの人間が、異星人のものに見せかけようとして、このへんてこりんな衛星を作り上げた可能性があるわけか。出雲の連中とか」

「出雲星系の技術力なら、製造可能です」

出雲星系は人類コンソーシアムの中で、文明発祥の地だ。他の四つの星系は、出雲星系からの植民の結果だ。

そして我らが壱岐星系は、出雲星系から二〇光年も離れた辺境の地であり、同時に人類コンソーシアムの中で、二番目の経済力・工業技術力を有する星系だ。

原則として、人類コンソーシアムの五星系は対等な政治的権限を持ちはするが、国力の差は如何《いかん》ともし難く、特に軍事面で人類コンソーシアム艦隊は、実質的に出雲星系艦隊といっても過言ではない。

壱岐星系以外の八島・周防・瑞穂の三星系は、出雲星系の庇護下に置かれているようなものだ。壱岐星系に独立志向が強いのは、出雲星系からもっとも遠いために、輸送コストが馬鹿にならず、否応なく地場産業を発展させねばならなかったためだ。

出雲星系からは開発独裁と陰口を叩かれながらも、有力家族が壱岐星系の政治権力を握っているのも、元を質《ただ》せば早急な産業自立の必要性があったためだ。

これくらいの道理は筆頭執政官のタオ迫水にはわかっている。しかし、出雲星系からすれば、壱岐星系の独立志向は既得権益を侵すものと見えるらしい。

現実には壱岐星系とて出雲星系との貿易がなければ、生活水準は一〇〇年は後退してしまう。しかし、そんな道理で物事を理解できる政治家は出雲星系でも多くない。

播種船にはじまる人類の歴史を背景に、異星人との戦闘のために編成されているコンソーシアム艦隊にしても、現在は仮想敵に壱岐星系防衛軍が含まれるとの噂さえあるほどだ。むろん公式に否定されているが、火のないところに煙が立たないのも事実である。そうしたことを考えるなら、出雲星系の某《なにがし》かの勢力が、こんな衛星を展開しても不思議はない。

「首席分析官として、これが人類外文明の衛星である確率はどれくらいだ？」

ブレンダはその質問を待っていたようだった。ただ、その回答はタオの期待していたものとは違っていた。

「科学者としてその質問に返答するなら、わかりません。首席分析官としての見解なら五〇パーセントです」

「確率半々、公僕として、責任ある回答はできかねますということか。ブレンダ、君もずいぶん利口になったな」

「私自身は、我ながら堕落したと思っております」

「訂正、君は昔のままのブレンダだ」

「お褒めいただきありがとうございます」

「褒めてなどいない。これは苦言というのだ。

それで、利口なセリーヌ司令官の意見は？」

セリーヌは、タオが問題を理解したことに満足しているように見えた。タオとしては、彼女に踊らされているようで心外ではあった。だが、ことの重大さは、個人的感情を超えたものなのもわかっていた。

「皮肉でもあなたから褒められると照れるわね。

第三管区司令官としては、アザマ統領から壱岐星系代表部を介して星系連合政府に報告することを推奨する。確率半々でも、法的に報告の義務があるでしょ」

出雲星系が他星系への植民を積極化してきたのは、異星人との戦争になった場合に、戦線を出雲星系から遠ざけるのと、異星人文明の探知範囲を広げ、より迅速に敵を発見するためだった。

だから他星系が異星人文明の存在する徴候を発見したならば、すぐに出雲星系（正確には出雲星系に置かれている星系連合政府）に報告することが義務づけられていた。

「ただし、報告するとしても、ここで下手を打てば、痛くもない腹を探られる。

報告の仕方よ、問題は。へんてこりんな衛星を出雲の連中が作り上げて、さも異星人の衛星でございとこちらの鼻先にぶら下げた可能性もあるのよ。

衛星が自壊したことを考えれば、我々に発見されたことは設置者に報告されたと考えるべき。悠長に構えていると、サボタージュと因縁をつけてくる可能性もあるし、危機管理能力を問題としてアザマ政権を倒そうとするかも知れない」

「なるほど。異星人が来たことを口実に、合法的にコンソーシアム艦隊が進駐して、壱岐星系の体制変革か。しかし、何というか、体制変革のための介入が目的にしては、いささか子供じみた小細工じゃないか」

「タオからそんな台詞がでるとは驚きね。あのさ、惑星百合若からの通信文を改竄《かいざん》して、世論を沸騰させて派兵して、あそこに軍政を敷いたのは、私たちの曾祖父なのを忘れたの？」

壱岐星系は、主星がG型の比較的大きな恒星であるため、ハビタブルゾーンが広く、壱岐より内惑星側に百合若が、外惑星側に悪毒王《あくどくおう》があった。どちらの惑星も壱岐ほど環境には恵まれていないが、生態系があり、人類の生存も可能だった。

このため百合若も悪毒王も数世紀にわたり、壱岐の植民惑星となっていた。まがりなりにも主権国家となってから、まだ半世紀程度しか経っていなかった。それもあって独立闘争を体験してきた世代は、いまだ健在だ。

「通信の改竄程度の小細工でも軍隊は動く。それと比べたら、へんてこりんな衛星を用意するだけ、手が込んでるわよ」

「曾祖父のせいで、子供の頃は百合若へ旅行に行くときは母方の別荘にしか泊められなかったよ。一〇〇年も昔のことなのに、迫水家はいまだ怨嗟《えんさ》の的さ」

そんなタオに対して、ブレンダが尋ねる。

「出雲政府は、その辺はどう考えているんでしょうか、執政官閣下？」

「ブレンダ、閣下は止めろ、嫌がらせみたいじゃないか」

「嫌がらせですから。それでどうでしょう、艦隊を展開して壱岐星系を軍政下においたら、一〇〇〇年怨まれるとは考えていないのですか、彼らは？」

「ブレンダ、そういう質問は、正直不愉快だ。現在の壱岐星系でコンソーシアム艦隊が軍政を施行すれば、国民の大半が艦隊支持に回ると、彼らは分析しているだろう。

開発独裁体制を、純粋な民主主義体制にするわけだから。

しかし、我々の分析ではそうはならない」

「ちょっと待ってよ、タオ。我々の分析って、今回の衛星のことは知らなかったのよね？」

「第三管区からはどう見えるか知らんが、統領府も遊んでるわけじゃない。出雲星系による軍事介入の可能性は検討課題の一つだ。出雲の連中の予想に反して、軍事介入は壱岐星系の世論を分断する。修復不能なほど社会は分断され、内乱が起きないとも限らない。

そして我々の最悪のシナリオでは、出雲の連中は、内乱が手に負えないと判断したら、内政不干渉を口実に軍事介入を止める。

内乱は彼らも望んではいないだろうが、それによる壱岐星系の国力衰退は、彼らにとって悪い話ではない」

「そうなれば最悪ね」

「いえ、そうではないでしょう、司令官」

迫水家の二人の高官を前に、ブレンダは妙に楽しげに異を唱える。

「どうしてよ、ブレンダ？」

「最悪とは、この衛星が本当に異星人のもので、その侵攻に対して艦隊が我々に軍政を敷き、社会が分断されたために内乱が起こるような場合です」

「あなた、よくそんなひどい想定を考えつくわね」

「それが首席分析官の仕事です」

＊

コンソーシアム艦隊参謀本部の首席参謀である水神魁吾《みずかみかいご》は、惑星出雲の首都出雲にある統領府の官舎で寝ているところを固定電話で起こされた。

「今何時だと思ってるんだ！」

それは電話の相手に言った言葉だが、室内のＡＩは律儀に「午前二時三八分です」と告げる。携帯端末ではなく官舎の固定電話ということは、艦隊司令部か参謀本部か、そのあたりだ。コンソーシアム艦隊とて、通常は携帯端末で連絡を済ませる。

あえて固定電話が用いられるのは、機密管理が必要な用件だけだ。それと寝室からリビングまでを歩かせることで、覚醒を促す意味もある。

「はい、水神ですが？」

「首席参謀、こんな時間にすまんな。すぐ来てくれ」

電話の相手、コンソーシアム艦隊司令長官左近健一《さこんけんいち》大将は、それだけ言って電話を切った。何時までにどこに来い、などという余計なことを左近司令長官は言わない。私邸と断らないからには、艦隊司令部であり、すぐ来てくれとは、すでに迎えを出しているという意味だ。

左近とは士官大学の教官と生徒だった時からの知り合いだ。これぐらいのことはわかる。軍の官舎は、他の官庁との釣り合いもあって、階級ではなく役職で等級が定まっている。水神は将官ではなく、階級はまだ大佐であるものの、参謀本部首席参謀という高官なので、官舎のマンションはかなり広い。

妻の真理恵《まりえ》との二人暮らしでも使わない部屋はあったが、第一子出産のために彼女が実家に帰省してしまうと、リビングと寝室しか用がない。

官舎のＡＩが服装のチェックや小物の準備など、身支度の支援はしてくれるので、司令長官の呼び出しにも身だしなみに不安はないものの、わびしさは残る。

「迎えの車が到着しました」

ＡＩが報告する。口調は色々と変えられるし、受け答えもより自然にもできる。しかし、妻と彼は、子供がここで成長することを考えて、あえて無味乾燥な口調にしていた。人間のような口調を教えるのは、親の責任と思うからだ。

「真理恵に伝言。仕事で呼び出された。帰宅時間はわからない。大事な時期だから、無理せず、心身の健康を心がけて欲しい。君もこれから生まれる娘も愛している」

「伝言を受けました。復唱しますか？」

「必要ない」

大画面で自分のビデオレターなど観たくない。それに予想よりも早く迎えが来た。それでもビデオレターの伝言を残したのは、状況的にしばらく帰宅できないという予感があったためだ。深夜の呼び出しだけなら、伝言を残すつもりはなかったが、迎えがこれほど早いのは緊急事態ということだ。左近大将がこうまでするとなれば、数日は帰宅できないと考えるべきだろう。

さすがにこの時間では、軍の官舎も静まりかえっている。同フロアには参謀本部や軍務局の高級部員も何名かいたはずだが、エレベーターホールには水神しかおらず、エレベーターが動いている様子もない。

水神の住む官舎のマンションは一四階建てで、彼はその最上階に住んでいた。階数は概《おおむ》ね軍の役職相応だ。

官舎のエレベーターホールからは統領府の西半分が見渡せた。惑星出雲の統領府は、建物ではなく地域の名称だ。いわゆる官庁街というやつだ。

首都出雲の中心地、概ね一〇キロ四方の領域が統領府と呼ばれる。そこには司法、立法、行政の中枢機関が置かれていた。むろんコンソーシアム艦隊司令部もだ。

コンソーシアム艦隊は、一部を除いて宇宙艦隊である。しかし、宇宙船の維持管理や乗員の教育や福利厚生を維持するためには、少なくない官僚機構が必要であり、それがために艦隊司令部は、少なくとも平時編制では惑星上に置かれている。

人数だけで比較すればコンソーシアム艦隊の実戦部隊と軍令・軍政の官僚機構との比率は一対九であり、艦隊の人間のほとんどは、戦闘艦に乗艦したことさえないのだ。

もしも人類外文明との戦闘が起こるような場合には、艦隊司令部は戦時編制となり、その司令部機能は、小惑星を要塞化した宇宙基地へと移動する。

しかし、いまは平時であり、出雲星系のみならず人類コンソーシアムの各種機関も首都出雲にあり、深夜のこの時間には眠っている。総人口八〇〇万の巨大都市も、いまは限られた照明により輪郭しかわからない。

駐車場で水神は一瞬身構えた。高官用の乗用車が駐車しているのはまだしも、その後ろには武装兵二名を乗せた軽装甲車が待機している。一瞬、何かの理由で逮捕されるのか、そんなことを思った。深夜に武装兵がやってくるのは、粛清のための逮捕と決まっているではないか。

だが、武装兵は警護の人員で、彼らは艦隊司令部まで、水神の車をエスコートした。一通りの保安手続きを経て、水神首席参謀がコンソーシアム艦隊司令長官左近大将の前に出頭したのは、電話から一五分後のことだった。

左近大将からの説明の前に、水神はこれが某かの実戦を意識したものではないかと思った。なぜならそこにはもう一人の人物がいたためだ。火伏《ひぶし》礼二《れいじ》、出雲星系防衛軍軍務局第一部首席部員。

左近大将は絵に描いたような能吏《のうり》という印象の人物で、平服で役所に行けば職員と区別がつかない。その意味では軍人には見えないが、第一種礼装などを着せれば艦隊で一番様になる高官だろう。

火伏もまた軍人らしからぬ風貌の人物だ。左近大将とは対照的に、大工場の工場長として、現場にいるが何も言わず、何もせず、ただ問題が起こると、陣頭指揮に立って部下に指示を出すような雰囲気がある。軍服でも、礼装より作業服が似合う男だ。だがその作業着の似合う男こそ、軍務局の大物なのだ。

コンソーシアム艦隊は、出雲星系にしか人類が居住していない時代に編成された歴史から、ながらく出雲星系防衛軍そのものだった。

その後、複数の星系に植民が行われ、各星系政府が誕生すると、軍令系統は各星系政府との連合形態となった。しかし、工業力・経済力から、軍政系統はそのまま出雲星系防衛軍軍務局が担当することとなっていた。

火伏は士官学校や大学で水神と同期であった。ただしエリートコースを進んだ水神と異なり、火伏は軍政畑でも、重要だが地味な兵站《へいたん》を選んだ。

士官学校を卒業すれば、誰もが兵站の重要性を学び、理解するものの、コンソーシアム艦隊のキャリアパスとして、艦隊司令長官や参謀本部長、軍務局長には兵站畑からはなれなかった。そういう法規や規則があるわけではないのだが、一世紀に一人か二人、兵站畑から軍務局長が出るくらいだった。

もっとも兵站畑には兵站畑なりの有利な点もある。ロジスティクスの専門家として、民間企業では厚遇されるからだ。軍のキャリアパスから離れていても、退役後の第二の人生で活躍する。そういう人生設計の人間も少なくはなかった。

果たして火伏が軍務局長になるかどうかは、わからない。しかし、水神は、同期の友がそうなっても不思議はないと思っていた。

軍令畑の自分だけなら、どういう任務であれ、話はそれほど大きくはならない。二日か三日帰宅できないレベルの仕事だろう。しかし、軍務局の、しかも火伏のような兵站の専門家が来るとなると、話は否応なく大きくなるし、任務期間も数ヶ月、一年となってもおかしくない。

同じことを火伏も感じたらしい。二人は無言で顔を見合わせ、互いに頷く。

「かけてくれ、二人ともコーヒーでいいか？」

左近司令長官は二人に席を勧めると、自らコーヒーを淹《い》れた。司令長官がコーヒーに凝《こ》っているらしいという噂は水神も耳にしていた。

それでも従卒ではなく長官自らというのは厚遇かも知れないが、先のことを考えると、ひどく苦い珈琲を出されそうな気がした。

「こんな時間に呼び出して驚いたことだろう。単刀直入に言う。壱岐星系で、人類以外の文明の所産が発見されたらしい」

水神は自分でも意外なほど、その情報に驚かなかった。むしろ納得した。こんな状況で自分たちが呼ばれるとしたら、人類外文明の発見くらいしかないだろう。それは火伏も同様らしい。

「正式な報告はまだ壱岐星系政府からは為されていない。コンソーシアム艦隊所属壱岐星系根拠地隊の相賀《おうが》司令からの情報だ。

第三管区で活動中の警備艦が偶然発見し、回収した衛星がそれだ。壱岐星系で分析し、人類のものではない可能性が高いとの結論を導いたらしい」

そう言うと、三人の前に全長二メートルほどの金属製シリンダーの映像が浮かぶ。

「相賀司令が入手できた具体的なデータはこれだけだ」

「こんなもの、少し手先が器用な子供なら、自由研究で作りそうですが」

「外観だけで判断するな、首席参謀。発見時にはアンテナなどもついていたそうだ。現在位置を特定するためのスタートラッカーも内蔵され、電波信号を傍受し、中継する衛星と分析されている。素材は主として鉄であり、小惑星などを材料に製造したというのがあちらの仮説だ。

重要なのは、手先が器用な子供でも作れそうなこの物体を、人類コンソーシアムの中では、誰も作っていないということだ。

出雲星系以下、八島、周防、瑞穂の三星系でも生産されていない。そして壱岐星系は、我々が製造した可能性を疑っている節がある。つまり彼らでもない。なら人類ではないことになる。

壱岐星系では、発見された以外にも、同型の衛星が多数展開している可能性も指摘されている。一〇〇万機が展開していてもおかしくないと考えているようだ」

左近はそう説明するも、水神はいま一つ納得できない。

「何者であれ、一〇〇万単位で衛星を展開していたら気がつきそうですがね」

「とは限らんぞ、水神。壱岐星系の第三管区と言えば、基地の場所が主星から四〇天文単位。一万キロ間隔で並べても、ざっと二〇〇万基弱にはなる。すべての衛星がこれと同じ大きさなら、一カ所に集めても、単純計算で中規模のビル一棟くらいの容積さ。

専用の収納方法を用いて空間を効率化するなら、そうだな、巡洋艦クラスの宇宙船で輸送可能だ」

「相変わらず火伏はこういう計算となると速いな」

計算が速いというより、世界を定量化して把握することが習慣化していると、水神は火伏を理解していた。

「この程度の容積見積もりが瞬時にできないと、仕事にならんからな」

「まぁ、何基展開されているか知らないが、万単位であるとするか。しかし、これを設置した連中は、何を調査したいんだ？　長官、それについての情報は？」

左近長官は、二人の議論の聞き役に徹していた。彼なりの見解はあるはずだが、それを述べることはない。それが彼の流儀だ。

「壱岐星系側もこの衛星設置の意図を図りかねているのではないか。万単位あるだろうというのも、こちらの憶測に過ぎず、二個目が発見されたという報告は届いていない。それにこの状況では、相賀はあちらに監視されているだろうし、定期通信以上の頻度で伝令艦を出せば、それだけで気取《けど》られよう」

それでも火伏には疑問が残るようだった。

「ですが長官、この衛星が人類のものかどうかは、分析すればわかるでしょう。にもかかわらず、壱岐星系からの公式チャンネルより相賀の報告が早いというのは、いささか理解しがたいのですが。

人類外文明に関する報告を隠蔽するのは、明らかな法律違反であり、そんなリスクを冒してまで壱岐星系が報告を遅らせる理由がわかりません」

「首席部員の疑問はもっともだが、壱岐星系政府も人類外文明と断定できないようだ。つまりこの衛星には、見たことがない構造も含まれるものの、人類とほぼ同等の技術水準らしい。

我々より優れた技術を持つ異星人が、彼らから見て枯れた技術で作り上げたとも解釈できるが、人類の手によって作られた可能性もある」

「壱岐星系政府は、これを我々が設置したと疑っている?」

火伏にはそんな意見があることがかなり驚きであるらしい。

「そのようだな。ただ首席部員にもわかると思うが、現下の政治状況を考えれば、そうした解釈も理解できなくもない。我々が理解する必要はないとしてもな」

水神は、左近と火伏の議論を聞きながら、情報を小出しにしてくる司令長官の意図が何となく見えてきた。こんな説明をしなくても相賀の報告書を開示すればそれでいいのだ。その方がよほど時間の節約になる。

にもかかわらず、深夜に呼び出しながらこんな手間をかけ、情報を小出しにするのは、自分たちの反応を確認したいためではないか。最高機密レベルの話だ。情報を知る者は最少にしたい。しかし、多様な意見は欲しい。だから軍令系と軍政系の専門家を呼んだ。

だからだろう、左近司令長官は、水神にも意見を求めてきた。

「首席参謀、何か意見はないのか？」

「意見というか、どうもしっくりきませんね」

「何がしっくりこないのだ？」

「異星人が最初に接触したのが壱岐星系として、そこを監視するのに、第三管区に通信傍受の衛星を配置するのが合理的判断なのか？

壱岐星系の通信傍受が目的なら、こんな場所に設置しないでしょう。もっと内側の領域に配置するはずです。

さらに言えば、この衛星の目的は本当のところ何なのか？　人類の何を探ろうとしているのか？　我々は勝手に通信傍受と決めつけていますが、本当にそうなのか？」

「なるほど、わかった」

左近司令長官は、水神の意見を聞くと、二人に改めて命令を下した。

「貴官らは公試中の巡洋艦ツシマに乗艦し、壱岐星系までの航行試験を行い、別に定める各種試験の結果を報告せよ」

水神も火伏も司令長官に敬礼する。ただ、二人には命令の意図が今ひとつ見えない。

「コンソーシアム艦隊は、いつの日にか人類が異星人と遭遇し、戦争という事態に備えるという意図で編成され、建設されてきた。最悪のシナリオとして、異星人からの奇襲攻撃にどう対応するかという作戦案も複数存在するが、それがどこまで現実的か検証はされていない。

ここだけの話、我々の戦備も戦術も五星系間の戦争を想定したものとなっている。政治的な意味ではなく、他に具体的な敵の姿が描けないからだ。我々が人類以外の知性体を知らない以上、結局のところ、我々の装備も戦術も人間相手のものとなる」

さかのぼれば、異星からの侵略に対する地球人類の強迫観念が播種船を生み、それにより人類コンソーシアムが誕生したことは、植民地での文明の方向性に決定的な影響を与えていた。

異星人という巨大な敵の存在が、工業基盤の建設を早め、多くの社会矛盾を押し込める働きをしたのも事実であった。そうした歴史の中で、人類がどこまで本気で異星人の脅威を感じていたかはわからない。

ただ軍事はもとより、社会機構や産業が異星人との戦争を視野に入れて建設されてきたことは、巨大な慣性となり、今日ではコンソーシアム艦隊そのものが、社会経済の大きな部分を占めるに至っていた。

異星人の脅威があろうがなかろうが、コンソーシアム艦隊は公共事業として先端技術産業に仕事を与え、高等教育を受けた人材に職を保証する機構となっていたのだ。

このため参謀本部などで検討される作戦計画の多くは、五星系世界の治安維持研究の類が中心となり、「異星人との戦闘戦術研究」の類は道楽とみなされがちだった。理由は言うまでもなく、仮想敵である具体的な異星人像が定まっていないからだ。

ただ水神も含め、参謀本部は、異星人が未知の存在でも、自分たちの戦備がまったくの無駄にはならないだろうとの意見の一致はみていた。

なぜならば、極端に異質な異星人とでは、戦争で解決しなければならないほどの利害の対立が生じるとは考えにくいからだ。

たとえ高度な知性を持っていたとしても、ガス惑星でメタンやアンモニアを食べて生きているような生物が人類コンソーシアムに進出してきたとして、そんな相手には「ご自由に」と言うよりない。

戦争となるのは、惑星出雲に植民地を建設するような相手なのだ。そんな連中とのみ、戦争という問題解決手段が選択肢として意味を持つ。

「いま我々が直面している状況は、恐れていた想定外の事態だ。我々の想定シナリオでは、外宇宙から文明の発する信号を傍受したとか、接近中の宇宙船団を発見するというものばかりだった。

星系外縁とはいえ、いつの間にか自分たちの領域に密かに探査衛星を設置され、それを発見したことで彼らの存在に気づく、そんな想定はなかった。

壱岐星系の混乱も、突き詰めると想定外の事態に直面したことが原因なのだ」

左近大将は、彼には珍しく、不安な様子を部下に見せた。

「それで巡洋艦の公試なのですか、長官？」

水神にはいま一つ、左近大将の意図が読めない。彼は時として軍人としてではなく、役人として考えるからだ。

「不満かね、首席参謀？　現時点での乏しい情報では、艦隊は動かせん。相手の脅威度の判定もできていない状態では、派遣戦力も編制も決められん。まず情報収集だ。異星人はいるが、人類の脅威とはなり得ない。そういう状況もあり得る。

逆に、人類に対する脅威となり得るならば、異星人と接触する場所が壱岐星系である限り、そこが最前線となり兵站の拠点となる。

つまりは人類コンソーシアムの法律に則《のっと》り、壱岐星系は戦時体制に転換することを強いられる。しかし……」

「異星人との戦争を前提とした戦時体制は、出雲星系も壱岐星系も経験していない。法律があるからといって、実現は難しい」

そう火伏は言葉を続ける。左近大将が何を問題にしているのか、水神よりも火伏の方が先に理解したらしい。

「この問題に関しては、軍務局第一部の貴官の方が詳しかろう。戦時体制の転換とは、政治そのものだ。内政干渉と解釈されても仕方がない。じっさい内政干渉そのものだ、主権を制限するのだからな。だから戦時体制移行のやり方を間違えたなら、人類コンソーシアムは異星人の問題よりも先に、壱岐星系との内乱を処理することになるかも知れんのだ。未知の探査衛星一個という段階で艦隊を派遣すれば、壱岐星系政府のみならず市民の反発を招くのは避けられまい」

「政治的には単なる公試を装っているが、軍事的には最新鋭艦による情報探査、そういうことですね」

「さすが首席参謀、理解が早い」

水神にはそれが左近からの皮肉に聞こえた。

「ツシマ型巡洋艦は従来のミカサ型巡洋艦よりも情報収集分析能力が高い。非常時には、指揮艦として壱岐星系の警備艦群を隷下においての作戦活動も可能だ。

大佐である首席参謀を臨時に准将としても、問題はあるまい。まぁ、そういう事態は現時点では起こって欲しくはないがね」

水神は目の前の大将の記章をつけた男が、階級相応に老獪《ろうかい》であることを理解した。

左近司令長官が、艦隊指揮も可能な新鋭軍艦で、軍令系と軍政系の先任者を壱岐星系に送るのは、何か起きた場合に水神を准将として、巡洋艦ツシマから壱岐星系防衛軍を指揮させるというシナリオを想定してのことだ。

コンソーシアム艦隊にせよ各星系の防衛軍にせよ、准将という階級は公式には存在しない。しかし、慣習法として、非常時にはコンソーシアム艦隊に所属する軍艦の佐官クラスの最先任者を、准将として部隊の指揮に当たらせることが行われてきた。

これは司令官が事故や病気で斃《たお》れた場合の緊急避難的な処置であり、異星人との戦争はなかったにせよ、演習中の事故などへの対応は過去に何度か行われ、認められてきた。

もしも准将となった場合、水神は部隊を臨時に編成し指揮するとともに、火伏は必要物資を壱岐星系から徴発する権限を持てるのだ。

万が一の場合には、これで時間が稼げると同時に、出雲星系から艦隊主力が到達する頃には、壱岐星系は、なし崩し的に艦隊の指揮下に置かれることになるのだ。

未知の衛星を根拠に、艦隊主力を壱岐星系に送り込むことはできない。しかし、万が一の場合の備えは欲しい。そのための答えが、この巡洋艦ツシマの公試なのだ。

「出発はいつでしょうか?」

火伏が尋ねる。奴も左近司令長官の采配の意味を理解したのだろう。となれば、数ヶ月あるいは数年は帰還できない可能性もある。相応の準備は必要だ。

「急がねばならんが、ツシマの準備にどうしても半日かかる。物資の補給も必要だ。なので出発はいまから一五時間後だ。出発前に君らがなすべき作業も終わらせねばならん。

家族には、君らから連絡したまえ。いまさら機密管理について説明は不要だろう。仕事を早く終えれば終えるほど、家族と話す時間が確保できるぞ」

水神は思う。この男、鬼だな。

2　探査活動

タオ迫水は、査察のために再び第三管区司令部を訪れていた。

だが真実はと言えば、深刻な事態が進行中であることへの説明を受けるためだった。

「遭難した無人探査機は三隻。時間がないため、もっとも普及しているシェルマ型警備艦を改造しました。居住空間や生命維持システムを撤去し、センサーと探査プローブを二四基搭載しました。

例のスパイ衛星を投入した存在が密かに活動するとしたら、星系外縁の小惑星帯と考え、その中で拠点にするだろう小惑星を中心に探査を行いました」

首席分析官のブレンダ霧島はタオ執政官を前に、機密管理が最も厳重な第三管区の司令官室で、説明を行っていた。

タオ迫水は、セリーヌ迫水司令官とともに、憂鬱な気持ちでそのプレゼンを受けていた。

彼の知るブレンダは、こうした場面では辛辣な皮肉の一つも飛ばさずにはいられない人間だった。主星壱岐から第三管区に飛ばされたのも、その辛辣さゆえだ。

そのブレンダが、いまは皮肉も何もなく、淡々と事実関係だけを説明する。例の謎の探査衛星が発見されたときも、それが人類由来の可能性があると思われている間は、ブレンダも相変わらずの辛辣ぶりを見せてくれた。

しかし、いまはそんな様子は微塵もない。タオが知る限り、ブレンダが冗談一つ口にしなかったのは、彼女の夫フリッツ霧島が、星系外縁での任務中に警備艦の事故で殉職したときくらいだ。

ブレンダも少女時代は、ごく普通に喜怒哀楽があったらしい。だが彼女の美貌と才能、そして倫理感は、壱岐星系の男尊女卑文化とは相容れなかった。彼女は周囲に抗《あらが》い続け、強い人間不信に陥った。

それを救ったのがフリッツ霧島であった。フリッツとブレンダの最初の出会いは最悪だったらしい。仕事上のことで、殴り合い寸前の激論になった。そんな激論は何度もかわされたという。

そして相手が立場こそ違えど、高い倫理感と、私利私欲とは無縁の精神の持ち主であることを知った。

ほどなく同棲し、時にぶつかり合いながら理解を深め、生涯の伴侶となった。あの頃のブレンダは怒ることもあったが、それ以上によく笑った。あの笑顔が、たぶん彼女の地《じ》なのだろう。

しかし、そんなブレンダもフリッツの殉職とともに消えてしまった。それが五年前。もともと皮肉屋の彼女が、より攻撃的になったのはそれからだ。しかし、いま思えば、それは第三管区に左遷されることで、夫と近づくためではなかったか。彼女は夫がいまも生きていると主張し、戦死公報の受領を拒否しているからだ。

彼女の辛辣さが影を潜めているのが、精神的余裕の無さにあるのなら、事態はタオの想像以上に厳しいのかも知れない。

「調査候補地の選定基準はなんだ？　活動の徴候でもあったのか？」

「いいえ、そうではありません、執政官。文明の活動を予測させる徴候は観測されておりません。ただこれは敵がいないことを意味するのではなく、我々の観測態勢の問題です」

「分析官、敵という表現は避けなさい。異星人が敵か味方かの判断は、星系政府の仕事です。あなたにはその権限はない」

セリーヌ司令官は、強い調子で指摘する。

「失礼しました、司令官」

セリーヌ迫水司令官とブレンダの果たし合いのような会話に、タオは現場の緊張感が予想以上に高いことをはっきりと感じた。

ある朝目覚めたら、異星人艦隊が惑星壱岐の軌道上に展開していたという状況でも起こらない限り、第三管区が最前線基地になる可能性は限りなく高い。

そしてセリーヌもブレンダも、ここを退《ひ》くわけにはいかない立場にある。有事になれば、「中央にいなければならない」筆頭執政官のタオとは違うのだ。

「我々の観測態勢の問題とは、星系外で活動する異星人の存在に重点を絞りすぎた点です。だから異星人が星系外縁に浸透したことにも気がつかず、適切な対応策を即座にとることができない」

「ブレンダの指摘は重要よ。

我々は異星人の拠点さえわからない。しかし、向こうは壱岐星が文明の中心であることを知っている。その意図は何であれ、情報という観点では、我々は不利な状況に置かれている」

「我々は異星人の拠点を割り出すべく、エネルギーと資源確保の観点から天体候補のリストを作り、第三管区の通常のパトロール領域よりも外にあり、かつリストに載っている小天体から調査をはじめました」

ブレンダが指示を出すと、AIが室内の一角に禍露棲を中心とした星系外縁の立体図を表示する。

「赤い印が三機の無人探査機の遭難場所です。ご覧のように、相互に六〇度の角度を持たせて広域探査に送り出し、ほぼ同時期に音信不通となりました。うち二機からは、船外殻の一部が急激に破断する状況が送られていました。

これはレーザー砲などの光線兵器により船体の構造材が強度を失い、破断に至る時の反応と酷似しております」

「あちらさんは無人探査機を比較的早期に発見し、追尾、破壊したということか」

「断定はできませんが、その可能性を否定するものではありません」

ブレンダの説明に一度は納得しかけたタオだったが、すぐにもう一つの可能性に思い当たる。

「セリーヌ、禍露棲が監視されている可能性はないのか？」

「相手の正体がわからない以上、能力の推定には限界がある。しかし、我々が確保した探査衛星の性能から判断すれば、彼らの技術力にも限界はある。

我々だって遊んではいないのよ。司令部周辺の領域で、未知の何者かが活動していたなら、もっと早期に動きをつかめていたでしょう。少なくともパトロール領域内では監視していないはず。それに……」

「それに、何だねセリーヌ？」

「遭難した無人探査機は、出発してから平均一〇天文単位は移動しているのよ。異星人としても、可能ならもっと早期に破壊したかったはずよ。そこは彼らも対応が後手に回った」

「それに関連して、異星人がミサイルや加速爆雷などの運動エネルギー兵器ではなく光線兵器を用いたのは、彼らの能力の一端を示しているかも知れません」

「わかるのか、ブレンダ？」

「理論は省略しますが、なんの予備知識もない中で無人探査機の接近を察知するのは困難です。ですが、接近するとわかっている中で観測した場合、発見は容易です」

そんな話はタオも学生時代に聞いた記憶がある。どこにいるのかわからない相手と通信するためには、膨大なエネルギーと巨大な受信施設が必要だが、相手の居場所さえわかっていれば、エネルギーも受信施設も小さく出来るという話だ。

「彼らは少なくとも二年から三年は壱岐星系外縁部で活動していた。ならば警備艦の核融合炉のエンジン特性は既知のものでしょう。我々はそれを無人探査機に活用したわけですから、彼らは早期に発見できる。

一方で、彼らが光線兵器を用いなければならなかったのは、運動エネルギー兵器を効果的に用いるために、自分たちの宇宙船の位置と速度を無人探査機に合わせることが難しかった可能性があります」

「異星人の拠点について、そこから絞り込めないか？　現時点では仮説でいい。ある程度の根拠をもとに相手方の拠点を示せるなら、壱岐政府が異星人発見の報告に時間をかけたことの理由になる」

「探査機のうち、ほぼ瞬殺状態で、破壊された一機があります。他の二機が、短時間でも報告を行える時間的余裕があったのとは対照的です。

それだけ攻撃しやすかったのは、発見が早く、対応策もたてやすかった。それだけで拠点と断ずるのは無理でしょうが、異星人が活動している領域とは言えるでしょう。

具体的には準惑星天涯《てんがい》の周辺領域です。恒星壱岐よりの平均距離は六三天文単位。直径はこの禍露棲のほぼ倍の三九六〇キロ。表面重力も概ね倍の〇・三Gになります。

星系外縁の準惑星の中では最大規模のものと言われています」

「大きい天体だから、拠点候補なのか？」

タオは漠然とだが、この天体の説明を受けたことがあったのを思い出す。統領府での開発予算申請関連の会議でだ。

「それもありますが、最大の理由はエネルギーです。天涯は、短期間に（それでも数百万年はある）三つの微惑星の衝突により誕生したと考えられています。

このため表面こそ凍結しているものの、天体内部には、いまだ衝突時に生じた熱エネルギーが蓄えられています。じっさい、内部のプルームの対流により地震も起きているようです。

また初期の地表での火山活動により溶岩チューブも形成されたことが、衛星探査で確認されています。拠点を建設するには申し分がないでしょう」

ブレンダの説明に、タオは会議での議論を思い出していた。チトフとかいう軍人の提案だ。現役軍人の提案は珍しいので印象に残っていたのだ。

「あぁ、思い出した。開発計画が提案されて、予算面で凍結されていた星だ」

「執政官ならご存じでしょうが、第三管区軍事研究所からも観測施設建設を提案しておりましたが、開発どころか、予算を理由に調査さえ行われておりません」

「国家予算は無限にあるわけじゃないんだぞ、ブレンダ。

禍露棲にしても、防衛軍の第三管区司令部があるから開発予算が認められているような状況だ。壱岐星系経済の九八パーセントが、星系中心の半径五天文単位内で占められている現実を考えてもらいたい。それより遠方では、どうしてもエネルギーの調達コストが問題となるからな」

「首席分析官として、それは十分存じておりますし、いまは過去の予算を議論する時ではないと考えます。

いまの議論、この天涯が拠点として相応《ふさわ》しいというのも、あくまでも我々が基地を建設するならばという想定によるものです。異星人には異星人のロジックがあるでしょう。

しかし、異星人もまた天体内部の熱エネルギーを根拠に天涯への拠点建設を計画しているとするならば、彼らも星系外縁という環境で、エネルギー入手に困難を覚えていることになります。

この想定が正しいなら、異星人の技術水準は、人類と同等か、上回っていたとしても、神のごとき存在ではないでしょう。彼らの技術は、我々に理解できる範囲にある」

「それは最悪の分析結果だな」

タオの発言は、セリーヌには納得できないものだった。

「どうしてよ、タオ。多少の技術的優位は、物量で対応できる。物量では人類に分があるのだから、我々は星系を守り抜くことができるでしょ」

「そうじゃない、セリーヌ。相手がほぼ同等の技術水準で、行動も理解できるほど似ているなら、壱岐星系において利害対立が生じるということだよ。歴史が教えるところでは、それは戦争の原因だ。

こうなったら、コンソーシアム艦隊司令部にこの事実を報告するしかないな」

「カズンにはどう伝えるの？」

セリーヌ司令官の言葉にタオは驚いた。カズン毛利《もうり》は、壱岐星系防衛軍参謀長、つまり軍令機関のトップであり、第三管区司令官の直接の上司に当たる。だから一連の出来事について、その情報は報告されていて然るべき人物なのだ。

「つまりこの件に関して、壱岐星系政府の認識をどうするか？　それが重要なんでしょ。当面は平時の危機管理問題として対応するか、それとも戦時体制の準備にかかるか、ある

い は即時戦時体制への転換を決断するか。それによって壱岐星系の今後が決まる。いや、人類の未来が決まる」

「セリーヌ司令官としての意見は？」

「私は管区司令官に過ぎません、そのような高度な政治的判断は分を超えます、になるわね、立場的に。

ただタオの親戚としていうなら、相手の情報を集め、コンタクトが可能かどうかを見極め、相互の利害関係で妥協点が見いだせるなら、それが最善でしょ。違う？」

「いや、異星人相手にそれが可能なら、苦労はしない」

「タオならわかるとは思うけど、戦争は最後の手段よ。戦略が失敗した結果なの。そして戦略は政治が立案し、実行する。それがシビリアンコントロールじゃないの？

忘れないでね、タオ。中央の執政官の采配が失敗したら、辺境にいる私が死ぬことになるのよ」

「まるで君らの命は僕が握っているような言い方だな」

「あなただから握らせてるのよ、あなた以外の中央の馬鹿どもになんか、握らせるもんですか」

＊

「坂上《さかがみ》さん、巡洋艦ツシマの歓迎レセプションには、私も出ないと駄目かね？」

相賀祐輔《ゆうすけ》コンソーシアム艦隊壱岐星系根拠地隊司令は、秘書室長の坂上好子《よしこ》に確認する。

小柄で童顔のために、たまに女学生に間違えられることもある彼女は、司令のスケジュール管理を行いながら、根拠地隊があつかう情報畑のいわゆる「汚れ仕事」全般を統括していた。

「何を言ってるんです、子供じゃあるまいし、あなたが出なくて誰が出るんですか。立場をわきまえてくださいな、立場を！」

これで第三者がいると、「司令が出席なさらないと私が怒られちゃいますぅ」とか言うのである。坂上の前任者も似たようなタイプで、相賀が未だ独身である理由の一端は、彼女らのために深い女性不信に陥っていることにあった。

二人がいるのは小惑星を基地化した要塞であった。半分は壱岐星系防衛軍、残り半分を民間の輸送会社とコンソーシアム艦隊壱岐星系根拠地隊が等分で運用していた。

惑星壱岐には軌道エレベーターが存在し、そのバランスウエイトの小惑星が宇宙港になっているが、この要塞はさらに高い地上高二〇万キロの軌道上にある。

施設の大半は、AFD装備艦の造修施設であり、外から見れば軍事施設というより、造船所と倉庫と管理事務所だ。相賀司令がいるのは、その管理事務所に当たる場所だ。

「私がここで出迎えねばならないのはわかるがな、下に降りて壱岐統領府に探りを入れた方が良くないか？」

秘書室長に睨まれながら、相賀は大佐の礼装に着替える。坂上はすでに礼装に着替えていた。ただ礼装なのにポケットからカエルさん模様のハンカチを覗かせて、さりげなく可愛らしさをアピールしていた。これもある種のプロ根性なのだろうと、相賀は思う。

「司令が降りることも、少しは考えましたけど」

「あぁ、考えてたんだ」

「当たり前です、私を何だと思ってるんですか。それができれば良かったんですけど、要塞と惑星の位置関係が悪すぎます」

「そんなに悪いかね？　多少強引に加減速すれば間に合うだろう」

「ですから、いまこの情勢の中で、多少強引な加減速をして、壱岐統領府に行けば、それだけ怪しまれます」

坂上がもっとも嫌うのは段取りの悪さだった。どうもピリピリしているのは、段取りに問題があるらしい。

「まぁ、そうタイミングのいい位置関係とはいかんだろう」

「そんなことはありません。やりようはあるんです。

だいたい本国も本国です。新鋭艦の公試か何か知りませんが、第三管区じゃなくて、第二管区にいきなり現れるなんてどうかしています。しかも、このことを連絡してきた伝令艦は、よりによって第三管区との定期便です。

これでこちらの時間的余裕はほぼなくなりました。何を考えているのやら」

「わかってやってるんだよ、連中は。

やっぱり俺に動くなってことなんだろう。壱岐星系政府や防衛軍からも参加者はいないんだよな？」

「政府筋と防衛軍中央からも参加したいとの要望はありましたが、公式なレセプションは明後日、根拠地隊司令としての歓迎のレセプションが本日です。そう手配いたしました。他にスケジュールの組みようもありませんので」

「それでいい。奴らの意図は、壱岐星系関係者に会う前に、必要な情報を直接教えろということか」

「奴らって？」

相賀は他人を奴ら呼ばわりすることはない。壱岐星ではいつも笑顔の、少し足りない紳士として振る舞っている。だから彼女には、奴らという言い方が気になったのだろう。

「水神に火伏、士官学校の後輩で長い付き合いさ。出世も俺より早い連中だ」

「腐れ縁ですか」

「坂上さん、そういう率直な表現ばかりしてると、敵を作りませんか？」

「司令、我々が本分を尽くすとは、そういうことじゃありませんか？」

コンソーシアム艦隊壱岐星系根拠地隊とは、有事に備え、星系防衛軍とコンソーシアム艦艇の仲介を行い、両者の連携を円滑に行えるようにするための組織であった。

しかし、異星人の侵略などないままに数世紀が経過するなかで、壱岐星系に限らず、各星系にある根拠地隊の主たる業務は、星系政府・星系防衛軍に関する情報収集、要するにスパイ活動の拠点となっていた。具体的には司令秘書室がそれであり、秘書室長は現地スパイの総元締のようなものだった。

ただ根拠地隊司令はコンソーシアム艦隊の人間だが、秘書室長は出雲星系軍務局の人間であり、何かあったら秘書室長だけが本国に帰還して幕引きとなるのが常であった。

このことは各星系政府にとっては公然の秘密であったが、根拠地隊が閉鎖されることはなく、むしろコンソーシアム艦隊側による根拠地隊解隊が、各星系政府に対する圧力になることさえ何度か起きていた。

理由は人類コンソーシアムの五星系世界が、ＡＦＤ航法という超光速航法に全面的に依存していることにある。

ＡＦＤ航法を用いると、主観的には乗員は宇宙船で恒星間を移動していると認識する。

だがＡＦＤを可能とする物理理論では、宇宙船はこの宇宙から消滅し、別の場所で再現されるという解釈になる。つまり、宇宙船内の乗員の意識は連続している（と本人は思っている）が、消滅前と再現後では物理的には別ものになっているのだ。

だからＡＦＤが実用化された当初は「ＡＦＤを使うと、本物が消えて、フェイク（偽物）が現れる」とも言われていた。このためＡＦＤ航法はＦＤ（Fake Drive：偽物駆動）とも呼ばれていたが、印象が良くないので、ＡＦＤ（Alternative Fact Drive：代替現実駆動）が今日では一般的な呼び方になっている。

ＡＦＤを利用すると、「本物が偽物になる」かどうかは、物理よりも哲学の領域になってしまうのだが、「差異を識別できないほどの相違が生じる」というのが工学的な解釈である。

ともかくＡＦＤ航法により、人類は恒星間を移動できるようになった。だがこのシステムは「物体」を移動させる方法であり、「通信」には使えなかった。

この点は本質的である。超光速航法の問題は、「情報」が「光速を超える」ことから生じる因果律の崩壊にあった。しかし、ＡＦＤは宇宙船の消滅という過程が必要であるため、情報の連続性も消える。

消える前の宇宙船と、再現した宇宙船は理論的には別ものなので、「情報が光速を超えない（＝光速を超えるであろう連続した情報が無い）」のであった。故に未来の情報が過去に伝わることもなく、因果律が破られることもない。

因果律を破らないＡＦＤ航法は、まさに因果律を破らないが故に、原理的に超高速通信は不可能だった。恒星間で情報を伝達しようとすれば、ＡＦＤ装備の伝令艦を飛ばすよりないのである。細かいことを言えば、これで伝達できるのは「差異を識別できないほどの相違」を含んだ情報だが、それでも実用上の問題はなかった。

そしてこの事実から、伝令艦の保有数と運航回数がそのまま情報力の差となった。情報が集中するのがコンソーシアム艦隊司令部のある出雲星系であるため、他の星系は経済力や軍事力のみならず、情報力でも太刀打ちできなかった。

だから各星系根拠地隊がスパイの巣窟であったとしても、出雲星系や他星系の動向を知るためには、根拠地隊に依存するよりなかった。

ただコンソーシアム艦隊司令部や出雲星系政府もこうした事情はわかっているため、基本的には情報を共有する方向で動いていた。情報とはギブ・アンド・テイクで入手すべきものであることと、各星系政府が出雲の情報に依存してくれる状況が望ましいからだ。

下手に統制的な対応をとれば、各星系政府は出雲に依存しない情報共有の体制を構築する可能性があり、それはやはり望ましくない。

さらに各星系政府の認識は低いものの、出雲にとって現状が望ましいのは、各星系の有《ゆう》為《い》の人材が集まることだった。

情報的な優位ゆえに、論文等の提出数も抜きんでており、さらに人類コンソーシアムの有為の人物が集まるとなれば、各星系の野心と才能がある人材は出雲星系に向かう。

出雲が他の星系国家よりも技術的優位を維持できているのも、こうした背景があった。

要塞のドックに巡洋艦ツシマが入港すると、身内だけの歓迎レセプションが行われ、それが終わると、腐れ縁の将校三人は、旧交を温めるという名目で、相賀の官舎に移動した。

水神も壱岐には演習で訪れたことはあったが、根拠地隊司令官の官舎に迎えられるのは初めてだった。

要塞は鉄・ニッケル主体の小惑星をくり抜いた内部に主要部が置かれていたが、一部の官舎は地下通路と連結したまま地表に建てられていた。

局所的な磁場と分厚い壁により放射線は遮蔽されていたが、窓を模したモニターには、地表から見たままの惑星壱岐の全体像が見えていた。軌道上とはいえ、惑星の姿が窓枠の中に収まるほどの隔たりが、この要塞にはある。

相賀が水神と火伏を案内したのは、そんな景観を見ることができる直径五メートルほどの円形の応接室だった。

しかし三人は、そんな景観には目もくれず、壱岐星系政府と異星人への対応について意見交換となる。

「秘書室で扱ってるスパイの信頼性か。大丈夫だ、奴らからは情報はまず漏れない」

「そこまで人間的に信用できる奴を集めたのか？」

水神は相賀に対等な口をきく。火伏はどう思っているか知らないが、水神にはこれは意外にストレスだ。しかし、相賀は後輩たちに敬語を許さなかった。

法務畑を歩んできた相賀は、法的根拠のない先輩後輩などという序列をまったく尊重していない。「軍人は役職と階級で序列を判断すればいい」というのがこの男のポリシーだ。

この三人も階級は大佐であり、役職の格も対等なのだから、敬語は無用というわけだ。このため後輩には慕われていたが、先輩である将官たちには生意気と思われているらしい。

「水神は人がいいな。人間的に信用できるスパイなんか使わない。政府の方針に反対するとか、義憤に駆られるとか、そういうのは我々はスパイにしない」

「なら、どんな連中だ？」

「有能で金に汚い奴だ。無能じゃ金の無駄だからね。金に汚い奴は、金のためなら何でもする。だからこちらは、金払いにだけは注意する。その意味では、我々はスパイの金の汚さを信頼している」

水神の知る相賀という人物は、癖はあるが、尊大な人間ではなかった。その男が、他人をこう評することに、驚きよりもむしろ同情を感じた。

「坂上さんは、そこまで政府筋にグイグイ食い込むタイプには見えませんけど」

水神がそう言うと、相賀もすぐに同調する。

「もちろんだ、坂上はスパイの元締めだが、彼女は雇用する側、スパイたちは雇用される側だ。彼女は有能で信念を持ち、金で動かない。まさにプロフェッショナルだ。だからこそ、金で人を動かせる。腕っ節も確かだ。

そういうわけでね、雇う側は相手の情報を、雇われる側は相手の金しか見ていない。互いに相手は人ではなく、記号なんだよ」

「殺伐とした世界だな」

「あのな水神よ。僕らはなんの話をしているんですか？　異星人との戦争の話をしに来たんじゃないですか？」

暗に無駄話はもういいと、火伏が口を開く。

「で、現状は？」

「火伏、お前も変わらないな、話の流れ……まぁ、いい。どうも壱岐星系側も例のスパイ衛星は人類外の手によるものとの考えに固まりつつあるようだ。

さらに第三管区で無人探査機を三隻偵察に出したが、全滅したらしい。破壊されたと分析しているようだ」

「攻撃されたのか？」

水神にはそこが一番気になる。

「三隻同時に遭難はせんだろう。壱岐星系は攻撃と解釈しているようだ。ただ第三管区司令官は防衛軍の参謀長を飛ばして、直接、政府中枢に報告しているらしい。第三管区内でも知ってる人間は限られている。中枢はこの辺だ」

相賀は酒瓶の置いてあるローテーブルに写真を表示する。映っているのはスキンヘッドの男に、彼と顔の似ている司令官の記章をつけた女性将校、それに少佐待遇の記章をつけた女性。

「男がタオ迫水、司令官の記章の女がセリーヌ迫水、で、三人目のこの美人が首席分析官のブレンダ霧島。衛星の分析は彼女の力量に負うところが大きかったようだ」

「この首席分析官は、とびきり有能だが、頑固な性格で毒舌家ですかね？」

「火伏、あんた軍人辞めても、占いで食っていけるわ。よくわかるな」

「壱岐星系のような男尊女卑の強い社会で、少佐待遇の首席分析官になれるというのは、誰からも文句を言わせないだけの優秀な人材だからでしょう。

それで、こんな美人なのに中央に置かれず、第三管区に飛ばされたというのは、頑固で口が悪いからじゃないですか。辺境に飛ばしても、首席分析官として扱わねばならない」

しかし、火伏の関心は、ブレンダよりも二人の迫水にあるらしい。

「この二人が迫水姓なのは、親戚だから？」

「そうだ。セリーヌから見て、タオは従弟にあたる。第三管区司令官のセリーヌ迫水から筆頭執政官タオ迫水のルートで、情報は政府に流れている」

「有力家族だけで情報を独占か」

火伏の声のトーンが一段下がる。

「火伏は昔から、そういうの嫌いだったな。だが、その解釈は違うな。

セリーヌ迫水というのが、少し変わってるんだ。彼女の発言を分析すれば、現在の壱岐星系の有力家族による開発独裁体制は長続きしないと考えているようだ。

この第三管区司令官というのは、キャリアパスとして壱岐星系防衛軍参謀長になるための登竜門だ。この半世紀でいえば、歴代の参謀長の二人に一人は、第三管区司令官を経験している。だからブレンダ霧島のような左遷ではない。

じっさい彼女は、今回の事態に第三管区司令官職に就いていたのを幸運だったと考えている節がある」

「なぜそう言えるんです？」

火伏は迫水家の話があまり愉快ではないらしい。

「少し前までセリーヌは定期的に首都に顔を出していた。それが異星人問題からは、タオが第三管区を訪れるだけで、セリーヌは動かない。

しかし、彼女が禍露棲から動かないのは、遠からず起こるであろう政治的混乱から距離を置くという考えもあるようだ。

アザマ松木の政権基盤が不安定化しているときに、この異星人騒動だ。壱岐星系の政治状況は、放置すればテロや内乱が頻発するような最悪の事態を招きかねない。

現在の統領府の非公式な研究では、異星人との戦争が起きた場合、それを根拠に現政権を転覆させたり、異星人と組んで壱岐星系を管理することを考えかねない勢力があるようだな。

セリーヌ迫水とタオ迫水は、異星人情報を統領府が独占的に掌握することで、政権基盤を安定させたいらしい」

「よくこれだけの情報を集めましたね」

水神は素直に感心した。それが仕事といえばそれまでだが、高官の人脈や発言を収集し、分析し、結論をまとめるのは容易な作業ではない。

「水神もそう思うだろ。だったら、相賀大佐はいい仕事をしたから、出雲星系に戻しましょうと上に言ってくれないか、火伏もさ。そのために一生懸命働いてきたわけだし、いいかげん、本国に戻って結婚もしたいじゃないか」

いまさっきまでの相賀に対する水神の評価は、三割ほど減った。職務熱心な理由はそれかい！

「壱岐星系の女性じゃ駄目なんですか？」

「あのな、水神さん。俺が壱岐の女性と結婚するだろ。で、二〇年くらいしてから、夫がスパイの元締めでした、どうしたらいいでしょう、なんて妻にネットの人生相談へ投稿されたいか？」

「自分の仕事に理解のある女性と結婚なさりたいわけですか」

「参謀本部で出世する人間は、表現が違うな、火伏はどうなの？」

相賀は火伏の沈黙が気になるらしい。その気持ちは水神にもわかる。長い付き合いだが、いまだに水神も火伏の考えが読めないことが多々ある。むこうはこっちの腹の中をかなり正確に読んでいるというのに。

「自分も水神同様、先輩の仕事は評価に値すると思います。ただどうやって、そこまで壱岐星系の内情を？」

「まず秘書室長の坂上さんが優秀というのが一つ」

「あの女子高生みたいな方ですか？」

水神がそう言うと、相賀は笑い出す。

「水神にもそう見えるなら、彼女の擬態は完璧だな。羊の皮を被った狼ってのは、彼女のためにある言葉だ。火伏は驚かないのか？」

「軍務局第二部の坂上好子を知らない奴がいたら、そいつはモグリですよ。確かに彼女がスパイの元締めならわかります」

「あぁ、そっか、お前は軍務局だもんな。

ただ現下の状況はそれだけじゃない。端金《はしたがね》で機密をゲロする奴が増えている。政官軍どこもそうだ。壱岐星系社会には激変が起こるだろう。だから異星人の情報を売って現金を

「異星人の情報は最高機密でしたよね、それなのにどうして？」

火伏は壱岐社会の欠陥に関心があるように水神には思えた。ただ、それがなぜかはわからない。むしろ相賀の方が火伏の意図を理解したように見える。

「全貌を掌握している人間は、壱岐星全体で一〇人もいないはずだ。ただ、衛星の回収から分析、さらには軍司令部や行政官への報告という過程で、断片的に漏れる。

警備艦がおかしな物体を回収した、首席分析官が他の仕事を中断して何かを調査している、研究所がおかしな資料の分析を依頼された、タオ迫水が急に第三管区に顔を出すようになった。

スパイたちが持ち込むのは断片情報だ。全貌を把握している奴はいない。遺跡の発掘と同じだ。用途不明の土器の破片でも、全部集めれば壺が一つできあがる」

火伏が何か言いかけるが、相賀は、まぁ待てと手で示す。

「さっき、良きスパイは金に汚いと言ったが、いま起きていることはむしろ危機感からだろう。近年の壱岐は中間層の拡大で、政治的対立が先鋭化している。武官文官を問わず、革命の可能性さえ議論されている。そんなときに異星人の痕跡だ。

社会が大混乱をむかえ、自分の社会的地位もどうなるかわからない。生きるために現金を確保する。断片情報で全体像を把握すると言ったが、ここで重要なのは、断片情報しか確保したがる」

持っていないような連中が、こぞって情報を売ろうとしていることさ。それだけ危機感を抱いている人間が拡大している。おかげでスパイが増える」

「そして組織のモラルは下がる」

「いまは組織のモラル、でも明日には社会のモラルが解体されていくかも知れん。それを考えれば、セリーヌとかタオなんかは、人間としては連中よりずっとましさ。もしも本当に異星人との戦争になったなら、土壇場で頼れるのは有力家族のノブレス・オブリージュだけかも知れん」

一通りの歓談の後に、相賀は水神と火伏を見送り、自室にとって返すと、モニターを作動させる。それは官舎の出口に通じるエレベーターのモニターだった。

小惑星の低重力に合わせてあるので、エレベーターは低加速で動く。官舎に出入りする人間にとっては、単なる移動手段だが、そうした人間を監視・管理するための手段でもある。

水神と火伏は、壱岐政権の不安定な政治状況を憂慮していた。そして相賀の話になる。

「水神は首席参謀だから最先任となるわけだが、根拠地隊司令の人事についてはどう報告する？」

「そりゃ、本人の希望を叶えるべきだろう。これだけの仕事をしたんだ。帰国しても当然じゃないか。お前はどうなんだ、火伏」

「自分は、帰還を認めるべきではないと思う」

「どうして？」

「もしも異星人との間に紛争が起きたとしたら、それが戦争規模でなかったとしても、コンソーシアム艦隊から大部隊が派遣されるのは間違いない。それだけでも壱岐星系には大きな政治的事件になる。

さらに紛争が拡大したとなれば、壱岐星系は最重要の兵站基地だ。そこが内乱で揺れていたら、兵站が機能せず、紛争は解決できないまま拡大し、我々は壱岐星系を放棄し、戦線を整理することになるかもしれん。

それを避けるには、壱岐星系の政官軍の内情に精通し、顔が利いて、影響力のある人間が不可欠だ。戦争が終わったら帰国してもらうとしても、いまは駄目だ」

「状況を考えれば……火伏の言う通りだな」

「というわけで、司令、任務続行お願いいたします。我々のこと、モニターしてますよね」

二人の高級将校は、エレベーターのカメラに向かい、敬礼する。相賀は思わず、呟く。

「お前ら、鬼だな」

＊

「接触して、サンプルを採れないかだと⁉」

壱岐星系防衛軍第二管区危険天体観測隊に所属する警備艦アウグスタの艦長であるマルガレータ大槻《おおつき》少佐は、観測分隊の分隊長の申し入れに対して、呆れるほかなかった。

危険天体観測隊とは、惑星壱岐など、人間が居住する天体に落下する小惑星などを早期に発見し、爆破や軌道改変により除去する部隊だ。

彼らは任務のために、ある天体に接近していた。惑星壱岐の軌道面に対して、ほぼ垂直方向から接近して来た天体で、衝突確率は低いものの、かなり近い軌道を通過するため警戒が必要と判断された。ただ軌道面に対して垂直方向から侵入してくる天体への接近は、容易なことではなかった。

「そんなことできるわけないでしょ。垂直に接近してくる標的に合わせるためだけに、燃料タンク増設して、馬鹿みたいに燃料食って、やっと速度を合わせたのよ。しかも無理に接近してレーザー光線まで照射した。

それでサンプル採取なんていったら、帰還用の燃料も食ってしまうじゃないの！」

「ですが、足りない分は、タンカーの応援を頼めば、安全に帰還できます。その辺は計算しました」

「それは科学者としての見解？」

「そうですが」

マルガレータ少佐は、もともと天文学者上がりという観測分隊の分隊長と反《そ》りが合わない。

軍人と科学者だからなのか、色々と価値観が違いすぎた。

「だったら、組織管理者としてはどうなの？　タンカーを呼べばなんて簡単に言ってくれるけど、そんな手配をして管区の主計長に嫌味を言われるのは私なのよ。それでも、サンプルを採取する価値があると言うの？」

「あります」

分隊長が一向に怯《ひる》まないことに、マルガレータ少佐はかえって興味を持った。

「説明して」

「あの天体を追尾していますが、いまだに正確な軌道を特定できません。データを信じるなら、あの天体は軌道を変化させていることになります。しかし、それはあり得ない。だとすると、データが不正確ということになります」

「それは、あなたからの報告でも聞いた」

「ですので、こちらから接近したときに、レーザー光線により正確な計測を実現しようと致しました。その結論が信じ難いのです」

「どう信じ難いの？」

「反射率が極端に悪い。暗いというより、電磁波の吸収率が極端に高い。電波から光まで、あの天体の表面はすべて吸収してしまう。いままで知られていない類の現象が起きている可能性があります」

「なんか仮説くらいないの？」

「とりあえず表面が鉄・ニッケル主体なのはわかっています。何億年も恒星間を移動してきたために激しい宇宙線に曝され、表面の風化が進んだ結果、電磁波を反射せず、吸収するように作用しているのかも知れません。レーザー光の反射波を分析すると、非常に微細な凹凸があるようなんです」

分隊長が手元のタブレットを操作すると、マルガレータの前にあるコンソールに、問題の凹凸の画像が表示される。ただカメラの写真ではなく、レーザー測距儀のデータから画像処理してあるので、いまひとつピンと来ない。

「凹凸なんて、たいていの小惑星にあるじゃない」

「そうなんですけど、凹凸の形状が特殊で、なんというか、鉄製のスポンジで表面が覆われているような。特殊な電子の移動があるのかも知れません」

「まぁ、珍しいのはわかったけど。だからって、主計長に嫌味を言われるほどの手間をかける理由になるとは思えないけど。結局さぁ、サンプルはあなたの論文の材料であって、そのために税金を使うってのは、どうなの？」

「公益もありますよ」

「論文で知見が社会に広がるのが公益です、なんてのはなしよ。もっと実利的な公益よ」

「この天体の表面構造は、宇宙船のステルス性に革命をもたらすかも知れません。レーダーはもとより、もっと波長の短いレーザー光線にもほぼ反応しないんです」

「ステルス革命か……なるほど、燃料を消費する価値はあるか」


後に問題となること。それは異星人に関する情報が、壱岐星系統領府と官軍の一部のみに独占され、防衛軍警備隊の艦艇ですら、ほとんど情報を報されていないことだった。

それでも第三管区内では、噂レベルながら情報は流れていたのに対して、第一や第二管区では、そうした情報共有はまったく為されていなかった。

この時、警備艦アウグスタが観測を命じられていたのは、直径約五〇メートルほどの小天体であった。その程度の小天体が衝突して文明が崩壊することはないとしても、破壊力は水爆並にあり、都市一つが消滅するほどの威力がある。

その発見が遅れた理由は二つ。一つは表面が異様に暗く、電波の反射も弱く、光学観測でもレーダー観測でも捕捉が難しかったこと。

もう一つは、もともと壱岐星系の天体ではなく、恒星間を渡ってきたものと思われ、惑星壱岐の軌道面に対してほぼ垂直に突入してきたことである。計算ではそのまま壱岐星系を通過するが、それでも万一、衝突すれば被害は甚大だ。

このため仕方なく、警備艦を派遣することになったのである。たかが警備艦一隻でも、じっさいの準備は大変だった。軌道を遷移するために夥しい燃料を消費することになり、補助ブースターの装備や燃料タンクの増設が必要だった。

そこまでして、彼らはようやく、問題の小天体に接近することができた。第三管区の情報が知らされていたら、アプローチは違っただろうが、情報は共有されておらず、さらに第二管区から第三管区にも、危険天体についての情報は報告されていなかった。

仮に第三管区で捕獲された探査衛星の、鉄のスポンジのような真空管式集積回路の情報だけでも流れていれば、後の展開は違っていただろう。

平時なら、そうした縦割りの情報の流れも、大きな問題にはならなかった。しかし、平時はいま終わろうとしていた。

「標的天体と速度合わせました」

警備艦アウグスタの発令所で、航海長席から報告が為される。発令所は仮想空間であり、個々の乗員たちの主観では、任務中にその場を共有している感覚が得られた。

じっさいは航海長や機関長などの幹部は、個々のコンソールこそ艦内LANで結ばれているが、物理的には分散配置されていた。

これは危機管理上、発令所が破壊されて艦の中枢が全滅するのを回避するためだ。艦が損傷を負っても、一三名の将校の誰か一人でも生存し、艦内AIの機能が三〇パーセント生きていれば、艦を制御することが可能なように設計されていた。

バーチャルな発令所を実現したことで、警備艦の設計の自由度は増し、抗堪《こうじん》性は向上したと言われている。だが、乗員全員にプライベート空間は用意されているものの、全員が一カ所に集まれる場所は、警備艦内にはなかった。

「標的映像を」

マルガレータ警備艦長が呟くと、前の画面に問題の天体が映る。いや、映っているはずだが、よくわからない。暗い宇宙を背景に、極めて黒い物体を映しているのだ。星空が丸く抜けている部分、そこに天体があるのだろう。

「作業ポッド一号、チェック完了」

「アウグスタ、作業ポッドのチェック確認。ハッチを開放する」

警備艦に搭載されている一人乗りの作業ポッドが一機、発進する。昔は名前の通り与圧区画を有する作業用の一人乗り宇宙船だった。

しかし、宇宙服の性能向上もあって、いまは作業用ロボットハンドとスラスターの装備された軽合金のフレームでしかない。ポッドには酸素タンクや二酸化炭素フィルターなども装備されているので、それと宇宙服を接続すれば長時間の作業も可能だ。快適性という観点では最悪だが、構造は簡略化されたので扱いは容易だ。

下士官の乗員が、作業用ポッドで問題の小天体に向かう。警備艦と作業ポッドから、それぞれレーダーやレーザー計測器で測定したデータが表示される。

いまのところ、両者の計測データに変化はない。つまり相変わらず天体のステルス性能は高いままだ。

警備艦と天体との距離は、大事をとって一〇キロほど離れている。警備艦の機関部を天体に向けているのは、いざという時に距離を稼ぐためと、必要なら、核融合炉の噴射を浴びせ、反応を見るためだ。

現状はそこまでする予定はない。近くに人間がいるならなおさらだ。

「探照灯、照射準備!」

「探照灯、照射!」

警備艦アウグスタのサーチライトが点灯し、問題の天体を照射する。

「嘘でしょ!」

天体は一瞬だけ、サーチライトの光で浮かび上がったが、すぐにその光も吸収し、ふたたび黒くなる。

「ちょっと何が起きてるのよ!」

驚いているのはマルガレータ警備艦長だけではない。観測分隊の分隊長も、明らかに動揺していた。

「反射光を逸らしているのだと思うが……だとすると、表面形状が刺激に対して能動的に変化しているとしか思えん」

「こいつ天体じゃなくて、生き物なの？」

「かも知れん」

「かも知れんって、あんたが言い出したことよ、もういい、作業ポッド戻して！　作戦の練り直しよ！」

マルガレータ警備艦長が、そう命じたときだった。表面をマイクロ真空管式集積回路で覆われた球形の天体が、爆発する。それは特殊な核融合爆弾だった。周辺の恒星から自分の位置と姿勢を正確に調整したそれは、爆発するとすぐに壱岐星系の軌道面に対して帯状に強烈なガンマ線を放った。

この核融合爆弾の起爆により、警備艦アウグスタは蒸発したが、直接の犠牲者は乗員四〇名だけだった。

最も近い惑星である壱岐からは、空の一角が瞬間的に明るくなったのが目撃されたが、ガンマ線による死傷者は生まれなかった。

しかし、膨大なエネルギーにより照射されたガンマ線は、壱岐星系の惑星はもちろん、めぼしい小惑星にも反射されただけでなく、星系内を航行中あるいは停泊中の宇宙船、それらを運用する宇宙基地のすべてを照らし出した。

恒星壱岐により遮蔽された領域はあるにはあったが、惑星の運行のタイミングで、その領域には、主要惑星も基地も存在していなかった。

強烈なガンマ線は、壱岐星系における文明の中心領域を照らし出す。その反射波は、第三管区管轄の領域に二〇〇万個弱展開された異星人の探査衛星群により受信される。一周一二〇天文単位の距離で壱岐星系を囲むように展開した、それらのアレイアンテナすべてが、傍受した結果をある一点に向けて送信した。データの送信を終えると、探査衛星はプログラムに従って、アンテナを焼結させ、ついでコンピュータを破壊した。

探査衛星を設置した存在は、こうして壱岐星系内の文明の中心地にある、ほぼすべての拠点と運行している宇宙船の数と分布、その他、少なくない地政学的情報を入手した。

そして人類は、彼らに対してほぼ何もわかっていなかった。

3　出動準備

「君たちと、ここでこうした立場で会うのも、最後だろう」

出雲星系政府統領であり、星系連合政府首席執政官である殿上御先《でんじょうみさき》は、二人の将校がまだ三〇代と若いことに意外な感じをもった。

これから先、戦争が起きても起きなくても、人類の歴史は変わる。その命運を握っているのが、この二人の若い将校であることが意外に思えたのだ。

いまは首都の統領府官邸で左近司令長官も交え、彼らと向かい合っているが、次に会うときは宇宙要塞のどれかということも十分あり得るのだ。

「この会合の意味はなんでしょうか、閣下？」

水神は最高権力者である自分の前では緊張しているように見えた。彼の現在の役職や階級では、自分と言葉を交わすことはまずないのだ。

「閣下などと余計な尊称は不要だ、首席参謀。よければ水神君と呼ばせてもらおう、構わないかね？」

「はい」

「そちらも火伏君でいいかね？」

火伏もまた、折り目も真新しい軍服を着用していたが、水神ほど緊張している様子はない。大物なのか、それとも権威への感受性に対して神経が欠けているのか。

「はい、かまいません」

殿上が本題に入ろうとすると、左近司令長官が流れを止める。

「あの統領、私は？」

「左近君は司令長官と呼ばせてもらう。

さて、この会合の意味だが、ここで何か結論めいたものがまとまったとしても、その内容に法的な拘束力はない」

殿上御先に限らず、歴代の出雲星系政府統領は、自分が人類コンソーシアムの最高権力者であることを自覚していた。その権力に陶酔するもの、責任の重圧に苦しむもの、何も感じないまま能吏として振る舞うもの等々。

多くの統領がいて、惜しまれつつ引退するもの、石を持って追われたもの、急病死したものもいれば、暗殺されたものも一人二人ではない。

そうした中で、殿上御先は、自分は歴代統領の中で、もっとも凡庸な人間として歴史の一コマを埋めるものだと思っていた。

卑下しているわけではない。人類コンソーシアムの中で、壱岐星系の台頭がめざましいとはいえ、出雲星系の存在感はいまだ圧倒的だ。出雲だけでなく、人類コンソーシアム全体が安定期に入っている。

ユートピアが生まれたとは言わないが、自分が歴史に名前を残すほどの大事件や動乱が起こることはない、それが中央官衙《かんが》で禄《ろく》を食《は》んできた男の結論だった。

じっさい一期目の四年は何ごともなく過ぎ、出雲星系市民は特に大きな不満もないまま、殿上の統領職二期目を承認した。残る任期はあと二年。

統領職八年という例はこの半世紀でていない。だから自分の名前が歴史に刻まれるとしたら、この点だけだろう。そう思っていた矢先の壱岐星系での異星人事件である。

後世に自分の名前が残るなら、名宰相としてだろう。なぜなら自分が愚昧であったなら、歴史を残すべき人類が存在しないかも知れないからだ。

「ここでの会話は自由だ。階級や立場は忘れてくれ。同時に法的根拠がないからには、ここでの発言は公的に存在しない」

おそらくここにいる四人全員が、異星人との戦争の可能性に何の備えもできていないという事実を感じているのではないか？　少なくとも統領である自分はそうだ。

法的に人類コンソーシアム全体の行政は、五つの星系政府の代表からなる星系連合政府により行われ、その首席執政官が人類コンソーシアム艦隊や各星系防衛軍の最高司令官となる。つまり殿上は全軍の最高司令官になれるのだ。

それと同時に、異星人の侵略を受けるか、その蓋然性が高い場合には「法律に則り、戦時に突入した」ことが宣言される。これにより人類コンソーシアムは常務編制から戦時編制となり、社会機構の多くが戦時体制に組み込まれる。

戦時体制になると、最高戦争指導機関としての星系連合会議が置かれ、首席執政官の殿上が議長となることが決められていた。

これは基本的に何世紀も前から決められたことで、いままで不都合が起きたことはない。異星人の侵略はおろか、人類以外の文明の痕跡さえ認められていなかったのだから。

だからいま殿上統領はいささか厄介な状況に置かれている。平時から戦時への宣言を誰がどう行うのか？　じつはこれが不明確なのだ。

問題は、殿上御先が星系連合政府首席執政官として、人類コンソーシアムに対して戦時編制への移行を「命令できる」かどうか。それについては明確な規定がない。

先人たちは規定を厳格化しすぎて、有事に即応できないことを避けるために、あえて規定を曖昧にし、緊急避難的に対応する余地を残したのである。

ゆえに殿上が戦時体制移行を「命令できない」という規定もなく、宣言をして、既成事実化することもできる。

とはいえ、それを実行するにも相応の準備はいる。重要なのは社会的混乱を如何に最小限度に留めるかという問題だ。異星人との戦争が原因で、人類コンソーシアムの体制が混乱し、弱体化するようなことは避けねばならない。

だからこそ、正確な事実関係を掌握し、異論を封じるための手を打たねばならない。水神と火伏はそのために、ここにいた。

「言うまでもないが、公試中の巡洋艦を置いたまま、伝令艦で帰還してもらったのは、我々に正確な情報が必要だからだ。

単刀直入に訊くが、軍事的に見て、現在の彼我《ひが》の状況はどうなのか？　異星人の意図なり、能力について、何か考えはあるかね？」

それは首席参謀の水神に対する質問だった。

「どんな生き物かもわかっておりませんから、以下の推測はあくまでも私見に過ぎないことを先に申し述べておきます」

「当然だな」

「まず、探査衛星や核融合爆弾を持つほどの土着の文明が壱岐星系内にあったなら、入植の段階で発見されていたはずです。しかし、それはない。となると、彼らは壱岐星系の外からやって来たことになる。しかも、そのことに我々はまったく気づくことはなかった。

そうであるなら、二つのことが予想されます。一つは、彼らの総兵力あるいは総人口は人類に比して劣勢である。

もう一つは、輸送してきた機材なり工業施設にも限界があるため、兵站においても劣る。少なくとも現時点では」

「それは一般論としてか？」

「一般論としてですが、傍証もあります。

異星人が大型の核融合爆弾を、惑星壱岐への直接攻撃ではなく、宇宙空間で爆発させ、星系内の地政学的な情報を収集したことです。

惑星壱岐への直接的な先制攻撃をかけたとしても、後詰めの戦力に欠けている。だから先制攻撃もできない。

ただあれだけの手間をかけて、地政学的な情報を収集したというのは、攻撃意思の有無は論じないとしても、限られた戦力を有効に活用するためには必要不可欠な作業であると言えます。

矛盾するようですが、圧倒的な戦力があるならば、あのような手間をかける必要はないわけです。

さらに、彼らが武力を行使する意図を持ってあのような行動をとったとしたら、攻撃時期はそれほど遠い将来ではない可能性があります。彼らが入手したのは、いまの情報です。

一〇年後にはその価値を大きく失うかも知れません。

もちろん外交的な接触を前提に、有利な立場で人類に臨むためかも知れません。その可能性は否定できませんが、人類の居住惑星からそれほど遠くない領域で、核融合爆弾を使用したという点で、彼らが人類の生命を尊重することはあまり期待できないでしょう」

「あの爆弾一つでそこまで読み解けるわけか、大したものだな。

ならば火伏君、君は壱岐星系の工業力は、異星人と対峙できる水準にあると思うか？

それに関する意見を聞かせてほしい」

「水神同様、相手のことがわからないので私見になりますが、潜在的には可能です。ただし開発独裁で工業化を急速に進めたために、産業設備は効率的に活用されているとは言えません。また工場経営の人材にも問題はありそうです。それらが解決すれば生産性は倍は向上するでしょう」

「なるほど、潜在的か」

殿上統領は、参謀本部のエリート将校である水神を剣呑《けんのん》な人間と考えていたが、話した感じでは、そうではないようだ。むしろ軍政畑の火伏の方がある意味、危険な人間かも知れない。

当たり障りがないようなことを言っているが、この男は壱岐星系の工業生産を倍増させたいなら、体制を変革しろと暗に言っているのだ。つまりは、必要なら内政干渉も辞さないということだ。

「君らの意見によれば、現状は、少なくとも兵の数と物量では我らに分があるわけだな。数的優位さを生かせば、武力衝突は避けられる可能性もあるわけだ」

「どうでしょう、現状で我々が有利とは一概に言えないと思います」

「なぜだ、水神君」

「我々が異星人に対してわかっているのは、ほぼ同レベルの技術で衛星を製造し、核融合技術も持っていることくらいです。推測は他にもできますが、確実なのはそれだけです。しかし、異星人側は違う。彼らは壱岐星系の地政学的な詳細情報を手に入れた。それだけではなく、壱岐が調査に送り出した無人探査機も、回収した可能性が高い。

電波を中継するだけの衛星と、残骸でも無人探査機という宇宙船を手に入れるのとでは、技術水準を知るための情報量が違います。相賀によれば無人探査機は、老朽警備艦を改造したものと言います。ならば警備艦の性能もある程度は分析されるかも知れません」

数的優位に多少なりとも安堵した殿上には、水神の唱える情報格差の問題は不吉なものに聞こえた。

「文化が異なるであろう彼らに、我々の機械類を解析できるだろうか？」

「壱岐星系では異星人の衛星を分析し、用途も割り出しています。彼らは異星人と人類が比較的同質ではないかという仮説を立てているようです。

しかし、統領、じつはより深刻な問題があります。つまり異星人はいつから壱岐星系外縁部に潜んでいるのか、についてです」

「それが重要なのか、水神君？」

「壱岐星系第三管区では、五年ほど前に二件ほど、警備艦が遭難し、回収できなかったことがあります。もしも異星人がその時点で、すでに壱岐星系外縁に到達しており、その宇宙船を回収していたら、彼らは生物としての人類の構造を知ることができる。

それに引き換え、我々は彼らがどんな生物なのかさえわかっていません。彼らが我を知り、我が彼らを知らないとしたら、これは戦略的にはかなり不利な状況です」

いままで聞くことに徹していた左近艦隊司令長官が、ここでやっと口を開く。

「彼らが警備艦を手に入れてもAFDの技術は手に入らない。そして彼らは光速度の制約を超えて移動する手段を有するかどうか不明だ」

「なぜ異星人にAFD技術が手に入らないと断言できるのだね、司令長官？」

「軍政面の問題です。星系防衛軍の警備艦はAFDを装備しておりません。AFD装備艦は駆逐艦以上の等級になります」

「なるほど。続けてくれ」

殿上に話の腰を折られたが、左近司令長官は表情も変えずに話を続ける。

「したがって、仮に戦争になれば、主戦場は壱岐星系になり、異星人の戦力に限界があるなら、第三管区領域に戦線を維持できよう。星系外縁に戦線を限局できるなら、内惑星系に敵が進出するまでに、十分な縦深《じゅうしん》が確保できます。

戦略の基本は、戦線を壱岐星系に留め、人類コンソーシアムの他星系には拡大させないこと。艦隊司令長官として、これが一つの防衛戦略であろうと考えます」

「壱岐星系からの反対がでる前に、私の権限で戦時体制移行を宣言しろということかね？」

「そういう政治的な判断をするのが統領ではありませんか。私はあくまでも軍人として防衛戦略の一つのあり方を提案しているだけです。

ただ壱岐星系政府としても、感情論では反対しても、理性を働かせれば、他の選択肢があるとは思えません」

艦隊司令長官の進言は、確かに理に適《かな》っているように思える。ただ、殿上は星系連合政府首席執政官として、自分が戦時体制を宣言することに慎重だった。

それは星系連合会議議長としての自分に絶大な権限をもたらすと同時に、コンソーシアム艦隊司令長官にも強大な権力を与えることになる。

異星人との接触などまったくないままに何世紀も経過した結果が、こうした事態に対し、自分たちの法律がいかに未整備であるかを明らかにした。

一方で、だからこそより合理的な前例を作り上げる余地もある。戦時体制一つとっても該当星系だけに留めるための根拠はなかったが、そうしてはいけないという規定もない。どちらも可能だ。

先人たちが法律をあえて曖昧にしたのには、人類社会の環境が変化するという深い洞察があった。惑星出雲にしか文明がなかった時代と、五星系に人類が広がっている今とでは、「何を守るか?」についてさえ答えは同じではない。

すでに人類コンソーシアムは、惑星出雲を守るだけでは済まなくなった。そうしたことを考えるなら、殿上統領は現時点で、暗にすべてを戦争に投入すべきとする左近艦隊司令長官の考えにはおいそれとは乗れなかった。

「戦時体制移行の手続きはともかく、現時点で艦隊から派遣できる部隊はどの程度だね、司令長官?」

左近司令長官は、明らかに慌てていた。慎重な殿上が、戦時体制の宣言もしないうちに艦隊を派遣するとは思ってもいなかったようだ。

それはつまり、左近大将は口で言うほど、現下の状況に危機感を抱いていないのだ。彼も水神参謀から報告は受けているだろうし、ならば異星人がすぐに動くことはないと判断したのだろう。殿上統領の決断力を甘く見た艦隊司令部が、守勢に立たされた形だ。

「小職に考えがあります」

話に割って入ったのは、首席参謀の水神だった。

「コンソーシアム艦隊の即応部隊を派遣するよりも、まず出雲星系からは戦隊指揮官制母艦ズームルッドを派遣するとともに、八島、周防、瑞穂の三星系からも部隊を出させるのです。それにより彼らの即応体制を高められるでしょう。第一陣としては相応の戦力が整えられます」

「なるほど、検討に値するな」

助け船を出してくれたはずの部下に、左近司令長官が一瞬、冷たい視線を向けたのを殿上は見逃さなかった。彼にとって、自分の地位を脅かす存在に見えたのだろう。軍人たちとの会見はそれからしばらく続いたが、すでに殿上統領は、何を為すべきかを決めていた。

水神と火伏が去り、殿上と左近は若干の打ち合わせを行った。

「司令長官、君はなかなか優秀な部下を持っているようだな」

「えぇ、私が斃れるようなことがあっても、艦隊は安泰でしょう」

＊

「戦争になるかも知れないのね」

水神魁吾は、妻の巳洞《みどう》真理恵にそう言われたとき、ただ頷くしかなかった。

「なぜわかる？」

「出産予定日は来週。なのに家から一〇〇〇キロも離れている産院に来るなんて、出産には立ち会えないからでしょ。首席参謀が壱岐星系に急な出張で、戻って来たと思ったら、これだもの。出産に立ち会うどころか、いつ帰還できるかもわからない。戦争としか考えられないわ」

「君はなんでもお見通しなんだな」

「あなたがわかりやすいだけよ」

水神は妻の手を握り、妻とともに生まれる前の我が子を撫でる。生まれるのは娘らしい。

妻の真理恵とは士官学校の同期であり、共に参謀本部に奉職し、結婚した。

参謀本部第三部五課所属の妻は産休中であるが、回線のセキュリティが万全な官舎でなら、在宅の仕事も可能であり、時機をみて現役復帰することが決まっていた。

五課は情報分析担当の部署であり、真理恵の優秀さは夫である自分もわかっていたが、こういう時には、その優秀さが徒《あだ》になる。

そうでなくても参謀本部の動きには詳しい女性だ、水神が隠し事などできるはずもない。

「もうすぐ発表になる。問題の異星人は公式にガイナスと呼ばれることになった」

「ガイナス、変な名前。まさか害を為すからガイナス？」

「地球の歴史に登場する、ローマ帝国を滅ぼした野蛮人の名前らしい。文明の敵くらいの意味さ」

「敵だと決めつけていいの？」

「敵とは決まっていない。ただ備えているだけさ。友好的なら握手すればいいだけだ」

「階級はあなたより下だけど、命令します。必ず生還すること！」

「水神魁吾！　巳洞真理恵の命令を受領いたしました！」

「馬鹿なんだから、もう」

真理恵はベッドから水神に抱きついた。

「この子が生まれたら、必ず抱いてあげてね」

「僕は死にに行くわけじゃないよ。君たちを守りに行くんだよ」

「だからこそ、自分自身を守ることを考えて」

「大丈夫さ、いざとなれば一番に逃げ出すよ」

「結婚前に命がけで私を助けた人が言っても説得力ないわ……あなた馬鹿なんだから」

水神が真理恵を見舞っていた時間は一五分だった。それが彼にいま捻出できる最大の自由時間だった。

用意されたヘリコプターで病院から防衛軍の飛行場に向かい、そこからチャーター機で軌道エレベーターのある宇宙港に向かう。あえて軍の航空機に乗ったのは、機密管理のためで、水神は移動中も案件処理に追われていた。

星系連合政府の緊急会議により、戦時編制の最高戦争指導機関である星系連合会議が発足するかと思われたが、そうはならなかった。

議事非公開のため何が起きたのかははっきりしないが、その星系連合会議が必要かどうかを判断する危機管理委員会が、星系連合政府内に設けられたのだ。

陣容は、ほぼ星系連合会議と同じである。唯一の違いは、平時に置かれているため、メンバーからコンソーシアム艦隊司令長官左近健一大将が外されているということだった。

危機管理委員会の場に左近大将はいるにはいるが、資格はオブザーバーであり、発言権はない。

それでも左近大将は、殿上統領より壱岐星系統合政府筆頭執政官であるタオ迫水に対して憤《いきどお》っているようだった。そのあたりの事情を水神首席参謀が知れる立場でもなく、また左近大将も語らない。一つわかるのは、タオ迫水の政治手腕が尋常ではないことくらいか。

首脳クラスの政争よりも、水神には差し迫った仕事があった。それはある意味で、自業自得の面もあった。壱岐星系へコンソーシアム艦隊より分遣する、壱岐派遣艦隊を緊急に編成することとなり、水神は准将として司令長官職に任ぜられた。

大佐である水神を准将として階級に下駄を履かせても、本来、中将が就く艦隊司令長官職にはなお階級が足りない。

それでも水神が任ぜられたのは、発案者が責任を取れということだけでなく、壱岐派遣艦隊はガイナスの情報収集を主任務とする部隊であり、首席参謀のような人間こそ相応しいというのだ。

壱岐派遣艦隊は、水神が提案したように、コンソーシアム艦隊所属の艦艇の中で、壱岐以外の星系から戦力を抽出して編成されるが、中心となるのは出雲星系の戦力だった。

殿上との会談後に左近大将は、八島、周防、瑞穂の各星系に伝令艦を出し、二四時間以内に出動できる艦艇の出雲星系への「移動」を命じていた。

派遣艦隊編制となると、星系連合政府などの命令と手続きが必要であり、平時の艦隊司令長官に出せるのは「移動」命令までだった。

ただこの采配のおかげで、正式に危機管理委員会より壱岐派遣艦隊編成の命令が下された時点で、艦艇の数は揃っていた。

旗艦は戦隊指揮官制母艦ズームルッド、この他に巡洋艦が五隻あるが、ツシマだけは公試を名目にすでに壱岐星系に移動しており、八島からラムゼイ、周防からケルン、瑞穂からコルベールが派遣され、出雲星系からはミカサ級巡洋艦の中では最新のナカが派遣される。

これに伴う駆逐艦は一〇隻で、これも出雲星系がもっとも多い。カゲロウ、フブキ、アラシ、ムツキ、ヤヨイの五隻で、他は瑞穂からカサール、ミラン、周防からグライフとルフス、八島星系からはダナエ、概ね経済力相応の派遣戦力だ。

出雲星系からは他に降下猟兵を乗せた強襲艦ゲンブが編組され、ＡＦＤ装備の大型客船である天応《てんおう》と白山《はくさん》が、特設輸送船として出雲星系軍務局より徴傭《ちょうよう》されていた。コンソーシアム艦隊の兵站等の支援を行うのは、歴史的経緯から彼らの役割だからだ。

客船としてはオーバースペックな宇宙船で、運用コストがかさみ、採算性はよくない。これは有事には補助艦艇として徴傭されることを前提としたもので、コンソーシアム艦隊の補助金で建造され、軍関係の仕事は優先的に受注できる権利があった。採算性の低さは、それで補われていたのだ。

こうして壱岐派遣艦隊の戦力は揃った。しかし、それは宇宙船の数が集まっただけに過ぎず、派遣艦隊という形で機能する組織を作り上げる仕事が残っていた。

まず、ほとんどの艦長が他星系の艦長の顔も名前もわかっていない。さらに艦隊司令部を作り上げねばならず、そのための人員を編組する必要もあった。それこそ通信回線の設定レベルから、積み上げる必要がある。

三日後には、独立した艦隊組織として壱岐星系に向かわねばならない。軍事的合理性よりも、人類コンソーシアムのプレゼンスを示すことを優先した結果である。

水神が司令長官として最初に着手したのは、火伏に兵站に関する実務を取り仕切る兵站監を任せることだった。

はっきり言って大変な重責であり、まともな知能と神経の人間なら断ってもおかしくない。だが火伏は承諾してくれた。ただし喜んではなく、諦めてである。

「お前が司令長官と聞いた時に、こうなると思っていた」と彼は言う。

ただ水神が派遣艦隊を提案した時点で、火伏も準備に着手していたという。自分が兵站監になるかどうかにかかわらず、軍務局の仕事が始まると予想したためだ。

愛妻の実家を訪問していた水神と異なり、首都の自宅で妻との一時を過ごした火伏は、先に戦隊指揮官制母艦ズームルッドに着任し、軍務局の部下たちに指示を出していた。

水神は軌道エレベーターの専用室の中で、火伏兵站監の計画書を受け取り、それに目を通してから、「自分の乗艦と同時に司令長官室に出頭」するように命じていた。

壱岐派遣艦隊の主な艦艇は、惑星出雲の軌道エレベーター上にあった。それ自体が一つの都市である静止軌道上のブロックではなく、そのさらに上空の、軌道エレベーターを支えるバランスウエイトの小惑星が宇宙港であり、第一宇宙要塞である。一八隻の艦船はそこに集結していた。

水神は軌道エレベーターから降りると、そのまま歩いて、旗艦ズームルッドに入っていった。軌道エレベータに乗っているときからセキュリティシステムが彼の個人認証を済ませ、追跡していた。

艦長には着任の挨拶だけを済ませる。相手も急な出撃で、悠長な挨拶をしている暇はないのだろう。長官室の前には、部下二人にあれこれ指示を出している火伏が待っていた。

三人は敬礼し、水神も返礼すると、火伏だけが長官室に入る。

水神は応接室の席に着くよう身振りで促す。

「早速だが兵站監に一つ尋ねたいことがある。提出した輸送物資リストだが、どうして装甲車を運ばねばならんのだ？　しかも二四両もある」

「一二両で専用コンテナ一個だ。一個じゃ少ないが三個は多すぎるから、二個で二四両だよ」

「そんなことを訊いてるんじゃない。降下猟兵を一個中隊編組するのは、作戦の柔軟性を担保するためだが、彼らにはＡＳ（Armored Soldier）がある。なのにどうして装甲車だけ追加装備なんだ？　そもそも警察軍の装備だぞ」

「降下猟兵では手が足りない場合、艦艇乗組員を臨時に募って陸戦隊を編成すれば、地上部隊の増員が可能だ。

彼らなら、装甲車の運用もできる。将兵の基礎教育過程で我々もそういう訓練をしただろ」

水神は時々この大人しそうな男のことがわからなくなる。虫も殺さぬような顔で、平然と過激なことを口にする。しかもそれなりに理に適っているから始末に負えない。

水神は、火伏が提出した物資リストの意味するものをすぐに理解した。理解したからこそ、こうして問い詰めるのだ。

「兵站監に部隊の指揮権がないのは知っているな。それは問うまい。陸戦隊を編成して装甲車で何をしようと言うのだ？　いや、何ができるか、と尋ねるべきか？」

「まぁ、気がつくだろうとは思っていたがね」

詰問口調の水神の問いかけにも火伏は動じない。

「まずこちらから尋ねたいんだが、水神、士官学校で学んだ色々な戦術は、首席参謀として、どこまで普遍性があると思う？　つまり、我々の基本戦術で、ガイナス相手にも確実に通用するのは何かってことだが」

「お前は昔から、嫌な角度から球を投げてくるな。

そうだな。例えば大砲のような実体弾は、他の惑星で進化した生物にも有効だろう。タンパク質主体でよほど奇妙な進化を遂げていない限り、炎と飛び散る金属片に耐えられる生物はいないだろう。

いるとしても居住環境が我々とは違うだろうから、戦争になるほどの利害対立はない。戦車並に強靭で全長三〇メートルの知性体みたいな、まず遭遇はあり得ない相手の話をしても仕方がない。戦争になるとは、我々と広い意味で同質的ということで、そういう遭遇確率の高い相手の話をするのが合理性というものだ。ここまではいいか？」

「あぁ、続けてくれ」

水神は、話の主導権が火伏に握られているようで落ち着かない。

「で、大砲が有効としたら。大砲を設置するのは高台が有利というのは、古典物理の範疇《はんちゆう》で、それは普遍的な原則だろう。

同様に機動力の重要性も、包囲殲滅《せんめつ》も、物量に不安がないなら、生物種を超えた軍事原則と言えるだろうな。

ただ、通用するかどうか不安な戦術もある」

「例えば？」

火伏の表情を見ていると、やはり自分は彼の掌の上で踊らされている気がして仕方がない。ただそれは同時に彼と自分が、基本的な事実関係の認識が同じであることを意味していた。

「浸透戦術なんかそうだ。小規模に分散した部隊が、敵正面をあえて迂回して、後方に浸透して攻撃する。強力な火器を使いたくても、攻撃側が浸透している状況では味方も巻き込むので行使できない。そうやって敵を撃破するのが浸透戦術だ。

しかし、敵が高い敵味方識別・照準能力を持っていたら、浸透した側は兵力分散で、各個撃破されて終わる。

もっと規模を拡大して、電撃戦を展開しても同様だろう。攻撃側は機動力で敵を混乱させ、パニックに陥らせようとする。

だが相手が攻撃側の位置と能力を正確に把握できるなら、パニックに陥ることもない。

冷静に前衛と後衛を遮断するなどして、攻撃側を各個撃破できる。そうなれば電撃戦は自殺行為に終わる。

あるいは地球で行われたという通商破壊戦もそうだろう。全体を俯瞰《ふかん》して数を比較すれば、船団の規模よりも、潜水艦の数の方が圧倒的に少ない。魚雷の数も限られ、命中率も低い。

だが船団の当事者にとっては違う。敵潜水艦の位置もわからなければ、数もわからない。自分たちを狙っているのかどうかも定かではない。

そうした恐怖心が、船団護衛に大量の戦力を投入させたり、あるいは船団そのものの運航中止に繋がる」

「じっさい地球の事例では、通商破壊戦に投入された潜水艦の総数は、ピークでも八〇隻程度だったらしいな」

火伏の何気ない一言に、水神は彼が地球の戦史にまで目を通していたことを確認する。

地球の人類社会に関する情報が少ない中で、戦術教範に必要な狭い範囲の歴史は伝承されている。

だからジュリアン・コーベッドやリデル・ハートがどんな人物かは、戦術理論を学ぶ中で略歴は知られていた。ただそうした人物はごく希で、アドルフ・ヒトラーやヨシフ・スターリンなどのように資料中に登場する人名の多くは、どこの何者かはほとんどわかっていない。

そもそも社会背景がわかっていない中での戦史や戦術教範だけに、いまの人類社会にも理解できる形での翻訳が必要だった。

そうしたことを考えるなら、火伏の提出した装甲車の要求は、思いつきなどではなく、相応の研究の結果ということだ。

「しかし、いまの話は人間相手の場合だ。

相手が心理戦などには影響されず、数の大小だけを問題にする相手ならどうだ。輸送船の損失が、一定の許容量以下なら躊躇せず船団を送り、必要量を輸送するというような冷徹な計算ができるなら、通商破壊戦はその戦術的効果を著しく減殺されてしまう。

ガイナスがどんな連中かわからない。やっぱり動揺したり、パニックに陥るかも知れないが、精神構造がまるで違うので、心理戦を期待しても無駄かも知れない。まぁ、そんなところだ」

「そうだよな。

で、今日の艦隊の装備というのは、色々シミュレーションをしてもいるが、基本的に我々人間の価値観からはでていない。理由は水神がさっき言ったとおり。異質すぎる相手とは戦争などまず起こらない。

一方で、生物学的には同質でも、文化的あるいは心理的に異質な相手では、我々の戦術がどこまで通用するかわからない」

水神には火伏の理屈は理解できた。しかし、彼の話の方向性がわからなかった。

「それでも現状の装備が無力というのは早計だろう。生物学的に同質性が期待できるなら、鉄砲玉が当たれば、ガイナスだって死ぬだろうし、レーザー光線を受ければ切断される。壱岐星系のデータでは、核融合爆弾とレーザー光線は奴らも知っているらしい。それを武器として保有していることは、彼らに対しても脅威である可能性が高いことを意味しないか」

「もちろん自分も兵站監として、装備は無力とは言っていない。しかし、現状の装備が適切という保証もない。太古の戦艦のように実体弾を大量に発射するのがいいのか、光線兵器重視がいいのか、それともやはり現状こそ最適なのか、闘ってみないとわからない、だよな？」

「そうだよ。もちろん戦闘の結果、すぐに戦術は変更される」

「軍艦の装備の適正化も含めてだろ？　いずれ軍艦の改造や兵装の変更などが必要となる。では、それはどこで、何を用いて行われるか？」

ここで水神は火伏の意図を理解した。装甲車を装備する意味とともに。

「火伏は首席参謀に、壱岐星系の工業設備と言わせたいのか？」

「言わせたいも何も、他にないだろう。ガイナスと戦争になったとして、必要物資の生産拠点は壱岐星系の中心五天文単位の領域しかないんだ。

彼らが我々と危機感を共有し、その対策に協力してくれれば問題はない。しかし、そうでない場合には、武力の行使も選択肢として含まれるのではないか」

「だとしたら二四両ばかりの装甲車で何をするんだ？　壱岐星系の統領府の占領だけでも、二四両程度では足りまい」

「降下猟兵も投入する。装甲車はその補助だ。むろん惑星軌道の制空権は壱岐派遣艦隊が掌握する。ならば中枢部の確保は装甲車二四両で十分さ」

「お前……自分が何を言っているかわかってるのか？」

答えは訊かずとも明らかだ。火伏はすべて理解し、同時に必要なら自身の首をかけるつもりでいる。だから信用できるのだが、その独善性には危険も孕《はら》む。

「兵站監としての職務を全うしようとすれば、最悪、こうした処置が必要ということだ。それ以上の意図はない」

「それ以上の意図があってたまるか！

お前なぁ……あちらさんの工業界、産業界に介入しようとしたら、どう考えても軍政畑の専門家が必要だ。経理主計のお前じゃなくてな。いまから適当な人材を探すといっても、割ける時間はせいぜい一日だ」

「それなら心配はいらない。適任者がいる」

「我らが相賀先輩は、法務畑の専門家だから、根拠地隊司令というほとんど行政官のような仕事をしてるんだぜ、忘れたか？　ついでに言えば坂上女史も同様だ。これほどの適任者はいない」

「いないな……なぁ、火伏よ」

「なんだ、水神？」

「お前、相賀先輩のこと嫌いだろ」

＊

「中隊長、追加装備ですが、兵站監からOKが出ました。例のリンクス」

マイザー・マイア先任兵曹長は、強襲艦ゲンブの中隊長室に出頭し、口頭でシャロン紫《し》檀《だん》少佐に報告した。中隊長室とはいえ、軍艦の一室であり、さほど広くない。そしてそこには彼ら二人しかいなかった。口頭で報告とは、内密ということだ。

「正気ですかね、あの兵站監？」

「首席参謀に確認もしなかったんだな？」

「ええ、要求機材を確認したら即答でした。まぁ、大枠は首席参謀の了解を得ているんだと思いますが」

「だとすると、派遣艦隊の実権を握る艦隊司令長官と兵站監の二人とも頭がおかしいってことよ。念のため確認するけど、リンクスとはペットの猫ちゃんではなくて、戦闘用ヘリコプターの意味ですって、先方もわかってるわけよね？」

「我々がマスコットの猫が欲しいと言ったら、ＯＫと同時に野良猫押しつけてきますぜ、軍需部は」

「だろうな」

「リンクスの件は撤回しますか、中隊長？」

「狂人に付き合わなきゃならないなら、相応の準備がいるわよ。しっかし、悪い予感的中ね」

シャロン中隊長は、デスクの上に足を投げ出す。

「やはり、マジなんですかね？」

「宇宙人と戦争するかもって時に、戦闘用ヘリコプターください、って言ったら、はいどうぞって渡してきたのよ。先任、軍需部がこんな気前が良かったことある？」

「自分は、そういう経験はないですね」

「私もだ。誕生日のケーキとはわけが違う、戦闘用ヘリコプターだぞ。それを六機、耳を揃えて金を出すという大盤振る舞いだ。

こうなると、ご親切というより、生臭い話の延長だな」

シャロン中隊長が指を動かすと、ＡＩはその意味を解釈して、正面のスクリーンに壱岐星系の高解像度衛星写真を映し出す。

その写真は拡大され、首都の詳細がわかるまでになる。

「降下猟兵はコンソーシアム艦隊司令部の隷下にあるが、実戦経験といえば暴動鎮圧などの治安活動だけだ。歴史を遡れば、武力による内政干渉の例もある」

「しかし、今回はガイナスという未知の存在に対して、地上部隊を含めることで、戦術的柔軟性を確保するのが目的なんですよね」

シャロンはマイアの話に軽く笑う。

「戦術的柔軟性とはなんだ、先任？　戦術的に必要なら、政府に干渉することも柔軟性に含まれるかどうかだ。リンクスの件は、それが可能性として否定されていないことの傍証だ。戦闘用ヘリコプターなど、大気のある天体でしか使えないのだからな」

「やはり首都制圧のための追加装備ですか……しかし、中隊長。兵力と言ってもうちの一個中隊だけだし、戦時編制でうちは他所より基本定員が多いとしても二五〇名しかいませんよ。それで一〇〇万都市を制圧するのは無理でしょう」

「だから、外科的に中枢だけ手術しろってことでしょ。政治中枢の外科手術には、リンクス戦闘用ヘリコプターが一番って話なのよ、ようするに」

「中隊長……それを予測して発注させたんですか、自分に？」

「クルツから聞いたのよ」

「主計長が何だと？」

「兵站監の奴、装甲車を二四両積んでるって。クルツは、私が知ってると思っていたみたいだけど、そんな話、私は聞いてない。だから試しに発注させたわけ。却下されたら、それだけの話だからさ」

「辞退は無理なんでしょうか、中隊長？」

「動員命令なんだから、無理に決まっているし、辞退するつもりもない。治安戦なんて不愉快な作戦命令が下りてくるかも知れないが、そんなのは些事だ。最悪、宇宙人とドンパチってことになって、どこかの惑星で地上戦とか、敵宇宙船に乗り込んでの制圧戦となったら、それが可能な部隊はどこだ、先任？」

「コンソーシアム艦隊第一降下猟兵師団第一連隊第七中隊であります！」

「そういうこと。いま宇宙人と戦えるのは、戦術・機材研究中隊である我々しかない。もしも上の連中が、壱岐星の統領府で制圧戦でも考えているとしたら、我々が展開して、最小の時間で任務を完了しないと、流れなくてもいい血が流れる。外科的手術が避けられないなら、最短時間で手際よくだ。

うちの中隊に、茶番劇で死んでいい人間は一人もいないんだ」

コンソーシアム艦隊の部隊編制の歴史で、もっとも議論の的となったのが、歩兵の存在だった。

「敵に国土を蹂躙《じゅうりん》させないのがコンソーシアム艦隊の存在意義である！」

仮にこれが公式見解であり、多額の予算で戦闘用宇宙船を整備してきたのも、この水際防衛論を根拠としていた。

しかし、艦隊正面の装備だけを充実させ、惑星の一部を占領してきた敵に対する備えはなくてよいのか？　という反論は常にあった。

艦隊戦で敵を阻止できない場合、惑星上に戦線をつくり、敵の侵攻を食い止め、反撃し、殲滅するための兵力を持つべきだという意見である。

この議論の厄介な点は、コンソーシアム艦隊に地上兵力まで持たせた場合、各星系政府に軍事介入する可能性があることだった。

じっさい二〇〇年ほど前に、出雲星系にもっとも近い八島星系で政治対立から内乱が起こり、これに対してコンソーシアム艦隊が艦艇の乗員により陸戦隊を組織し、軌道上の宇宙船の火力支援を受けながら、内乱を終息させた例がある。

問題はこの過程で、陸戦隊が傀儡《かいらい》政権を立て、五年間の軍政を行ったところにある。その中で多数の市民が政治犯として投獄され、軍政の終了とともに彼らの多くは釈放された。

八島星系の主惑星である八島は寒冷で、過酷な自然環境の地域も多い。人間が住めるのは都市部だけといってよい。このため内乱の長期化で都市インフラの維持が困難になれば、多数の人命が奪われかねない。だから混乱を早期解決するための軍事介入やその後の軍政も、少なからず人道的な処置という一面もあり、これは星系連合政府からも認められた。

しかし、一方で、コンソーシアム艦隊に地上兵力を持たせた場合に、彼らに何ができるかも如実に示す結果となった。

こうして一五〇年ほど、コンソーシアム艦隊に地上部隊は付属しない時代が続いた。だが各星系間の利害の対立が経済発展に伴い拡大してくると、星系政府を超えた仲介者としての星系連合政府の機能を強化しようとする声が強くなってきた。

効果的な暴力装置であるコンソーシアム艦隊の役割が重要になり、その結果、降下猟兵という軌道上から天体表面に展開する兵種が復活したのであった。

現在はコンソーシアム艦隊に所属する降下猟兵は五個師団。一星系に一個師団の割合だが、駐屯地は出雲の他は瑞穂と八島であった。一番辺境に位置する壱岐と周防にはない。

ゲンブ級強襲艦一隻で完全武装の一個中隊を輸送できるため、降下猟兵師団に大隊編制もない。作戦の柔軟性を確保するために、一個連隊は一二個中隊より編成され、この連隊四個で一個降下猟兵師団が編成される。

五個師団の中で精鋭と呼ばれるのは第一降下猟兵師団第一連隊の一二個中隊であったが、

特に戦術・機材研究中隊である第七中隊は最精鋭と謳われていた。このため中隊長の多くが中尉・大尉であるなかで、ここは佐官の少佐であり、時に複数の中隊が任務につく場合など、最先任者として部隊指揮を執ることもあった。

ちなみに一二個中隊の中で、第七中隊が特別なのは、近年まで一個連隊七中隊編制時代が長かった名残である。連隊の中隊定数が増えた今日でも、伝統ある第七中隊はその名前と任務を継承していたのであった。

「前方五〇〇にアンノウン」

「ドローンを展開」

マイア先任兵曹長のAR（拡張現実）上の視野の中には、人間工学的に理解しやすく表示されたメッセージが飛び交う。

彼はAS（Armored Soldier）に搭乗し、分隊の指揮を執っている。降下猟兵師団は大隊編制だけでなく、小隊編制も省略している。概ね一〇人から一五人編制の分隊が一二個集まって中隊となる。正確にはこれらに中隊本部が付属し、独立して活動できる最小の戦術単位となる。

ASは装甲兵とも称されるが、じっさいは人間が搭乗する身長四メートルほどの人型ロボットだ。人型戦車と呼ばれることもあるし、最小の宇宙船と称されることもある。

表面は金属だが、主体は炭素繊維などの複合素材で、無垢の金属装甲より軽くて耐弾性はある。しかし、それ以上の能力は期待されていない。

首はなく、複数のカメラアイのついた外観は見た目こそ強そうだが、決して無敵の戦闘用ロボットなどではなく、すべての兵器がそうであるように消耗品だ。

それでも機関砲やミサイルを扱い、内蔵ドローンを飛ばし、汎用的な戦闘力とデータリンクを介した高い情報処理能力を有していた。またAS自体は量産品だが、操縦者の個人データをデータリンクから読み取り、その癖まで理解した最適な行動を実現できた。

だから工場からロールアウトしたばかりのASでも、熟練者が乗れば、阿吽《あうん》の呼吸で操縦可能だった。逆にベテランの癖を覚えたASに新兵を乗せることで、短期間で一人前の操縦者に育てることも可能であった。

基本的なコンセプトは、装甲で兵士を守るところにはない。未知の異星人と白兵戦を演じなければならないときに、歩兵の生産性、あるいは費用対効果をいかに向上させるかがAS開発の主眼である。

歩兵なみの汎用性で、戦車並の火力と情報処理能力を実現できたなら、これに勝る兵士はない。

降下猟兵が一個中隊程度の兵力を単位とするのも、ASの活用で、従来の歩兵連隊や師団並の働きを期待してのことだ。すべては経済性から始まっている。

隷下のASから複数のドローンが展開されたことを、マイア先任兵曹長はARの中で確認する。

ドローンの位置情報と画像情報から、ASの戦術コンピュータが戦域全体を再構成して表示しているのだ。

部下のASの位置だけでなく、問題のアンノウンの位置もわかる。

「アンノウンは戦闘車両。対ASライフル装備。最優先排除目標」

「目標を確認」

「目標了解」

部下たちからすぐに返答が届く。

個々のセンサーでは判別が難しい相手も、複数のドローンやASのセンサーデータを総合すれば明らかになる。

マイア先任兵曹長が戦術AIの分析結果を口にする前に、それは部下たちのASに転送される。しかし、部下たちの返答は彼の分析結果を受けてからだ。

データリンクの方がはるかに迅速なのに、こうした人の音声のやり取りを行うのは、主としてAS搭乗者の心理面のためだ。

人間の肉声なしの戦闘では、AS搭乗者に強いストレスがかかり、孤立感が深まるからである。部隊としての一体感を確保するためにも、音声による交信は無くすことができなかった。

ガイナスとはどんな存在なのか？　それはいまだにわからない。彼らともしも闘わねばならなくなったとき、会話が途切れただけで孤独感に襲われる人間という存在は、果たして勝てるのだろうか。

データリンクの表示だけを頼りに、無言で前進してくるのがガイナスであったとき、互いに言葉を必要とする人間はやはり不利になるのか？

マイア先任兵曹長は、そのことをずっと考えていた。いまこうして第一宇宙要塞の倉庫を活用した訓練の場でも、部下たちの声に、実戦に赴くことへの不安を感じ取ることができた。

だが、彼は、それでわかった気がした。人間が言葉を交わし、部隊の一体感を維持し、自分が孤立していないことを確信できたなら、決して負けないと。

「バズ、敵の黒はそちらの射程に入った」

「ロックオン、シュート！」

敵車輌の側面に位置するＡＳより、模擬弾が放たれ、戦術ＡＩは命中と判定した。

「よし、このターンは終了だ。全機、集合！」

マイア先任兵曹長は命じる。互いに相手の位置を把握しながら、ＡＳの集団は陣形を整えていく。練度の高さは、第七中隊の名前に恥じないものだろう。

だからこそ、中隊長の言葉が胸に刺さる。
「うちの中隊に、茶番劇で死んでいい人間は一人もいない」のだと。

4　アンノウン

　壱岐星系統合政府筆頭執政官であるタオ迫水は、ここ数ヶ月、自宅にいることが希だった。危機管理委員会のメンバーとして出雲星系に向かうことも少なくなく、壱岐星系に戻ったら戻ったで、ガイナス問題の最前線となる第三管区司令部に顔を出さねばならない。いまもまた、彼は第三管区司令部にいた。

「いっそ、このまま戻らずにいようかと思うことがあるよ。アダマ三号の出発が遅れないかとかね」

　タオ迫水は、司令官室の中で、珍しく愚痴を言う。そこにいるのは従姉のセリーヌ迫水だけだが、彼女もタオのこんな姿を目にするのは初めてだった。

「何を馬鹿なことを言ってるの。アダマ三号が出発しないと、何も進まないでしょ。それに、あなたなしで、アザマ松木政権を誰が支えるの？」

セリーヌ司令官は筆頭執政官のタオをそう慰めるが、彼の憔悴《しょうすい》ぶりは、そうと知らねば何かの病気かと思うほどだ。

ガイナスとどう対峙するかを話し合う星系連合政府の緊急会議は、当初は殿上御先を議長とする星系連合会議の発足と同時に、戦時体制への移行が為されるものと思われていた。だが、コンソーシアム艦隊司令長官左近健一大将への権限拡大を殿上統領自身が懸念していることもあり、タオ筆頭執政官の「ガイナスの正体も不明の段階での戦時体制転換は時期尚早」という意見により、危機管理委員会が設けられることとなる。

これにはタオが、自分たちが収集したすべてのガイナス情報を公開したことも大きかった。

このタオによる情報開示とは対照的に、コンソーシアム艦隊側のガイナス情報の公開範囲が限られていることが問題となった。

これはタオの計算だった。左近大将が、手持ちの情報をすべて公開しようとすれば、自分たちが壱岐星系に持っているスパイ網についてもある程度は公開することを強いられる。むろんそんなことができるはずもない。

星系連合政府に対して、艦隊司令長官が自身の情報隠蔽を認めるわけにはいかない。だがそれを認めなければ、こんどは艦隊の情報収集能力が星系防衛軍より低いことを証明することになる。

左近大将にとって、タオの提案は不意打ちに等しかった。このため有効な反論も対案も提示できず、左近大将は会議に参加した各星系のメンバーに対して、戦時体制への転換の必要性を納得させることができなかった。

会議の流れはこれで決まったと言ってよい。艦隊司令部の権限を拡大する戦時体制への転換には待ったがかかった恰好だ。こうして危機管理委員会が発足し、左近大将は委員会に参加するが発言権は与えられないこととなった。

危機管理委員会は星系連合会議とほぼ同じメンバーであり、ガイナスに関する情報収集と可能であればコンタクトを行い、異星人遭遇に関する危機管理の全権を持つこととなった。

それまでの間は、あくまでも平時であり、戦時体制に伴う強権は発動されないこととなった。

戦時体制を口実に、コンソーシアム艦隊に壱岐星系を直接管理されるという最悪の事態はこれで回避された。外交としては大勝利とセリーヌ迫水司令官は思っていた。

とはいえ、好事魔多し。タオ筆頭執政官の功績は、「危機管理委員会は問題の先送りに過ぎず、コンソーシアム艦隊による内政干渉の余地を残した」との非難や、アザマ松木統領を追い落とす実績づくりなどとの根拠のない中傷にも晒《さら》されることとなった。

それでも「誹謗中傷されない執政官なんてのは、仕事をしていないってことだ」と嘯《うそぶ》いていたタオにとって、その程度は織り込み済みだった。自身が出雲星系に出かけ、壱岐星系を留守にしているならば、なおさらそんなことも起こると覚悟していただろう。

だが彼にとって一番の衝撃は、そうまでして支えている当のアザマ統領が、タオを守るそぶりを全く見せないことだった。

表だっての非難がないのは当然としても、公式に功績を称えることもしない。さらに外交的な成果を自分の功績と喧伝《けんでん》するようなことも行った。その隣には、いるべきはずのタオの姿はない。

アザマ松木のそうした態度は、セリーヌ第三管区司令官にも意外だった。実直さだけが取り柄の男と思っていたが、タオの不在中に、誰かに変な空気を吹き込まれたのだろうか。この件に関してはセリーヌの実の妹であるアリア松木は、なんの戦力にもなっていない。姉から見ても教科書通りの深窓の令嬢であるアリアは、アザマ松木の妻としては申し分ないだろう。

だが野心家の姉から見れば、これほどつまらない女もいない。どうして同じ親からこれほどの別人種が生まれたのかわからない。

とはいえ、面白みがないだけで、アリアは馬鹿というわけではない。統領夫人として恥ずかしくないだけの知識や教養はある。ただ自分というものがないだけだ。

それでも迫水家の人間として、夫に口添えするくらいの知恵はあるかと思っていた。タオにしても、従妹のアリアに期待するところはあっただろう。しかし、その期待は見事に裏切られた形だ。

ここまでアザマ松木を統領として信頼し、その政権のために働き、大きな成果を上げたタオとしては、確かにこの統領夫妻の仕打ちはショックだろう。

「こういう状況だから、あなたが支えないと、アザマ政権は危険よ。わかってると思うけど」

「アザマ松木政権でいいのかね……そうは思わないか？　どうも、僕が思っていた以上に彼の器は小さかったようだ。平時ならそれでもいい。しかし、こういう非常時は、あの男じゃ乗りきれないいんじゃないか？」

「だからこそ、支えないと」

「だからこそ？　アリアが心配なのか」

「アリアのことなんか心配してないわ。アザマが駄目なら別の男に乗り換えるだけよ。私の実の妹よ、その辺はしたたか。

そうじゃなくて、危機管理の話よ。あなたが主張したように、ガイナスとは戦争以前にコンタクトも成功していない。電波で呼びかけても返事はない。

我々は異星人との戦争には備えてきたけど、共存のためのプロトコルは存在しないに等しいのよ。もめないほうが不思議だわ」

「だからアザマ政権を支えるのか？」

「悪役としてね。彼がすべての成果を自分のものにしたいなら、させてやればいい。強権を次々と発動し、社会矛盾が極大化したら、その時に、すべてを彼の名前に押しつけて、新体制を作るのよ」

「長らくご愛顧いただきましたアザマ松木商店ですが、諸事情により閉店につき、在庫一掃処分かい？

しかし、僕もその在庫に含まれているんだよ」

「だからこそ、タオはみんなの前でたくさん冷や飯を食べることよ。あなたはアザマから疎《うと》んじられているとみんなが知っていれば、タオ迫水だけは次期政権で経験豊かな新時代の執政官として、捨てずにとっておかれるようにね。敵の敵は味方よ」

「君は軍師なんだな」

「軍師ってさぁ、私、軍人なんだけど」

＊

「これより航路啓開船アダマ三号は、準惑星天涯付近を通過するコースに入る。本艦は既定の位置までエスコートを行う」

最新鋭巡洋艦ツシマの日向千秋《ひゅうがちあき》艦長は、発令所に居並ぶ戦闘幹部たちの前で宣言する。彼の視界の中には、壱岐星系外縁部の星系図が表示されている。アダマ三号は壱岐星から一八光年離れたＧ型恒星敷島《しきしま》にむけて航行していた。

巡洋艦ツシマは、アダマ三号をエスコートする形で第三管区司令部のある準惑星禍露棲を出発し、そこから三〇天文単位ほど離れた領域まで航行していた。すでに準惑星天涯までは一天文単位を切っている。

戦闘幹部たちもこの情報は共有している。ただし彼らは物理的には分散しており、ＶＲを解除すれば発令所は存在せず、艦長室には彼一人しかいない。

建造段階の艤装員長の時からツシマ型巡洋艦に関わってきたから、そのまま艦長となったいま、日向はこの戦闘用宇宙船のすべてを理解していた。だからこそ彼がこの任務に抜擢された。

細かいことを言えばツシマは公試が終わっていないまま、造船所からコンソーシアム艦隊に受領されている。しかし、そのことに不安はない。壱岐星系に出動する時点で、すべての不都合点は修正しているからだ。

「艦長、ドローンの射出準備完了しました」

船務長が報告する。艦内の庶務全般や通信、観測もすべて彼の職掌だ。

昔は艦長の下に副長という役職があったが、いまは存在しない。そのかわり艦長の次席は船務長が担当するのが通例であった。これは宇宙船の高度化により艦内編制が洗練されたのと、効率を追求する戦闘用宇宙船では省力化への強い要望があったことから、副長が廃されたのだ。

「ご苦労。壱岐星の情報が正しいなら、天涯の近くでガイナスは動き出すはずだ。我々の任務は、何よりも情報収集だ。状況に応じて、すぐに展開できるようにしてくれ」

「了解しました」

艦長の言葉は、VR上では船務長だけでなく、幹部全員に届いている。日向艦長は、ツシマのセンサーの試験も兼ねて、追尾中の航路啓開船アダマ三号の姿を艦長室のモニターに表示させる。

アダマ三号は燃料効率を考え、初期加速は、五基あるエンジンの中で通常の核融合反応を行う一基だけを作動させていた。「点火」に反陽子による対消滅を活用した核融合炉エンジンを効果的に用いるには、宇宙船がある程度高速であることが要求されるからだ。

だから星系外縁を越えてもしばらくは、巡洋艦ツシマの主機でも追尾可能だった。星系を完全に離れ、対消滅を利用する段階になると、ツシマでも追尾不能となる。

もしも、追跡不能な領域でアダマ三号がガイナスの攻撃を受けたとしたら、それは重要な情報であると同時に、人類にとっては非常に厳しい事実となるだろう。それはガイナスの宇宙船の技術水準が人類より高度であることを意味するからだ。

「出てくるなら、この辺で願いたいものだ」

航路啓開船アダマ三号の形状はカクテルグラスに似ていた。全長二〇〇メートルの先端には、比較的浅い、曲面を持ったロート状の金属板がある。遮蔽板と呼ばれ、最大速度が亜光速に達する宇宙船を、星間物質や重粒子などから守るためのものである。カクテルグラス状なのは、亜光速での光行路差現象を考慮したもので、遮蔽板から見れば、粒子や放射線は、ほぼ均等に当たる。

遮蔽板と名付けられているが、単なる金属板ではなく、ナノレベルの金属粒子が循環する機構も組み込まれ、損傷部分の自己修復と放熱のための作動流体の役目が期待されていた。

航路啓開船という存在は、日向艦長も歴史の教科書で知っている程度で、実物を目にするのは初めてだった。おそらく壱岐星系以外では、この一世紀ほどは建造されていないだろう。一つの星系で産業を育成し、自給自足可能な段階まで開発が進むには、相応の時間がかかり、新たな星系探査を行う余裕もないからだ。

航路啓開船はAFD航法と不可分の存在だった。航路啓開船が通っていない星系にはAFD航法は使えないのである。

AFD航法は目的地とする天体への座標計算を行わねばならないが、出発点と到着点の間のダークマターなどの質量分布の影響を強く受けた。

質量分布とは重力勾配を意味し、この誤差が蓄積すると、AFD航法の宇宙船はどこで実体化するかまったく予測できなかった。

星系内の伝令艦もAFDは使用するが、距離は恒星間と比較して近距離であり、ダークマターの影響より主星である恒星の質量の方が圧倒的なので、航法上の問題はそれほど大きくない。

それが恒星間では距離は数十万倍に拡大し、恒星の影響が小さくなる分、誤差も飛躍的に増大する。AFD航法を利用するためには、目的の恒星系まで、AFD航法によらない従来型の宇宙船を航行させ、航路上のダークマターの分布や動きを計測し、分析する必要があった。

つまり人類の版図は、出雲星系・壱岐星系間の二〇光年の距離をAFD航法で自由に往復できる一方で、版図が拡大する速度は、光速の制約を受ける航路啓開船の速度で決まった。

だから人類コンソーシアムを構成する五つの星系についても、既知の航路帯なら一〇光年先でも二〇光年先でもAFD航法で自由に移動できたものの、航路帯を外れてしまえばたとえ一光年先でもAFD航法は使えなかった。

もっとも、人類コンソーシアムの版図が五星系に留まっている最大の理由は、総人口の問題であった。人類全体で一〇〇億人。出雲星系で半数の五〇億人であり、二番目に多い壱岐星系でも二〇億人でしかない。このため第六の植民星系としてG型恒星の敷島の名前が上がっているものの、探査機一つ送られていなかった。

それでも壱岐星系は経済成長の著しさもあり、五〇年ほど前に自分たちの技術と機材で航路啓開船を建造し、敷島星系へ送り出し、そして失敗した。これがアダマ一号だった。恒星系外縁を通過して程なくの遭難である。

アダマ一号の失敗は、技術的未熟さと判断され、その後しばらくは建造されることもなかった。そして三年前にも大幅に改良されたアダマ二号が送り出され、これも星系外縁を通過してから遭難した。

いま考えればこの二隻目の遭難は、ガイナスの攻撃の可能性も低くない。アダマ三号は、アダマ二号が成功した場合に、観測精度を上げるために一年後に発進する予定で建造されていたが、この遭難により、発進は延期されていたのである。

いまその宇宙船がガイナスを誘い出すために、三度目の挑戦として送り出されていた。前二回との相違は、今回は誰も航路啓開の成否を問題としていないことだった。

「艦長、戦術AIがアンノウンを報告しています」

船務長から直を交替した、船務士から報告が入る。もちろん日向艦長の視界の中には、そのデータが提示されている。それでも乗員の士気とメンタル維持のためには、言葉のやりとりは重要だった。

「アンノウン、根拠は何だ？」

戦術ＡＩは、センサーのデータから敵味方の識別を行うが、時としてアンノウンという報告を行う。

本来の意味は、敵味方の識別不能である。しかし、ＡＩがセンサーの情報を解析できない場合にもアンノウンは表示される。大抵はセンサーの故障が原因だが、ごく希な自然現象に遭遇してもＡＩはアンノウンを報告する。

通常は日向艦長まで報告は上がってこない。しかし、ガイナスとの接触が予想される状況であるため、船務士は日向艦長に報告したのだ。

「バックグラウンドノイズが極端に低い領域があると戦術ＡＩは報告しています。アダマ三号から輻射《ふくしゃ》される電磁波も、極端にゲインが下がっています」

「何らかのステルス技術によるものだというのか？」

「そう解釈するのが妥当だと自分は思います」

「なるほど。その領域を戦術ＡＩに表示させろ」

すぐに視界にアンノウンを表す薄く赤い楕円が浮かんだ。それは二個一列にならんでいた。位置関係から言えば、アダマ三号を追尾し、巡洋艦ツシマの前方にいることになる。

アダマ三号は核融合プラズマから生じる電磁波をまき散らしているから、アンノウンのステルス性能が高ければ、巡洋艦ツシマに対して、それらを遮蔽する形になる。

しかもツシマからのレーダーにも反応しないのだから、ステルス性能はかなり高いことになる。

アダマ三号もツシマも、低い水準とはいえ加速運動中であるから、アンノウンも同様だろう。しかし、アンノウンの機関部の輻射は観測できていない。赤外線を含む電磁波も最低限度に抑えているのか？

日向艦長はＡＩによる戦術選択肢を表示させる。最新鋭巡洋艦ツシマのＡＩシステムは、従来のミカサ型巡洋艦が用途に応じた専用ＡＩだったのとは異なり、汎用性のある高性能ＡＩが個別案件を処理する形に切り替えられた。

特に戦術立案能力を向上させるための改良である。しかし、日向艦長が思ったとおり、戦術的選択肢にさほどの収穫は無かった。

「アンノウンに対してどうすればいいか？」

そんな漠然とした状況に対して、ＡＩは無力だった。「一〇〇〇キロ先の敵艦を攻撃するには何を使うべきか？」のような、ＡＩにも理解できるだけの具体性が必要だ。

「船務士、アダマ三号からの信号はコンマ三秒の遅れがあるんだな」

「一〇万キロは離れてますので、その程度は遅れます」

「アダマ三号に、後方に探査ドローンを射出するよう指令を出す準備をしてくれ。それに対するアンノウンの反応を見る」

「本艦のドローンは？」

「それも頼む。とりあえず、準備だけな。兵器長、ＡＭｉｎｅ《エーマイン》は使えるか？」

日向艦長のその質問に、発令所内の幹部たちに緊張が走る。

「主機点火用のキャパシタの充電に一分かかりますが、それが完了すれば使用可能です」

「なら、いつでも使えるように準備してくれ」

「了解しました。しかし、艦長、ＡＭｉｎｅを本当に使用するのでしょうか？　我々の任務は情報収集だったかと……」

「情報収集でも正当防衛は認められている。ただ相手がどう出てくるかがわからん。基本、レーザーで対処するつもりだが、ＡＭｉｎｅを使わねばならないかも知れん。そのためには充電が必要だが、その間はレーザー光線砲には十分な電力が供給できない。そういう事態を避けるために、すべての兵装を即時使用できるようにしておきたい。だからいまのうちに充電を済ませておくだけだ」

発令所内の緊張は、その説明で幾分和らいだ。

ＡＭｉｎｅとは加速爆雷（Accelerator Mine）のことである。運動エネルギー兵器の一種で、広い意味では対艦ミサイルに分類される。ただ弾頭は爆弾ではなく、指向性を持った特殊なコイルガンであり、総数一〇〇万個の弾体を比較的狭い領域に発射する設計となっていた。

弾体が命中すれば、大抵の宇宙船は深刻な損傷を受けるとされていたが、レーザー兵器同様、異星人にどこまで有効かは未知数であった。

「アンノウンまでの距離はざっくり七万キロか。掌航法長、AFDで五万キロ移動できるか?」

掌航法長は先任下士官で、航法長を補佐するもっとも実務に精通した人間である。

「艦長、五万キロって仰いました? 五〇万とか、五〇〇万ではなく?」

「五〇でも五〇〇でもない、五万キロだ。やれるか?」

「艦長、それはかなり厳しいですね」

掌航法長との会話に割って入ってきたのは、機関長だった。

「航法はともかく、AFDのエネルギー消費は、一〇万キロ切ると指数関数的に悪化します。五万キロで使ったら、AFDのコンポーネントのエネルギー準位はゼロではなくマイナスになります。少なくとも三分、艦内は生命維持装置以外の電力は使えません。電力をAFDの方に吸い取られてしまうんで。

それと同時にAFDコンポーネントにかなり負荷がかかります。ある程度の規模の整備を行わねば、爾後《じご》の運用に影響します」

「一〇万キロなら？」

「命令とあれば従いますが、機関長の職務を全うする上では、同意したくはありません。そもそも数万キロ単位の移動で使うべきシステムではないんです」

「艦長、五万やそこらの距離なら、主機の出力をあげれば済むのでは？」

「それはそうだがな、掌航法長、それではアンノウンにこちらの動きを読まれてしまう。AFDなら、どこに移動するかもわからないし、再出現しても電磁波が届くまでのコンマ数秒では、相手は我々の存在を察知できない」

「どのあたりに遷移するおつもりでしょうか？」

「アンノウンに気取られないように距離を詰めたい。可能なら、奴らとアダマ三号の間に入りたい。航路啓開船を守る意味でもな」

「それなら艦長、アダマ三号、アンノウン、我々が並ぶ平面で、現在のベクトルより七八度側方に二〇万キロ移動し、その線から二四度で再び二〇万キロの距離で戻れば、アンノウンの前方一万キロに遷移できます」

「AFDを二度使うのか、妙案だな。機関長どうだ？」

「二〇万キロなら、なんとか大丈夫です」

「頼むぞ機関長。船務士、聞いての通りだ。最初のAFD使用直前に、アダマ三号からドローン射出を指令してくれ」

「了解しました」

日向艦長は、満足していた。艤装員長として、巡洋艦ツシマの建造にも立ち会ってきたが、最初から一緒だったのは、船務長、機関長、航法長の三人だけだ。ツシマの建造が進み、艤装員会のメンバーも増員されていたが、寝食を共にしたのは一〇人に満たない。だが公試中に成り行きから壱岐星系に派遣され、艦内の一体感はまだ錬成途上であった。だがガイナスという具体的な脅威の存在と、自分たちが最前線に立つという危機感が、一体感と成長を促した。

ただ任務の困難さを考えるなら、それは満足すべきことではなく、任務達成に最低限必要なことだった。

「ノー・ノイズ！」

日向艦長はAFD使用前にそれを宣言していた。「ノー・ノイズ」モードでは、宇宙船最大の雑音源である主機を停止し、レーダーも使用を中断、センシングもすべてパッシブモードにする。

一度目のAFD航法を行い、巡洋艦ツシマは二〇万キロを移動した。

「第三管区、第二管区、第一管区の航路信号傍受、実測値・計算値の航法誤差はコンマ以下の許容範囲内」

「AIがアンノウンを確認。アダマ三号のドローンの観測結果を傍受！」

AFD使用の時点で、掌航法長、船務士ともに、航法長と船務長へ部署を交替していた。

「アンノウン、アダマ三号と距離を開いてます。我々の消失に気がつき、確認しているものと思われます」

アンノウンの動きと座標誤差の確認を終えると、ツシマは二度目のAFDを使用し、アンノウンの推定針路上、概ね計画通りの地点に再出現した。もっともこの時点では、アンノウンは後方に下がっており、彼我の距離は一万キロ以上離れていた。

AFD航法では「出発時の位置を原点とした座標系で見て」速度と位置エネルギーの総和が維持される。恒星間で航路帯の正確な情報が必要なのはこのためでもある。

いまのツシマのような移動では、この座標計算は誤差らしい誤差も生じないで再出現が行えた。位置は変化してもベクトルが変化するわけではないので、二度のAFD航法により再出現しても、アダマ三号と二機のアンノウンの同一針路上で、前進を続けていた。

ただ主機を停止しているため、アダマ三号との距離は開き、反対にアンノウンとの距離は着実に縮まっている。相手はツシマがいなくなったことがわかると、再びアダマ三号の追尾に移っていた。

「アンノウンがこちらに気がついた徴候は認められず。運動に変化なし」

船務長の報告は重要だった。ガイナスはステルス技術に長けている反面、センシング技術はそれほどでもないらしい。もっともまだ手の内を明かしていないだけかもしれないが。

アダマ三号は、いまだに初期加速段階であるため、稼働している主機は一基のみで、加速度もコンマ〇五Gでしかない。直進さえすればいい宇宙船なので、急激な針路変更を伴う加速運動は想定されていないのだ。

ツシマは主機を停止したままなので、アンノウンとの相対速度はいまだ小さいものの、二時間以内には接触する。

日向艦長としてはさすがにアンノウンと横並びになるつもりもなく、戦闘距離を確保するためには彼我の距離が五〇〇〇キロを切ったら、再び加速するつもりであった。それまで相手の出方を窺う。

ツシマとは対照的に、アダマ三号からのドローンは、派手に加速を行いながら、アンノウンに向かって行く。

「現状を維持したままで、ドローンがアダマ三号とツシマの中間点に到達するのは一三分後、我々と横並びになるのは一五分後、アンノウンとの接触は一八分後です」

ドローンは定加速を維持するように前進していた。このため燃料を消費するに従い、推力は調整され、低下して行く。構造強度の問題はもちろん、探査対象に接近するにあたってエンジンからのノイズを減少させるという意味もある。

ドローンのセンサーは現時点ではパッシブなものだけだが、アクティブセンサーの使用は、発射より一五分後を設定していた。

一五分後なら、ドローンからの探査レーザーやレーダーは、前方のみを探査するので、後方に位置する自分たちを浮かび上がらせることはない。ドローンのエンジンノイズの反射だけは気になるが、巡洋艦ツシマとて、それなりのステルス性能はあるのだ。

それに接触まで三分の段階では、アンノウンにとって脅威度が高いのはドローンの方だろう。

「ドローンの通過まで、六〇秒！」

船務長の宣言とともに、発令所で部署に就いている乗員たちの視界上に、アダマ三号、ドローン、ツシマ、アンノウン二機の位置関係が表示される。ドローンの上にはカウントダウン数字と、彼我の距離が表示される。

「……一〇……九……八……七……六……」

ドローンがパッシブセンサーだけを作動させて接近している。それでもアンノウンは、宇宙船の性能を極力知られたくないのか、依然として低加速のまま、アダマ三号との距離を概ね三万キロ程度で維持している。

「……五……四……三……二……一……いまっ！　……ドローン通過しました！」

ツシマが後方になったとき、ドローンは次のシーケンスを実行した。

アダマ三号の搭載ドローンには、さらに小型の一〇個の衛星を展開する能力があった。

航路帯の精密な空間情報を得るのが本来の目的だが、ここでそれを活用する。

小型衛星が次々と放たれ、そのレーダーが周辺空間を捜索する。ドローンとツシマのセンサーが、レーダー反射を傍受すべく、信号解析をはじめた。

アンノウンのステルス性能は決して低いものではなかったが、完璧でもなかった。一つのレーダーであれば、その反射波を別の方角に逸らせることもできたが、複数の電波送信に対しては、方向的にどうしても探知される電波が存在した。

小型衛星のレーダー波には、それぞれ識別信号や送信時期のデータが含まれていたから、個別の位置を特定し、受信時間と照合すれば、どの電波がどのような方角で逸らされたかを計算するのはさほど難しくない。

小型衛星群からのレーザー探査は、アンノウンの正確な位置と大きさ、さらに形状を特定させた。

「意外に小さなものだな」

それが日向艦長の印象だった。全長は約一二〇メートル、幅は最も太い部分で約二五メートルの紡錘形で、やはり核融合推進を活用していると思われた。船体とは別に大きな放熱板があり、どうやらこれがステルス性能に重要な役割を果たしていたらしい。人類の宇宙船なら、放熱板は熱効率を最優先し、他の機能をもたせたりはしない。この辺は人類と根本的に発想が異なるようだ。

「アンノウン、形状を変化させせました！」

放熱板の形状を変化させ、ステルス性より放熱性を優先したらしい。先ほどとは打って変わって、赤外線が観測されるようになる。

ドローンより先に小型衛星群が、アンノウンとすれ違うコースに入る。それらの衛星はレーザーレーダーで周辺の空間を走査する。すると真空の宇宙空間の中で、推進剤プラズマが一筋の濃厚な物質の帯となっている様が描かれた。

「艦長、分析結果の速報です！　これは感知が難しいはずです」

船務長の報告を待たずとも、日向艦長は、AIの分析結果に目を疑った。人類の宇宙船は、核融合推進の時には重水素やヘリウム3を用いている。

ところがアンノウンの核融合推進は、プラズマ化した鉄を噴射していたのだ。核融合そのものは重水素などを燃料としているようだが、噴射されているのはそれだけではない。重水素による核融合プラズマに推進剤として鉄が投入され、それをプラズマ化して噴射しているのだ。

核融合推進の機関効率を言えば、鉄のプラズマを噴射するなど非常識にもほどがある。ただしそれは宇宙船の機関設計という視点での話だ。

宇宙船が機関効率よりも馬力を重視するなら、水素などよりも重い金属をプラズマにして噴射するのは一つの方法だ。推進剤込みの宇宙船の体積をコンパクトにすることもできる。

それに想定している速度域が低いものであるなら、同じ運動量を確保するのに、軽い粒子を高速で噴射するより、重い粒子を低速で噴射した方がエネルギーは無駄にならない。

現実に、ツシマもAIがなければ、アンノウンの存在を探知できなかったのは事実だ。

「衛星群消滅、攻撃されました！」

日向艦長らが、予想外の推進システムに驚いている間もなく、事態は動き出す。視界に入る宇宙船の表示が、アンノウンから敵艦を示す赤字のエネミーに変わる。

「ノー・ノイズ解除、反転し、エネミーに接近！」

ツシマは反転し、再度主機を作動させ、エネミーに接近すべく、加速する。ただし加速度は、アダマ三号を追尾していたときと同じコンマ〇五Gだった。

ツシマの加速性能は言うまでもなく、もっと高い。しかし、エネミーが知っているのはコンマ〇五Gの加速度であり、いまの段階では機動力について手の内を明かしたくないからだ。それに衛星は破壊されたが、現時点ではツシマに対する直接的な脅威は低い。

まずはゆっくり接近し、相手の出方をうかがい、情報を集めることだ。それに自分たちがエネミーを阻止する形で接近することで、アダマ三号の安全も保証されよう。

エネミーもまたコンマ〇五Gを維持している。あちらも手の内を明かしたくないのか、これが限界なのかはわからない。

ただ互いに正対する形での接近であり、現状を続けるにも限度がある。

「衛星は何キロまで接近できた？」

「ほぼ全機が五二キロ前後で破壊されています。エネミーには、五二が切りのよい数字かも知れません」

船務長が自分のコンソールに視線を走らせながら報告する。日向艦長には船務長しか見えないが、船務科は総動員で情報収集分析に当たっているはずだ。

「切りの良し悪しは現時点では憶測だな。武器はレーザーか？」

「何らかの光線兵器と思われます。レーザーかどうかはまだわかりません」

「反応が動物的だな」

日向艦長はそんな印象を受けた。ガイナスはこちらからの呼びかけには応じず、しかし、壱岐星系が送った探査機などは破壊している。

ガイナスはある種の動物であり、縄張りに入ってきた宇宙船を本能的に攻撃している。ここまでの反応を見ていると、そういう解釈も可能ではないのか？

日向艦長は、そんな考えをすぐに頭から振り払う。鉄プラズマを噴射する動物など、どこの世界にいるのか。

それでも五二キロ以内に接近したから光線兵器で破壊するという反応には、何か動物めいたものが感じられた。

エネミーとツシマの距離は着実に縮まっていた。エネミーもステルス的な擬態は止めたのか、最初の頃よりレーダーなどの反応も増えてきた。ただそれ以上、積極的に動き出す気配はない。

日向艦長は、だんだんと焦りを覚えてきた。彼には、交戦権が与えられていた。アダマ三号の護衛および正当防衛のためだ。

星系外縁であり、第三管区司令部に指示を仰ごうにも、指示が届く頃では手遅れだ。逆にだからこそ、艦長権限での交戦権が与えられているのだ。

反転し、加速を再開した時点で概ねエネミーとの距離は一万キロほどだった。だから計算上は七五、六分でツシマとエネミーはすれ違ってしまうが、おそらくそうはならないだろう。

ガイナスの行動は予測できるほどの情報があるわけではないが、五二キロまで接近して来たら攻撃される可能性が高い。相手は二隻であり、正面からの戦闘は避けたいところだ。さりとて、情報収集という点では、このまま何もしないという真似もできない。衛星を破壊された以上、何らかのアクションは認められよう。

「エネミーとの距離が一〇〇〇キロになった時点で反転し、一G加速で現場を離れる。減速完了と同時にAMineを二機、射出する」

距離一〇〇〇キロで現場を離れるといっても、エネミーとの距離が一〇〇〇キロのまま離れられるわけではない。

現状は正対して接近している。反転し、一G加速を行っても減速完了まで三分半以上かかる。その間にツシマは二二四キロほど移動しており、エネミーも加速して前進を続けているから、両者の距離は三四〇キロ程度まで接近してしまう。

少なくとも五二キロ先の衛星を破壊できるだけの能力を持った相手である。衛星よりはるかに巨大な巡洋艦ツシマに対して、彼我の距離が三四〇キロ前後というのは、必ずしも十分とは断言できまい。相手も一Gで追撃してきたら、なおさらだ。

そのため減速が完了し、エネミーと最接近するところで、加速爆雷を射出するのだ。明らかに兵器と思われる物体の射出は、敵に対する牽制になるだろうし、その反応もまたガイナスに関する重要な情報だ。

兵器長から送られた作戦計画では、ツシマから射出された加速爆雷は、五八秒でガイナスのマジックナンバーである五二キロのぎりぎり手前まで進出し、そこで起爆する。

爆発片はある程度の指向性を維持したまま拡散し、破片帯はエネミー程度の宇宙船になら、最低でも一つは破片が命中する密度で交差する。

ただ実体弾を用いる兵器全般に言えるのは、破片が命中するかどうかは、確率的な問題ということである。高い破片密度の中をすり抜ける幸運な宇宙船もあれば、どう考えても射程外という遠距離で、破片に遭遇してしまう不運な宇宙船もある。

「エネミーとの距離、一二〇〇……一一五〇……一一〇〇……」

発令所の乗員たちの視野の中で、エネミーとの距離の数値が急激に減少していた。いまは互いに毎秒四キロ以上も接近を続けている。

日向艦長の視界には、その数字とは別にＡＭｉｎｅの準備状況が表示される。いわゆるＡＭｉｎｅには、安価な化学推進式のものと、核分裂機関を搭載した使い捨て無人原子力宇宙船のような高価なものがある。戦術状況により使い分けられるのだが、いまエネミーに対して用いられようとしているのは、後者である。

臨界には至らない核燃料に対して、外部電源より起動した中性子銃から中性子を送り込むことで連鎖反応を引き起こし、以降はそのサイクルにより、核分裂機関は稼働する。安全と信頼性のために、このような複雑な構造となっているが、それゆえにこの型のＡＭｉｎｅは高価なのである。

状況表示では、ＡＭｉｎｅの中性子銃は二機とも正常に稼働し、核分裂は順調に進んでいる。そしてＡＭｉｎｅ本体は、放射線対策として、艦外に出されていた。

「……一一〇〇……一〇五〇……一〇〇〇、いま！」

ツシマの主機が稼働し、艦内は惑星表面と同じ重力に縛られた。乗員たちは、加速に従いシートの角度を変化させるが、ＶＲ環境の発令所には、何の変化もなかった。

視界に映る数字は、エネミーとの距離に加えて、ツシマの速度も表示された。加速方向から見て、現在はまだ加速が足らずマイナス方向の速度で動いている。これがゼロになった時、ツシマは前方に加速し始め、AMｉｎｅが射出される。

ツシマの減速は完了したが、エネミーは依然として加速を続けているため、両者の距離は縮まり続ける。それでも最接近時に、なお八〇キロ以上の隔たりは確保されているはずだった。

「AMｉｎｅに異常なし、射出シーケンスは順調に進行中」

兵器長が、発令所の乗員たちに告げる。それに合わせるように、船務長がセンサー類がすべて正常である旨を告げた。

「減速完了」

「AMｉｎｅ、主機作動」

「AMｉｎｅ、主機作動を確認」

「磁気カタパルト作動、AMｉｎｅ投射」

「AMｉｎｅ投射を確認」

航法長や兵器長などから相次いで報告が為される。加速爆雷は直径四メートルの円筒だが、主機が点火する直前に磁気カタパルトで飛ばされているため、特に反動などは感じることはなかった。

反対方向に加速する二つの物体は急激に距離を離して行く。それぞれの加速爆雷は、二つあるエネミーのそれぞれに向かっていた。

加速爆雷はツシマから標的とコースを指示され、起爆タイミングも設定されている。しかし、標的が急激な機動を行うような場合に備えて、搭載AIの判断でコースや起爆タイミングを変更することができた。

エネミーは加速爆雷の接近を察知すると、横並びの陣形を前後一列に変化させた。

「陣形の転換時に、エネミーは最大で一Gの加速を行っています」

「こちら以上の性能は見せないということか、船務長？」

「おそらくそうでしょう」

「奴らは我々の情報を欲しているのか」

ガイナスが何者であれ、未知の文明の情報を知りたがるのは理解できる行動だ。だが彼らが、その情報をもとに何をするつもりなのか、それがわからない。相手の情報をより多く集め、自らの情報は極力出さない。

相手情報の確保が戦闘を前提としているとしたら、それも一種の敵対行為か。だがガイナスから見れば、人類もまた、その点では敵対的な相手に見えるだろう。

日向艦長は、エネミーの陣形転換をさほど意味のあるものとは思わなかった。加速爆雷から見れば、正対する位置関係なので、先頭のエネミーにより後方のエネミーは確認しにくくなる。

しかし、彼にはそれが、小手先の対応としか思えなかった。

ツシマのAIは、ここで先頭の敵をエネミー1、後方の敵をエネミー2と表示する。

「AMine、起爆、一〇秒前」

報告は兵器長だが、センシング担当の船務科が忙しくなるのはここからだ。鼻先で爆発が起きたとき、エネミーはどんな反応をするのか？

エネミーは前後に並んでいたが、AMineは別々の位置から、それぞれの標的に向けて針路の微調整を行う。

「AMine、起爆！」

「起爆を確認！」

最初に起爆したのは、エネミー1を標的にした加速爆雷、ついでエネミー2への加速爆雷が起爆する。

起爆の時間差は一秒もなかったが、エネミーにはその微細な差に意味があった。

「破片効果面の接触五秒前！」

確率的には、エネミーほどの大きさの宇宙船に対して、もっとも効果的な起爆時間は接触五秒前とされていた。破片は進行方向に対して球面状に広がるが、一定の破片密度と面積をもって標的と接触できるためだ。

破片密度が低すぎれば、標的には命中しない。さりとて密度は高いが面積が狭ければ、標的は急激な機動で破片群から逃れてしまう。そうしたことを勘案して五秒前起爆が導かれた。

「エネミー、破片群を射撃中！」

船務長のコンソールからのデータは「破片の蒸発とおぼしき赤外線源を確認」としか示していなかったが、船務長の報告は、悲鳴に近かった。

「エネミー１に破片命中！　レーダーの反射波増大！」

どうやら破片の命中で船体の一部に被害が及び、ステルス性能が大幅に低下したらしい。

船務長はガイナスの行動を可能な限り記録し、戦術ＡＩに分析させる。しかし、ＡＩからの分析には思った以上の時間を要した。それは船務長を不安にした。

「馬鹿な！」

「どうした船務長？」

「エネミー２がエネミー１を攻撃しています！」

「なんだと！」

エネミー２は、先頭に位置し、被弾したエネミー１を光線兵器で攻撃していた。エネミー１の表面に赤外線が躍り、船体は切り刻まれ、爆発し、四散する。

そしてエネミー２は、エネミー１を加速爆雷の破片群の楯として用いたことになる。

「エネミー１への救援の動きは？」

「エネミー2の機動に変化ありません」

異星人に人類の常識は通用しないだろう。それは日向艦長とて、わかっていたつもりだが、なぜ損傷した味方の宇宙船を破壊し、乗員の救援を行わないのか？

「艦長、彼らは合理的判断をしただけかも知れません」

「合理的だと!?　傷ついた仲間を背中から撃つことがか！　どういう意味だ、船務長？」

「いまエネミー1の光線兵器で除去された、ＡＭｉｎｅの破片について分析しているのですが、除去された破片は、いずれもエネミー2に対して高い脅威度を持っています。つまりですね、あの二隻のエネミーは、どちらもエネミー2を守るためだけに破片の除去を行っていた。だからエネミー1は被弾した」

「最初からエネミー1は楯にされたのか？」

「我々はいまのところ、ガイナスに対して光線兵器を使用していません。だからエネミー二隻もＡＭｉｎｅを運動エネルギー兵器と判断した。そして運動エネルギー兵器に対して、自分たちの被害を最小化する方法を割り出した。それがガイナス1をガイナス2の楯として使うことです」

驚く日向艦長に船務長は続ける。

「ＡＭｉｎｅのシミュレーション結果では、いまの状況では、エネミー二隻が損傷するのはまず確実でした。エネミー二隻の相互距離が近すぎ、破片密度が高くなりますから。

ですが、一隻を楯にすれば、一隻は無傷です。二隻撃破されるより、期待値は高い」

「破片が当たるからといって、撃破されるかどうかはわかるまい。我々にもガイナスにも」

「だから破壊したんだと思います。

我々に自分たちの情報を与えないのが最善と彼らが考えているなら、ゲーム理論的に、捕虜になる可能性が生じたら、損傷艦を破壊するか自爆するのは有効な選択肢になりえます。

つまりエネミーにとって、損傷を受けて捕虜になる可能性が生じた瞬間に、我々に多くの情報を提供する可能性が生じる。それはエネミーにとって大きなマイナスです。損傷艦喪失によるマイナスよりはるかに大きい。

そう考えると、一隻でも無傷であるのが、エネミーにとって、もっとも利得の大きな選択肢となる」

「あれはロボット宇宙船なのか？」

「いえ、破壊された宇宙船から酸素や水蒸気のスペクトルが確認されました。鉄を大量に使っている宇宙船で、水と酸素は鬼門では」

「それが合理的なら、容赦なく仲間を殺せる生物が、乗っているというのか」

「本当にそうかはわかりませんが、いまの解釈で、目の前で起きた事例を説明しても矛盾はありません」

「矛盾はない……か」

煮え切らない話だが、それで船務長を論難するのは筋違いだろう。

「エネミー2、針路を変更しています」

被害の限局という点では、アダマ三号の追撃より、撤収が合理的な判断だろう。おそらくいまの戦闘はガイナスにとっても、少なくない情報を得られる機会であったはずだ。

「エネミー2はどこに向かっている？」

「再びステルス性を高めたので、正確な目的地はわかりませんが、観測可能なデータから判断すれば、準惑星天涯の至近距離を通過します」

「やはり天涯か」

拠点を設定するには最適な天体と言われてきたところだ。微惑星の衝突時の熱エネルギーも内部に蓄えられ、エネルギーの確保も容易と言われている。

「天涯に針路をとりますか、艦長？」

航法長に対して、日向艦長は、アダマ三号の追尾を命じる。

「我々の本来の任務は、アダマ三号の警護だ。今時の戦闘に関しては、司令部に対して状況を報告する」

むろん針路変更も艦長としての職権には含まれようが、日向にはエネミー2のこれ見よがしの針路の提示は、挑発か罠の類と感じられた。

準惑星天涯にツシマを誘《おび》き寄せて、次の作戦を開始する。それが計画的なものか、状況に対応して再設定したものかはわからないが、こちらはツシマ一隻しかない。いまの戦闘でさえ、ガイナスは二隻を投入している。数の優位はガイナス側にあると考えた方がいい。むしろアダマ三号を警護し、それを星系外縁のさらに奥へ進めることの方が、人類にとっては戦略的な価値があろう。そこでガイナスの痕跡が発見できるかも知れないからだ。

「現状の加速を維持し、アダマ三号と距離一万で、同航運動に転換する」

巡洋艦ツシマが帰還命令を受け取ったのは、それから三日後のことだった。

5　準惑星天涯

　コンソーシアム艦隊の壱岐派遣艦隊旗艦ズームルッドは、他の有力軍艦とともに、壱岐星系の母惑星である壱岐の軌道上にあった。

　艦隊旗艦がここまで進出してきたのは「巡洋艦ツシマとガイナス艦二隻との交戦に関する状況分析と爾後の作戦を検討する」ための会議を艦内で行うためだ。

　機密管理の都合上、旗艦内部を議場とするのは別に不思議なことではない。ただ艦隊旗艦を軌道上に展開した時点で、艦隊側の壱岐星系への圧力は明白だった。

　会議の主たるメンバーは、壱岐派遣艦隊の幹部やコンソーシアム艦隊からの代表、さらに壱岐星系統合政府関係者などだ。主催は派遣艦隊司令部なので、議長は水神准将が務める。

　艦隊旗艦ズームルッドは、指揮官制母艦として、三人程度からなる複数のオペレーターチームが物理的に分散しながら、仮想現実空間では一つの作戦室に集う形になっていた。作戦効率と危機管理上の抗堪性向上のためである。

艦隊の指揮中枢であるズームルッドが戦闘で機能不全に陥ってしまったら、勝てる戦いも勝てなくなる。

しかし、大型軍艦だけに数十人の人間が一堂に集える空間も用意されていた。外交的なレセプションなども行えるし、遠征時には倉庫にもなり、必要なら兵装の増強空間としても活用できる。

相賀祐輔根拠地隊司令も、坂上秘書室長とともに関係者として招かれていたが、どうにも落ち着けない。根拠地隊の司令として、壱岐星系には色々と人脈を築いてきた。そういう時は「出雲星系の人間ですけど、壱岐星系を理解してます」という態度で臨んでいた。嘘ではない。壱岐星系は調査対象なのだから、理解しなければ仕事にならない。こちらを味方と誤解するのは相手の責任だ。

一方で、この軍艦を始め、壱岐派遣艦隊の司令長官や兵站監は個人的に知っているし、出雲星系時代の軍務局や参謀本部で知った顔も目につく。本国に早く帰りたいと運動している人間にとって、壱岐星系との蜜月ぶりを示しすぎるのも考えものだ。

ガイナスとの関係がどうなるかにもよるが、下手をすれば艦隊との仲介者として都合が良いということで、壱岐星系に骨を埋めなければならないかも知れないのだ。

なので相賀司令は、見るからに鈍そうな人間を装っていた。人畜無害な男でございますと。いまは旗幟《きし》を鮮明にすべき時ではない。

有り難いことに、会議は事務的な事実確認と分析から始まった。分析は壱岐派遣艦隊ではなく、壱岐星系防衛軍第三管区軍事研究所の首席分析官、ブレンダ霧島の担当だった。彼女は軍の人間ではあるが、部隊の指揮権を持つ将校ではなく、少佐待遇の分析官であった。

文官であるため、普段はスーツ姿で働いていたが、さすがに今回は壱岐星系防衛軍の人間であることを示すためか、黒の軍服を着用していた。ブレンダのようなタイプは相賀の好みではないのだが、こうした凛とした姿は美しいと思った。

「現時点において、生物としてのガイナスに関してわかっていることは多くありません。破壊された宇宙船からは、酸素や水蒸気、窒素なども観測されており、酸素呼吸を行うのではないかと推察されます。

このことは、ガイナスが惑星壱岐に価値を見いだしていることを予想させます。惑星百合若や悪毒王にも関心を持っているかも知れません。

残念ながら宇宙船の残骸は回収できていないため、ガイナスという存在がどんな生物かは不明です」

この程度の情報は、すでに壱岐星系防衛軍と壱岐派遣艦隊の連名で速報が出されていた。

壱岐星系防衛軍は、出雲星系で編制された壱岐派遣艦隊を心強く感じている反面、強く警戒もしていた。

特に一隻とはいえ、強襲艦を伴っていることは、相当の警戒感を持って迎えられていた。何があるかわからないから地上兵力も艦隊に編組するという理屈はわかる。

しかし、歴史的にコンソーシアム艦隊の降下猟兵の活躍とは、異星人ではなく人間相手であり、内政干渉の戦力としてだった。そうでなくてもガイナスとの戦争になれば、戦時体制の下で壱岐星系の主権が影響を受けるのは明らかだ。

その微妙なときに、降下猟兵を載せた強襲艦が艦隊に含められている。警戒されるのは仕方がないだろう。

事前情報を連名で出したのも、そうした懸念を払拭する意図があるのだろう。しかし、その程度で相互不信がなくなれば苦労はしない。

だからこそ、どっちつかずの愚鈍な男の表情を相賀大佐は顔に貼り付ける。

ガイナスの生物学的情報に関しては、特に質疑応答もない。議論の中心は、ガイナスの技術水準に絞られた。

まず、高いステルス性能については、いまのところ唯一回収に成功できたガイナスの衛星から、比較的詳細な分析が語られた。

「最初に我々が回収したこの衛星には、スポンジ状の鉄の塊がありました。これは微細な空間を活用した真空管による集積回路であることが判明しました。

ガイナスの宇宙船もまた、表面をこうした集積回路で覆い尽くすことで、船体表面の電界環境を変化させ、レーダー波の吸収・反射などを行っていたものと思われます。光に対する反射などを考慮すれば、ある程度は表面形状を変化させることも可能と考えられます」

「探査方法はあるのか？」

「現実にツシマのＡＩは周辺の観測結果から存在を察知しています。また、従来あまり宇宙船では用いられてこなかった、長波などの活用にも期待できるかも知れません。いずれにせよ、探知する方法はあるとお答えできます」

「首席分析官、現時点で確定的なことは言えないと思うが二点意見を聞いておきたい。一つは、技術水準だけでない広い意味でのガイナスの能力について、もう一つはガイナスとの意思疎通の可能性だ」

場内が低くざわめく。質問したのは壱岐星系統領のアザマ松木ではなく、筆頭執政官のタオだった。

アザマ松木はタオを一瞥するが、タオが何を尋ねたかわかっていないようだ。例の危機管理委員会以降、二人の間がしっくりいっていないという情報は複数のルートから相賀のもとにも届いているが、それは間違いないらしい。

「そうした問題に関して、公式に見解を述べられる段階にはありません。情報が少なすぎます。しかし、それでも構わないのであれば、考えはあります」

「首席分析官としてではなく、ブレンダ霧島の個人的な意見で構わない」

「わかりました。

まず探査衛星からツシマの報告まで含め、ガイナスの能力には矛盾がある。つまり最善の判断とは思えないなかで、高い技術力により問題を解決している」

「具体的にどういうことだね？」

タオがそう尋ねるということは、これから述べるブレンダの見解はお偉方に提出された草稿にもなかったものなのだろう。

「ガイナスは異常なほど、鉄という素材に拘《こだわ》っています。回収した衛星のアンテナは銅でしたが、それ以外はほぼ鉄であり、真空管集積回路の一部にニッケルが使われていた程度です。

仲間に破壊された宇宙船にしても、観測範囲ではほぼ鉄です。

何よりも、その核融合推進剤が重水素などではなく、鉄であることです。比推力は悪化しますが、推力は稼ぐことができます。想定する速度域を間違えないなら、プラズマ化した鉄を噴射するというのは必ずしも不合理ではありませんが、最適な手段とは言い難い。

もしも探査衛星や宇宙船を建造するとしたら、我々は適材適所で何千種類という素材を活用するでしょう。しかし、ガイナスはほとんどの工学的問題を鉄材により解決してしまう。そこに投入される技術は非常に高度です。にもかかわらず鉄以外の材料を用いればもっと容易に問題は解決できる。彼らはそうした判断をしていない。

合理主義という観点では、すべて鉄で解決するという判断と、それを実用化する技術水準は明らかに矛盾しているように見えます」

「ブレンダ、君は、その矛盾をどう考えているのだ？」

「我々に矛盾に見えるだけで、ガイナスにとっては矛盾ではない。私はそう考えています、執政官。

ガイナスがこれほど鉄に固執する理由。その一番合理的な解釈は、彼らの現時点での拠点が、鉄・ニッケルを主体としたM型小惑星である可能性です。

第三管区が星系外縁でまだリスト化していない、数キロ規模の小惑星は何万とあります。そんなありふれた小惑星の一つにでも拠点を築いたなら、それだけでかなりの戦備を賄《まかな》えます。

その意味で、鉄だけが豊富な環境で、何でも鉄で作り上げてしまう技術水準は、人類より高い可能性は十分にあります」

「執政官としての乏しい科学知識ですまないが、小惑星には金属主体のものもあれば、ほとんど氷や岩石のものもあったはずだ。そうした天体を用いるなら、あえて鉄に固執する必要はないと思うが」

「仰る通りです、執政官。しかし、ガイナスはそれらを効果的に資源化できているようには見えない。

複数の小惑星の間に交易ルートのようなものは存在していないと思われます。つまり彼らの拠点は小惑星一つであり、その活用可能なリソースの限界が、彼らの弱点になり得ます。

ガイナスが壱岐星系外縁に侵攻してきたのは、長くても五年以内ではないかと我々は考えています。

彼らの拠点が一つしかないのであれば、この侵攻時期の見積もりが正しいことの傍証となるでしょう」

「いまの仮説が正しいなら、物量では我々が優位にあると解釈できるのではないかな？」

「仮説が正しければ、そういう結論もあり得ます」

相賀はタオをマークさせていたが、ブレンダと積極的に連絡を取っているという報告は受けていなかった。だからいまの質問は、配布情報からタオ自身が考えていたことになる。

この壱岐星系の筆頭執政官の器量を考えれば、驚くべきことではない。不思議なのは、この名門一族の男が、驚くほど野心に欠けていることだ。むろんまったくの無欲なら修羅場をぐって筆頭執政官にはなるまいが。

だがこの男は、それで満足しているのだ。どういうわけか、派閥の領袖《りょうしゅう》になり統領になるという野心がない。こいつは本気でノブレス・オブリージュなんてことを信じているのではないか、相賀はそう思うことがある。

「首席分析官、ありがとう。非常に参考になった」

議長役は壱岐派遣艦隊司令長官の水神准将であった。中将以上の職である艦隊司令長官に、大佐に下駄を履かせた准将がつくというのは、危機管理委員会の政治的配慮というやつだろう。

「さて、我々はガイナスについて現時点でわかっている知識を元に、次の行動計画を決める必要がある」

「議長、その前に一つ確認したいことがある」

「どうぞ、タオ筆頭執政官」

水神はタオに発言を許す。相賀は嫌な予感がした。水神にはそれなりにタオのことは説明したが、この男の力量を十分には理解していないだろう。タオがこの会議の着地点をどこに持って行こうとしているか、水神には見えていないのではないか。

とはいえ、相賀はここで発言しようとは思わない。自分はこの場では鈍い人間なのだ。

「我々とガイナスの現時点での関係は、何であるのか、議長の考えを伺いたい」

「失礼、筆頭執政官、質問の意図がよくわからないのだが。我々はガイナスの攻撃を受けた。それについてこうして集まっているのだが」

「それはわかっています。ただ現時点では、ガイナスとの武力衝突は地域紛争に過ぎない。しかも彼らは巡洋艦ツシマを直接攻撃していない。こちらがＡＭｉｎｅを使用しても、彼らからツシマへの直接攻撃はなかった。

つまり現時点で起きていることは、単なる武力衝突であり、戦争とは言い難いのではないかということです。それを確認したい」

予想通り、議場は騒然となった。が、ブレンダと水神、火伏の三人だけは平然としている。

「何を言ってるんですか！」相賀は慌てて、言葉を選び、野次を飛ばす。

第三管区氷の女王の異名を持つブレンダは、亭主が星系外縁で遭難してから喜怒哀楽を表さなくなったから、その無表情は定常運転だ。タオは当然、こうした反応は予想していただろう。

水神が落ち着いているのは、司令官は泰然自若とすべしという教えの賜物だろう。ただ壱岐星系が戦時体制を避けたがっていることは説明してあるので、想定内ではあったかも知れない。

それよりも相賀は火伏が平然としていることの方が気になる。壱岐星系の産業構造の再編も辞さずと、物騒なことを語っていたこの男が沈黙しているのはなぜなのか。すでに何か仕掛けているのか。

「議長としての見解を問われるなら、タオ筆頭執政官の仰るように、現時点では地域紛争であり、ガイナスとの意思の疎通を実現する試みも続ける必要がある。

まぁ、不幸にして戦争になったとしても、コミュニケーション手段は不可欠です。そうでなければ戦争は終わらせられない」

「首席分析官はどう思う？」

議長を無視するようにタオがブレンダに尋ねる。

「くどいと思われるでしょうが、あくまでも私見です。

星系内で巨大な核反応を起こし、それによる電波信号でガイナスは星系内の詳細な情報を入手した。星系外縁に展開されていた衛星とあわせ、それは特殊な形状のレーダーに他ならなかった。

つまり彼らは電波信号の存在を理解している。宇宙船が高いステルス性能を持っていたのも、このことの傍証となるでしょう。

にもかかわらず、ガイナスは我々からの呼びかけにはまったく反応しない。信号のオンオフによるマトリクスを送っても、反応はなく、電波を送り返してくることさえない。

つまりガイナスにこちらと意思の疎通を図ろうという意図はない。少なくともそうした意図があるという証拠がない。

一方で、ガイナスが鉄でなんでも製造できる技術を持っているならば、あえて惑星壱岐を武力で攻略する必然性はない。呼吸可能な大気と適度な温度を有する空間が欲しいなら、惑星ではなく、スペースコロニー類で事足ります」

「ブレンダ分析官、現時点でガイナスの生物学的情報は何もない。なのに彼らの意図をここで議論しても徒労に終わるのではないか？」

さすがに水神議長は、ブレンダの意図を理解したらしい。現時点でガイナスの脅威度は高くないという論であり、それはタオの意見と一致する。

水神議長の質問は、そうしたブレンダたちの意見を牽制することを意図していたが、ブレンダにはまだ武器があった。

「一つ興味深い事実は、ガイナスはＡＭｉｎｅが放たれた時点で脅威度を判定し、一隻を犠牲にして、もう一隻を救っていることです。さらに楯になった宇宙船は、仲間に破壊され、我々はそこから情報を得ることはできない」

「ガイナスの友達にはなりたくないな」

「ええ、私も議長同様、ガイナスと友達になどなりたくありませんし、そもそもなれないでしょう。

ただ彼らのこの時の戦い方は、我々から最大の情報を得て、自分たちの情報は最小しか渡さないという点では、目的を達しています。

戦闘の結果ではガイナスが一隻を失い、ツシマが無傷であるものの、情報入手のゲームとすれば、彼らは依然として人類より優位にあるわけです。

観測された範囲で、彼らは非情なプレイヤーです。ですが、同時に非常に合理的でもある。言い方を変えれば、算盤《そろばん》高い。

ですから、人類との全面戦争で失うものが多いと判断した場合、彼らは星系外縁から進出してこない可能性があります。

あくまでも現段階での限られた情報を元にした、私見でしかありませんが」

「なるほど」水神はそれだけを言う。

会議の流れは微妙なものとなった。ブレンダはガイナスの意図という問題を、ゲーム理論による仮説と置き換えたのだ。

「ゲーム理論により勢力圏の設定は可能」という彼女の仮説は、相賀もそうだがこの会議に参加しているメンバーのほとんどが、予想していなかったはずだ。

だがタオ筆頭執政官はしたたかだった。

「さて、話をもとに戻すとしてだ、我々が今日考えねばならないことは、異星人との遭遇に対して、あまりにも準備不足であることだ。

今回のことについて言うならば、異星人との戦争状態であるということを、どうやって決めるのか？

壱岐星を異星人が奇襲し、多数の死傷者が出た。これなら戦争状態を宣言することに何の問題もあるまい。正当防衛という観点からも武力による反撃は正当だ。

逆に、異星人との邂逅の結果、宣戦布告かそれに類することがなされたなら、それもまた戦争状態と言えるだろう。

我々は何世紀にもわたって、前者のような状況を想定していた。だから異星人対策とは、奇襲を受けても反撃できる体制を構築することだと考えてきた。

奇襲に対処できるなら、他のどんな状況にも対処できる。それはいままで合理的な判断であると信じられてきたわけだ。

だが、現在の我々は、その想定が間違いであったことを認めざるを得ないのだ。ガイナスは我々の情報を集めるために、種々の活動を始めている。

それは戦争を意図したものかも知れないし、勢力圏の確定を意図しているかも知れず、そもそも我々には理解できない動機かも知れない。

いずれにせよ、現状では我々に深刻な損失はなく、巡洋艦一隻との間で武器が使用された程度の衝突があっただけだ。

つまり戦闘は限定的であり、それが星系レベルに急拡大するとは考えにくい。ならば戦線は第三管区領域に封じ込めるべきではないか？

そうであるならば、今回の事件を戦争と宣言すべきなのか、議長、いや艦隊司令長官はどのように認識しておられるのか？」

タオ筆頭執政官の意図は、現状の危機管理委員会体制を維持しつつ、ガイナスに対応し、壱岐星をその侵略から守ることにある。

だが彼が巧みなのは、防衛線を第三管区領域に封じ込めることで、全面戦争ではなく、地域紛争にしようとしている点にあった。

戦線を拡大しないという点では、コンソーシアム艦隊もタオ筆頭執政官の提案に反対はできない。しかし、そうなるとガイナスとの戦闘は地域紛争となり、人類コンソーシアムの戦時体制転換は不要になる。

ガイナスの問題で壱岐星の主権がどうなるか、各星系政府はその成り行きを注意深く見守っている。壱岐星系で起こることは、他の星系でも起こることだからだ。

そうした中で、ガイナスとの衝突を地域紛争なり限定戦争とすることで、紛争地の星系政府の主権を認めることは、出雲以外の星系政府にも受けいれられよう。

「現時点で戦争であるかどうかの判断は、小職の職掌にも職権にも含まれてはいない。小職の任務は、あくまでも戦争に備えることにあると理解している」

水神はそう返答したが、相賀としても他に返答のしようはあるまいと思う。本来その決定を行うのは危機管理委員会であり、艦隊司令長官にその権限があるはずもなく、まして水神は司令長官とはいえ、派遣艦隊の長に過ぎない。だがタオ筆頭執政官にはそれで十分なのだ。現場の水神司令長官に戦争を宣言する権限がないことを、彼自身の口から確認できればそれでいい。重要なのは壱岐星系の主権を守ること。

タオにしてみれば、異星人に蹂躙されないためという理由で、コンソーシアム艦隊の管理下に置かれることは望んでいないのだ。自分たちの自由への脅威という点では、ガイナスも、コンソーシアム艦隊に代表される出雲星系も、程度の差はあれ同じなのだ。

では出雲星系の人間である自分はどう思うかと言えば、相賀自身はタオに考えが近かった。壱岐星系での生活が長いからということもある。

しかし、それだけではない。出雲星系を外から見れば、かつてのような絶対的な力はすでにない。良い悪いの話ではない。それが現実だ。

星系植民が、最終的に自給自足可能な工業化を目指している以上、植民化が成功すればするほど各星系の経済力や技術力は向上し、それだけ出雲星系の存在感は低下する。

たとえば出雲が他星系より強い理由として、ＡＦＤの製造を独占していることがある。それは高度な技術を支える産業の厚みが違うからでもある。またＡＦＤに用いる重要コンポーネントの専門メーカーのような特殊な企業であっても、経営を支えられるだけの経済力が社会にあることも大きい。

そして人類コンソーシアムが維持できるのはＡＦＤがあればこそだから、出雲星系の存在感は圧倒的である。

しかし、状況は変わりつつある。昨今すでにＡＦＤのコンポーネントの幾つかは壱岐星系で製造されたものが使われている。それは壱岐星系政府が補助金などを出して、価格競争力を持っていることもあるが、技術的にもそこまで来ている。

あと数十年で壱岐星系でもＡＦＤが製造可能となり、一〇〇年以内には、どこでも製造できるようになるだろう。

こうした現状を、出雲星系政府は今ひとつ認識できていない。しかし、時代は動いており、もはやすべての星系が出雲の指示に従う時代は終わっている。

タオ筆頭執政官にしたところで、壱岐星系の国力にある程度の自信があるからこそ、主権の確保を考えているのであり、これが昔のように出雲星系への依存度が高い時代だったなら、ここまで抵抗はしないだろう。

むしろ壱岐星系の政治派閥は、コンソーシアム艦隊との人脈を太くすることで、自分たちの勢力を有利にするよう動いたはずだ。昔はそうだったのだ。

だがいまは違う。タオの属する派閥と対立する勢力でさえ、コンソーシアム艦隊と通じようとする者はいない。主権の確保、この点では彼らは同じ陣営にいるのだ。

「艦隊司令長官のお考えはわかりました。もちろん我々、壱岐星系政府はアザマ統領をはじめとして、危機管理委員会の決定に従い、派遣艦隊への同盟者として最大限の協力を惜しまないつもりです」

タオ筆頭執政官の発言に感動して、状況を理解できていない派遣艦隊の馬鹿たちが拍手をし、それにつられて満場の拍手となる。

もちろん相賀も拍手を惜しまない。なんと言っても、今日の彼は愚鈍なのだ。そして彼の横では坂上さんも無邪気に拍手する。喰えない女だ、と彼は自身の部下を思う。

＊

輸送艇モロトフを旗艦とする小部隊が、準惑星天涯の軌道上に遷移しつつあった。モロトフの他には警備艦サトコとオルラーン、そして貨物船タバサが部隊の戦闘序列にあった。

「準惑星天涯周辺に敵影なし！」

輸送艇モロトフの艇長であるチトフ塚口は、船務長の報告を安堵と同時に意外な思いで受け止めていた。準惑星天涯は太古の微惑星同士の衝突で誕生した天体であり、表面は凍結しているが、内部にはいまだ衝突時の熱が蓄えられ、マグマの対流さえあるらしい。

豊富な地熱を持つという点で、恒星からの輻射熱も期待できない星系外縁の環境では、価値のある天体だった。じっさい壱岐星系でも入植計画が進められていたのだ。

周辺の領域ではガイナスの活動も認められており、チトフ艇長は彼らとの交戦の可能性も覚悟していた。

「予定通りに行きそうだな」

ガイナスが天涯の基地化をまだ進めていないとは意外だったが、連中は資源に乏しいという分析もある。何にせよこちらが先んずるのに不都合はない。

「船務長、ガイナスの衛星などはどうだ？」

仮想空間上の発令所で、船務長は、やや言葉を濁す。

「偵察衛星の類も認められません。ただ極端に小さな衛星であった場合、軌道上のデブリと識別するのは困難です」

「まぁ、仕方なかろう。いつ敵が来てもおかしくない領域だ。敵が来たら闘うまでだ」

闘うまでというのは、チトフ艇長の軽口ではなかった。準惑星天涯を調査し、可能なら前哨基地を設定するのが、チトフが船団指揮官として進出してきた部隊の目的だ。

どうして輸送艇が旗艦かといえば、モロトフは実質的に巡洋艦クラスの戦闘艦であるためだ。コンソーシアム艦隊は、星系防衛軍の戦闘艦との標準化・規格化を進めていた。これは艦隊と防衛軍が連携して作戦に当たること、兵站面や補給の負担を減らすこと。さらには乗員や造修機関の人材教育の共通化も含められていた。

すべての星系で同一艦種という方針が合理的であるのは誰もが認めていたが、一方で、戦闘艦の設計は出雲星系だけの専権事項でもあった。つまり各星系は新造艦の設計や改良さえ認められていなかった。

これに対して、独自の艦艇を建造したいという動きは各星系にあり、特に出雲星系に次いで工業化の進んでいる壱岐星系では顕著だった。

そこで壱岐星系防衛軍は、標準化規則が戦闘艦ほど厳格ではない支援艦の名目で、輸送艇モロトフを建造した。AFDを装備していない以外は、ほぼ巡洋艦に匹敵する宇宙船だ。

コンソーシアム艦隊は、こうした動きによい顔はしなかったものの、危機管理の観点からは、出雲星系でしか戦闘艦が建造できない現状も望ましくない。

なのであくまでも「技術習得のための試作」という名目で輸送艇の建造が認められたのであった。チトフ塚口が中佐でありながら、艇長という役職なのはこのためだ。

輸送艇モロトフには他にラザレスとキーロフという二隻の僚艦があるが、「試作であって量産ではない」という建前から、ほぼ同じ戦闘艦ながら、砲塔の位置など外観だけは三隻とも違っていた。

今回の任務に壱岐星系防衛軍から艦艇を出すのは、コンソーシアム艦隊側に十分な準備が整っていないことと、いまだ防衛の主導権は壱岐星系にあるという意思表示のためだった。作戦目的としては拠点設営と威力偵察であり、正面切っての戦闘ではない。

しかし、現実に戦闘となる可能性は低くなく、だからこそ虎の子のモロトフが旗艦として投入されたのだ。

「設営点上空に遷移完了！」

航法長の報告と同時に、帯状の立体映像がチトフ艇長の視界の中に現れる。それは準惑星天涯の赤道部分の映像だ。拠点は赤道上に設定される。

拠点の設営場所は、赤外線や磁場の計測結果などから割り出されたものだ。地上の精密な測量などまだ行われてはいないが、最初の拠点設定ならこれで十分だ。

「これがタルヴァザか」

タルヴァザとは第三管区のAIがランダムに選んだ地名だが、地獄の門という意味があるらしい。なるほど地表は酷寒、地下は灼熱という天体は、地獄の門には相応しいかも知れない。

準惑星天涯は表面がほとんど氷で被われていたが、その下は液体の海が存在していた。赤道地帯はどこもそうした地形であるが、このタルヴァザと呼ばれる場所は、氷が薄く、海底に火山があり、それと関係するのか、惑星質量の不均衡のために軌道上の重力ポテンシャルがもっとも低い。

自転周期が約三四時間のこの天体の静止軌道は地表から一万四五〇〇キロだが、衛星をおけば、摂動などにより移動する。しかし、タルヴァザ上空は重力ポテンシャルが他より低いので、静止衛星はこの場所に留まり続ける。

モロトフ以下の艦船は、準惑星天涯の静止軌道に進出していた。モロトフ、サトコ、オルラーンの三隻は、静止軌道上に一二〇度間隔で展開し、モロトフとサトコの中間に大型貨物船タバサが位置するように遷移する。タルヴァザの直上にいるのがタバサであり、そこからみて、準惑星の裏側にオルラーンがいた。

これで静止軌道上に死角はなく、ガイナスが接近して来ても、四隻のうちの少なくとも一隻が察知できるはずだった。

「基地設定シーケンス開始」

「タバサより、ケーブルモジュール分離」

「ケーブルモジュール分離を確認」

「ケーブル展開一〇分前」

発令所のメンバーには聞こえないが、チトフ艇長には仮想空間上で、タバサの作業状況をモニターできた。

大型貨物船タバサはケーブルモジュールという荷物を、積荷とは別に抱えていた。ケーブルモジュールは、下に向けて一万四五〇〇キロ、上に向けて六八一一キロの、総計二万一三一一キロのケーブルを展開する。

地表に降下するケーブルの先端部分は、そのまま地上で軌道エレベーターの基部となる。先端部分はさらに二つに分けられる。高度一〇〇メートルから氷原に衝突し、岩盤まで沈降する基部の本体と、後から基部と結合するケーブル末端部である。

基部とケーブル末端部はラッチで固定されているが、氷原に衝突する最終段階で、ラッチが解放される構造だ。

カーボンナノチューブのワイヤーは展開時に素材から織られていき、最適なテーパーを実現するように直径が変化させられていた。

こうして準惑星天涯に軌道エレベーターを設置すれば、以降の物資の移動は劇的なまでに容易になる。

タバサはこの作業の進展に伴い、自身を軌道エレベーターのバランスウエイトとして静止軌道より高度を上げて行くが、ケーブルモジュールは静止軌道に留まった。

すべてのケーブルの展開が終わった時点で、タバサの軌道上の速度は準惑星天涯の第二宇宙速度にほぼ等しいため、外部からの宇宙船を受けいれる宇宙港として最適だった。

このためタバサは軌道エレベーターの設定が完了すると、恒久施設となり、モジュールを増設され、改造されて、宇宙船として活用されることは二度とない。

チトフ艇長は第三管区の人間として、準惑星天涯の開発を強く進言してきた。今回の任務で指揮官として選ばれたのはそのためだ。拠点設営にタルヴァザが適所と主張してきたのも彼である。

それだけに、この任務には手放しで喜ぶ気になれない部分もあった。測量のために小さな探査衛星を認められた以外は、調査らしい調査は行われていない。天涯についての情報は、ほとんどすべてが、その小さな探査衛星に依存していた。

それでもここが有望な天体であることは明らかだった。にもかかわらず調査のための宇宙船も部隊も、予算を理由に出してもらえなかった。

それが、ガイナスという外敵が現れると、艦艇が準備され、軌道エレベーターまで設置されるというのだ。自分の提案が受けいれられ、観測基地から拡張していれば、この部隊運営費の半分以下の予算で、人類はここに拠点を確保できていたはずなのに。

ケーブルは毎秒最大二〇メートルの長さで上下方向に展開できたが、それでも作業完了には一〇日以上かかる計算だった。したがってガイナスがそれまで気づかないかどうかが重要だった。

気づくかも知れないし、気づかないかも知れない。部隊編成が最小構成なのは、ガイナスがこの程度の部隊を察知できるのかどうかを確認する意味もあると、チトフ艇長は説明を受けていた。

「つまり我々は疑似餌みたいなものですか」とチトフは上官に言ってみたのだが、それに対する返答はなかった。

天涯に軌道エレベーターを展開するのは、第三管区の本部がある準惑星禍露棲のような自転周期が遅い天体ではないことの他に、軌道エレベーターそのものが、遠距離探査システムとして活用できるためでもあった。

中波・長波の電波を出し、受信する。先の戦闘でガイナス艦の大きさはわかっているので、それにあわせた波長を出していた。理屈では船体長と電波の波長が合えば、共振により発見できるはずだった。

もっともこの辺は、理論的な可能性の話で、実用兵器としてどうなのかは未知数だった。

そして軌道エレベーターの展開から一〇日が経過し、エレベーターの一端はタルヴァザに到達し、貨物船タバサは静止軌道より六八一一キロの高度に達した。

機材の移動は、ケーブル強度の試験を兼ねて、先端が地上に達する前に行われていた。何便かにわけられて機材は降下していたが、これはケーブルが異常な振動を起こした場合に備え、固有振動を変化させるためのバランスウエイトも兼ねている。異常が起きそうになったら、コンテナは移動し、相互距離を変化させることで振動を減衰させるのだ。

最後の一〇〇キロあたりから、ケーブルの降下速度は低下していた。この時点でケーブルにはかなりの慣性がかかっており、ソフトランディングするには速度を低下させる必要がある。この減速が振動を生む原因となるため、作業は慎重に行われた。

ケーブルの速度が歩くほどまで低下したとき、地面との距離はまだ一〇〇メートルほどあった。基部はここでケーブル末端部との結合を解く。そのまま高度一〇〇メートルでロケットにより姿勢を制御しつつ、氷の岩盤にピンポイントで衝突した。

高熱を発しながら、基部は氷の中を進み、姿勢を維持しながらプログラム通りの深度で停止し、内部の作動流体を急激に噴射し、温度を急冷させた。こうして基部は岩盤に到達し、巨大氷海の上で灯台のような塔となる。

そして基部はケーブル末端をレーザー光線で誘導し、再び連結された。この瞬間に軌道エレベーターは完成した。

物資コンテナが順次降下する中でも異変は起きず、すべてが順調と思われた。だから通信長の報告は、チトフ艇長には意外であった。

「サトコが信号を受信、ガイナス艦と思われます。距離は推定で一〇〇万キロ以上」

「あんなものでも役に立つのか」

それがチトフ艇長の本音だ。モロトフとサトコは軌道エレベーターを境に、静止軌道上で一二〇度離れた位置関係にあった。そしてオルラーンは天涯を挟んで軌道エレベーターの反対側にいる。

チトフの言うあんなものとは、軌道エレベーターに設置される予定の遠距離探査システムで、一言でいえば巨大なレーダーだ。ただし現状では未完成で、一部のコンポーネントが試験的に稼働しているに過ぎない。

一応、探査用の電波は送信されているが、それでガイナスの接近を早期に発見できるとは、チトフはあまり期待していなかった。実用性も未知数の試作品なのだから。

「船務長、我々は信号を受信していないのか？」

「こちらではまだです。オルラーンも未検知です」

データリンクによれば、サトコが受信した信号は確かに先に遠距離探査システムが発した信号であり、機器の誤作動や混信ではないようだ。それでサトコだけが受信したのならガイナス艦の方位は絞られるが、せいぜい参考程度の精度だ。

警備艦サトコはやがて問題の信号を見失い、数時間後に今度は警備艦オルラーンが先ほどと同様の信号を受信する。準惑星天涯は自転しており、オルラーンが傍受した領域は、サトコが傍受した領域と概ね重なる。

ただ距離は未だはっきりせず、一〇〇万キロ程度の隔たりがあると思われた。既存のセンサーでもデータを集積すれば、AIがガイナス艦の接近を割り出せることは確認されている。しかし、それでも数万キロレベルまで接近してもらう必要がある。

チトフ艇長は、隷下の部隊に警戒を厳重にするよう命じるとともに、第三管区司令部に応援を要請した。間に合うかどうかはわからないが、何にせよ状況報告は必要だ。

じっさいAFD搭載艦でも状況に間に合うかどうかは微妙である。準惑星禍露棲と天涯の相互距離は約三〇天文単位である。

状況報告は電波通信によらねばならず、送信から受信まで最低でも四時間かかる。応援が五分で出撃するのか五時間かかるのか、それとも五〇時間かかるのかはわからない。ガイナスの動きにより増援部隊の編制も違ってくるからだ。

認めたくはないが、相手の部隊規模によっては応援が来ない可能性だってある。自分たちに撤退命令が出る可能性さえ否定できない。

「ガイナスとの推定距離が縮小しています。接近していると思われます」

「距離は？」

「一〇〇万キロが二時間で八〇万キロ台になっています。単純計算で、秒速三〇キロ弱で接近している模様です」

船務長の報告は、微妙な数字であった。チトフが送った最初の報告が第三管区に届くのは二時間後だ。そしてガイナスと接触するのは、約八時間後。だから第三管区には約六時間の時間的余裕がある。

セリーヌ司令官が即座の増援を行えば、ともにガイナスを迎え撃てるが、準備に手間取れば、チトフ艇長は、三隻の戦闘艦で敵に当たらねばならない。

増援があったとしても、おそらく数時間は自力で戦線を維持する必要があるだろう。チトフ艇長の知る限り、セリーヌ司令官は第一報と同時に部隊を派遣することはないはずだ。彼女が無能とか冷酷ということではない。現時点でガイナス部隊の規模も正体も不明である。

そうした中に闇雲に部隊を投入すれば、ガイナス側の戦力が優勢だった場合、防衛軍側が各個撃破される可能性もある。

彼女は逐次戦力投入という愚を犯すくらいなら、撤退を命じてくるだろう。ただそれにしたところで相手の戦力が見えてきてからだ。現状では準備はしても動くまい。

「毎秒三〇キロ弱とは、意外に低速だな」

「存在を曝露したくないからでしょうか？」

「まぁ、常識で考えれば、その辺か。軌道エレベーターがなければ、我々もガイナスの接近に気づかなかったわけだからな」

それにしても秒速三〇キロとは核燃料推進にしては遅い。化学燃料ロケットでも工夫すれば、その程度の速度は出せる。それとも、ガイナスはもっと高速で移動していて、現在は減速段階に入っているのか？

ガイナスの技術水準で、重要だがまったくわかっていないのは、彼らがAFDに類する超光速航法技術を有しているのかどうかだ。

持っていたとしても不思議はない。しかし、そんな技術があるとしたら、戦術面で活用しないのは理解しがたい。ともかく、このレベルのことさえガイナスについてはわかっていない。

ガイナス部隊は減速シーケンスに入っているのではないか？　というチトフ艇長の読みはどうやら当たっているようだった。接近する速度が確実に低下しているのだ。

ただ接近するに従い、観測精度は急激に悪化していた。軌道エレベーターをセンサーに用いる準備は完成していない。さらにシステムの目的が遠距離の相手を発見する点にあるため、五〇万キロを切ると、性能の低下は著しい。そのうえ準惑星天涯の自転周期の関係で、現在は位置的にもっとも精度が悪いオルラーンがガイナス部隊の接近方向に面していた。

そして、ガイナス部隊の反応が消えた。

「接近距離が一五万キロを切ると、観測不能です。遠距離探査システムには近すぎ、艦艇のセンサーでは遠すぎます」

「巡洋艦ツシマはガイナス艦を距離七万で察知できたんだったな、船務長」

「そうですが、あれは先頭にアダマ三号がいて、その核融合エンジンが雑音源として働いていたからできたことです。ガイナス艦がステルス性能で遮ったので、AIが存在を察知した。

いまはそんな雑音源がありませんから、五万キロ以下まで接近しないと発見は容易ではありません」

「つまり敵は、探知不能な一〇万キロを自由に移動できるのか」

「派手に加減速を行えば探知可能です。だから彼らも不用意な加減速はしないはずです。一時間から一時間半は探知できませんが、いきなり側背を襲われることはないはずです。

そもそもガイナスは我々の探知能力を知らない。すでに存在を察知されたことも知らない可能性が高い。だとすれば、この一〇万キロの間で軌道変更はないでしょう」

戦術AIは船務長の仮説を前提として、ガイナスが現れるであろう領域をシミュレートしていた。ただ前提となるデータが曖昧なので、発見予定領域に六〇度近い幅がある。

船務長は戦術AIに考えられる戦術的選択肢を提示させるが、推測不能という表示が出るだけだ。

戦術AIは漠然とした状況には無力だ。もっと具体的に問題を整理しなければAIはヴァリアントを示せない。

まず軌道エレベーターまで建設し、中波、長波まで送信しているのだから、ガイナスが自分たちの活動を知らないはずがない。というか、知ったからこそ部隊を派遣したはずだ。そしてこれから、奴らはどう動く？

「一、敵は最終的に土地の占領を目的としている。
二、敵は我々の存在を認識している……」
チトフ艇長は、戦術AIに質問する中で、もう一つの条件を思いつく。

「三、敵は建設中の軌道エレベーターが何であるかを理解できる」

おそらくは三番目が、戦術AIの判断にとってもっとも重要な条件だろう。軌道エレベーターを理解できるかどうかは、ガイナスがこれを活用するかどうかという問題でもある。

遠距離探査システムや貨物船タバサの宇宙港化は未完成だが、とりあえず軌道エレベーターはできている。ガイナスなら、これが意味するところを理解できよう。単純な物理学の産物だ。

そしてガイナスもこの軌道エレベーターに価値を見いだしたなら、破壊することはないだろう。無傷で手に入れることを考えるはずだ。

これは実を言えば、巧妙な罠でもある。軌道エレベーターを奪取することは、ガイナス側の戦術の選択肢を狭めることになるからだ。

準惑星天涯という土地を確保するためには、軌道エレベーターの確保が至上命題となる。ガイナスがどんな生物で、どんな文化や価値観を抱いているかは不明だ。しかし、天涯の軌道エレベーターを巡る状況に対しては、どんな生物であれ、行動パターンは限られよう。

戦術AIは幾つかのヴァリアントを示したが、もっとも教科書的な回答を寄越してきた。モロトフ以下の艦艇を撃破し、制空権を確保した上で、軌道エレベーターを奪取し、そこから部隊を地上に展開する。

チトフにとっては、つまらないほど平凡な回答だった。だがこれにより、彼は自分たちの戦力をどう活用すべきかの決心がついた。

彼はオルラーンやサトコに使い捨ての監視衛星の展開を命じると同時に、静止軌道上のケーブルモジュール周辺に集結を命じた。軌道上の艦艇を集結させるには、相応の手間と時間がかかる。だから早期に行う必要がある。

ガイナスにしてみれば、軌道エレベーターは傷つけられないから、投入できる兵器は制約を受ける。それでも制空権確保のために、軌道エレベーター周辺の三隻は排除しなければならない。

チトフ艇長はこうして、戦闘領域を狭く設定することで、相手が数で勝っても、その優位を発揮できないようにしたのである。

もっとも、この戦術は人類相手では有効と思われるが、ガイナス相手では未知数の部分も多い。ガイナスが神業的な精度で、軌道エレベーターを傷つけずに戦闘艦だけ撃破できるなら、この戦術は無効だ。

しかし、それを言っていたら何もできない。

「主計長、タバサに搭載しているAMineは何機か？」

「タバサのAMineですか……艦艇への補給用として六機です」

「兵器長、タバサのAMineをこちらで遠隔操作可能か？」

「タバサには荷物として積まれているだけです。ランチャーはありません。使うためには、船外に出して、コンピュータを起動させ、こちらのネットワークに接続する必要があります」

「その作業にどれくらいかかる？」

「どんな梱包が為されているか、それ次第です」

「主計長、聞いたとおりだ、タバサに確認してくれ」

「わかりました、艇長」

主計長の姿がスタッフとの話し合い中であることを意味するアバターになったが、兵器長はチトフに尋ねる。

「艇長、何を為さるつもりですか？」

「単純な話だ。ガイナスが軌道エレベーターの攻略を目論《もくろ》むなら、戦域はこの周辺になる。連中は我々を排除しなければならない。

外科手術的な戦闘を行うなら、否応なく接近する必要がある。だからAMineをタバサの周辺に展開し、防衛線の縦深を深くするのさ」

縦深を深くするというのは、一見堅固な守りに思えるが、じっさいは加速爆雷が六機では、縦深の確保にも限界がある。それでもしないよりはましだろう。

軌道エレベーターはこの戦闘で傷つくかも知れない。しかし、ガイナスが手にいれるよりは、破壊された方がずっとましだ。準惑星天涯については、自分たちよりガイナスの方が確保するための切迫感は強いはずなのだ。

「艇長、タバサからの返信がありました。基地化完了前でも補給できるように、AMineはオープンデッキに移動してあるそうです。船外活動で直接封印を解除して、コンピュータを起動できます。二〇分以内に完了します」

「では、主計長。私の名前で起動を命じてくれ」

「艇長、確認ですが、封印を解除して一度起動したコンピュータは、停止できません。燃料がなくなる前に発射しないと、使用不能になります」

「わかっている。その頑固さがＡＭｉｎｅの信頼性だ。ガイナスが接近している以上、発射されないことは、考えなくていいだろう」

「了解しました。タバサには起動を命じます」

「頼む」

じっさいには、モロトフで管理できる兵装一覧にタバサ搭載の六機のＡＭｉｎｅが表示されたのは三〇分後だったが、この状況では上出来と言えよう。

さらに三〇分ほどして、戦術ＡＩが、ガイナス艦の接近を告げる。概ね予想した領域からで、距離はタバサから約五万五〇〇〇キロ。現況では三〇分以内に接触となるが、問題は六機のＡＭｉｎｅの投入タイミングだ。

可能な限り相手との距離を稼ぎたいなら、いますぐ発射すべきだ。ガイナスは秒速二八キロ。ＡＭｉｎｅをいま投入すれば、一三分後に、タバサから約三万二三〇〇キロの辺りで二つの軌道は交差する。

じっさいにはＡＭｉｎｅは、軌道交差の五秒前に起爆する。巡洋艦ツシマの時は、ガイナス艦との速度差も限定的で、状況の変化は緩やかだった。

しかし、いまは違う。彼我の相対速度差は大きく、破片の命中は相手の致命傷になりかねないが、起爆タイミングが難しい。わずかの差で、破片の命中界を相手がすり抜ける可能性がある。ガイナス艦の真の加速性能は未知数だ。

「AMine、第一弾、発射！」

それでもチトフ艇長が逡巡していた時間は短い。相手の能力が未知だからこそ、可能な限り戦域を遠くに置かねばならないのだ。

AMineの加速可能時間は一五分であるが、一三分の加速という運用はあまり例がない。加速可能時間とは推進剤の量を意味するが、それには軌道修正のための推進剤量も含まれているためだ。

つまりAMineは、もっと近距離で複雑な軌道修正を行いながら用いる兵器であり、限界近くまで一直線に加速するような兵器ではない。

速度も変化させずに一直線に突っ込んでくる相手というのは、対処可能だがあまり想定していない。普通は逃げるか何かするだろうから。

そしてAMineは発射され、AIに委ねたならば、外部からは制御不能だ。敵からのシステム干渉を排除するためだが、もはや自爆さえ命じられないのだ。

しかし、戦術AIはそうした事情にかかわらず、新たな分析結果を報告する。

「ガイナス艦の総数、二〇隻」

それはチトフ艇長のみならず、データリンクで結ばれた部隊の全員が驚愕した数字だった。タバサを加えても自分たちの五倍ある。勝てる相手ではない。

「戦域を離脱する！　タバサはエレベーターを分離せよ！」

バランスウエイトの貨物船タバサが離脱すれば、エレベーターは不安定にはなるが、六八〇〇キロあまりのケーブルの質量もあり、短期間ではさほどの影響はない。

チトフ艇長はタバサの分離を確認した後、第二陣の攻撃として、三隻の戦闘艦搭載のAMineを磁気カタパルトで射出する。警備艦二隻から二機ずつの計四機、モロトフから四機で、総計八機。

戦術AIは、二〇隻のガイナス艦に最大限の損傷をもたらす発射タイミングを計算する。しかし、数値はなかなか出てこない。ガイナス艦の一部が速力を上げたためらしい。

そして第一陣のAMineの起爆も秒読みの頃、戦術AIが、緊急報告を発令所に流す。

「AMine、六機、全滅。起爆前に破壊さる。攻撃手段は光線兵器と推察される」

「レーザーに撃たれたというのか！」

巡洋艦ツシマとの交戦で、相手から学んでいたのは人類だけではなかった。ガイナスもまた、AMineについての情報を得ていたのだ。起爆タイミングが接触の五秒前であることから、その手前で破壊したのだろう。

「兵器長、AMineの起爆タイミングを変更。八機すべての起爆タイミングをコンマ一秒間隔で早める、先頭は接触五・五秒前に再設定！」

「了解しました、再設定を行います」

そしてチトフは、八機のＡＭｉｎｅを一斉に発射する。

するとガイナス艦は二〇隻を二つにわけ、八隻を急激に加速し、明後日の方向に向けた。速力が目に見えて上がるのは、鉄プラズマのために推力が大きく、ある速度以下なら急激に加速度を稼げるためだろう。

しかし、接近する一二隻はともかく、加速した八隻の意図は不明だ。モロトフ以下の艦船を挟撃しようとしているとも思えない。

ＡＭｉｎｅは急激にガイナス艦との距離を縮めていた。起爆時間を早めるということは、それだけ起爆距離が遠いということだった。もっとも遠い、つまり起爆時間が接触六・二秒前に設定されたＡＭｉｎｅが起爆し、それから順次コンマ一秒単位で次々と起爆する。

普通はこのタイミングで起爆すると、爆発片が広範囲になりすぎて、接触時には密度が低下し、衝突確率が激減する。だからこそ起爆タイミングは、接触五秒前が標準だった。

破片密度は低下するが、それはＡＭｉｎｅの数で補う。タイミングをずらしたのは、破片の縦深を深めるためだ。

しかし、チトフ艇長が論理的に考えた戦術は、ガイナスにはすぐに理解されたらしい。

接触六・二秒前と六・一秒前に設定した二機は正常に起爆した。しかし、六・〇秒前に起爆するはずのＡＭｉｎｅは、直前で破壊される。

ガイナス側は、起爆の時間差をコンマ一秒であると推測したのだろう。それ以降のＡＭｉｎｅは、起爆直前で次々と破壊された。

起爆に成功した二機のＡＭｉｎｅの破片は、ガイナス艦隊と接触したものの、ガイナス艦が相互に密集しているため、何も損害を与えられないまま彼らの後方に散っていった。

「全艦軌道離脱！」

チトフ艇長にとっては断腸の思いであったが、貨物船を含めても二〇対四の戦力差では話にならない。ここは撤退するよりない。

ただし、彼は撤退するだけでなく、二つのことを命じていた。

「軌道上に観測衛星放出！」

自分たちの撤退後にガイナスがどのような活動を行うか。その情報を、残置した衛星が送るのだ。

「艇長、軌道エレベーターの破壊は？」

「これはそのまま奴らにくれてやれ！」

じつは軌道エレベーターのケーブルモジュールにも保守点検用の監視カメラが設置されており、衛星はそれらの映像も転送することになっていた。

もしもガイナスがこの軌道エレベーターを占領するならば、ガイナス人の姿や社会などについて情報を得られる可能性があった。

もっともチトフ艇長としては、ガイナスにくれてやるために軌道エレベーターを建設したわけではない。不本意な撤収の中で、最大限の情報収集手段としての苦肉の策だ。

ガイナス艦隊の本隊らしい一二隻は、モロトフらを追撃することなく、準惑星天涯の高高度軌道に遷移しようとしていた。

不可解なのは、分離した八隻だ。それらは減速に入ったが、離心率が極度に大きく、楕円軌道の近点が、ほぼ天涯の半径に等しいような軌道である。

八隻は九時間ほどで近点に到達するが、それはほぼ天体の地表と接触する、早い話が墜落するようなものだ。

モロトフらが離れたので、制空権は確保したと考えたのか、ガイナス艦隊は急激な機動をそれ以上は行わなかった。ただ軌道エレベーターの力学は理解したようで、一隻がバランスウエイトとして、ケーブルの先端を回収したらしいことが観測された。

本隊がゆっくり接近しているのは、軌道エレベーターの宇宙港を建設する意図があるためだと思われた。

残置した衛星からのそうした映像は、チトフ艇長らには悪夢にしか見えなかった。やがてガイナスは、画像を中継している衛星を一つずつ破壊していった。頼みの綱のケーブルモジュールのカメラも、ケーブルには害がない程度のレーザー光線により受光素子を破壊されたようだ。

もっともチトフ艇長には、それも織り込み済みのことではあった。自分がガイナスでも同じことをするだろう。

輸送艇モロトフの探査システムは、八隻のガイナス艦が、どうやら天涯表面に接触し、墜落したらしい痕跡を確認した。天体の自転の影響もあり、観測条件は良好ではなかったが、準惑星の氷海にそれまでなかった、八条のえぐられたような痕跡を認めていた。

「何がしたかったのでしょう？」

モロトフの幹部たちは首を捻る。短時間で天涯表面に降りたかったのか？　しかし、宇宙船を犠牲にしては意味がない。そもそも本隊が軌道エレベーターを確保しているのだから、こんな行動は無意味だ。

「艇長、残置衛星二機より最後の信号が入りました。残念ながら、これで全滅ですがデータは完璧です」

「お目こぼしはなしか。まぁ、それでも情報は確保できたか」

チトフは残置衛星を放出するとき、性能の低い小型のものは映像を中継させた。ただし、電波を送信しているこれらは囮《おとり》である。本命はもっとも高性能な二機の衛星で、高解像度カメラを装備したこの二機は、データ収集に専念する。そして記録を終えたら、信号を圧縮し、一気にデータを転送するように設定していた。

そしてその二機もまた、データの転送には成功したもののやはり破壊された。自分たちの情報を可能な限り人類に渡さない点で、ガイナスは病的に神経質に思われた。

しかし、驚きは、その画像を再生してからだった。

八隻のガイナス艦は、近点で氷海に接触しているはずだった。じっさい氷海には溝が刻まれている。この時点で、ガイナス艦の速度は砲弾などよりもはるかに速い、秒速三二〇〇メートル以上ある。ガイナス艦が鉄主体なら、分解してもおかしくない。

しかし、ガイナス艦は氷海に溝を刻みながらも、なぜか船体が破壊されることもなく減速し、そして軌道エレベーターの基底部近くで減速を終えた。八機の宇宙船は無傷であった。

衛星のAIはこの段階で映像の送信を行ったため、着地したガイナス艦から何が現れるかを撮影はできなかった。衛星はその前に破壊された。

「軌道エレベーターを確保したのに、どうしてあんな方法で着陸したのでしょう?」

船務長の疑問に、チトフ艇長はふと思いついたことがある。

「情報かもしれん」

「情報とは?」

「船務長、君がガイナスだったとして、軌道エレベーターと宇宙船だけに人類がいると思うかね?」

「地上部隊の存在を考えます。ケーブルはすでに地表まで降りてますから」

「ガイナスは軌道エレベーターを占領できたが、動かし方はわからない。つまりすぐには戦力化できない。

しかし、軌道エレベーターを確保さえしてしまえば、地上の人類は脱出できない。それらを捕虜とするために、最短時間で宇宙船を着陸させたのだ。つまりあのハードランディングは、人類の捕虜を確保するためのもの、そう考えるなら辻褄はあう」

船務長は、信じ難いという表情を浮かべつつ答える。

「天涯には大気がありません。だから大気の制動で減速はできない。

しかし、氷海は、塩分濃度が高いために、伝導率も高い。あのガイナス艦はおそらく氷海の近距離に電場をかけたのでしょう。氷海はそれにより自己誘導を起こし、生じた磁場でガイナス艦を減速させた。

氷海は導体でもあることを利用して、奴らはソフトランディングを成功させたんです」

「言い換えれば、ガイナス艦は大量の氷を、減速のための材料として活用したということか」

「そういうことだと思います。だからあの溝は、ガイナス艦の船体と接触して出来たものではなく、自己誘導の熱で氷が蒸発して生じたものでしょう」

チトフ艇長は思う。自分たちは、こんな連中と闘うことになるのかと。

6 兵站確保

準惑星天涯での戦闘の結果、壱岐派遣艦隊は戦術面の見直しを強いられた。艦艇の移動も行われ、強襲艦ゲンブも惑星壱岐の軌道上から第三管区司令部のある準惑星禍露棲に前進した。これは天涯の奪還作戦のためと説明されていた。

ゲンブの移動は、壱岐星の政府関係者からも「ご武運を！」などと励まされたが、本音が別にあるのは、シャロン紫檀にはよくわかる。

土地を占領する降下猟兵という兵種が、自分たちの軌道上に展開していて気持ちがよいものではない。歴史的にも降下猟兵の活躍というのは、異星人ではなく人間相手の治安戦なのだ。

もっとも、壱岐を離れて喜ぶという点ではシャロン紫檀中隊長も同様ではある。上の連中の茶番劇に付き合わされて、弾を受けるのは自分たちなのだ。

「お呼びですか、中隊長？」

入室した白川《しらかわ》主計長は、中隊長室のドアを開けておいた。無理難題を言われたら逃げるという意思表示だが、いつもながらシャロンは「閉めろ」と言って退路を断つ。

「主計長、天涯の話は聞いた？」

「えぇ、幹部は全員目を通すようにとのことでしたから」

クルツ主計長には話の展開が何となく予想できた。壱岐派遣艦隊司令部の分析では、「ガイナス相手にＡＭｉｎｅは無用」という結論が出ていた。

戦闘分析は出雲星系のコンソーシアム艦隊司令部でも行われるが、派遣艦隊の暫定的な分析とそれほど大きな意見の相違はないはずだった。

そうなると、ＡＦＤ搭載艦である駆逐艦・巡洋艦から星系防衛軍の警備艦まで、ＡＭｉｎｅを削減するか廃して、代わりにレーザー光線砲を増設するという話になる。

じじつ壱岐派遣艦隊では、とりあえず巡洋艦ナカとコルベールはＡＭｉｎｅを全廃し、レーザー光線砲艦へと改造されることが決まり、そのための設計が詰められていた。

「レーザー光線砲は壱岐星系でも製造可能ですが、ナカとコルベールに優先的に配備されるんで、ゲンブで増やすのは調達が難しいですよ」

「そんなこと考えていないわよ」

シャロンは物憂げに応える。最精鋭の降下猟兵を率いる、「人類コンソーシアム最凶の女」の異名を持つこの少佐は、いまのように戦術を研究しているときは、別人のように妖艶に見える。脚を組み替え、スカートが動くたびに、クルツの胸の中で何かが動く。

「戦闘ログは私も目を通したけど、司令部の分析は少し冷静さを欠いてるわね」

「いいんですか、中隊長、そんなこと言って?」

「主計長がチクらなきゃ、問題にはならないでしょ」

「そ、そりゃそうですけど。で、分析はその……」

「一四機もＡＭｉｎｅを使って成果なしというのは、あの状況では仕方ない面もあるけど、やっぱり使い方がまずい。

　それと我々の兵器体系には、根本的な欠陥がある」

司令部は冷静さを欠いているだの、自分たちの兵器体系には欠陥があるだの、上層部批判ともとれる話を聞かされて、クルツはなんとも落ち着かない。

「チクりません、そんな話、チクれるわけないじゃないですか」

「自分は戦闘分析が任務の一つだから、悪いものは悪いと言うだけよ。給料分の仕事。それに兵器体系の欠点は、兵器そのものの欠陥じゃないのよ」

「どういうことでしょうか?」

「一言でいえば、レーザー光線砲とＡＭｉｎｅの性格の違いから、戦闘距離に死角があるってこと。レーザー光線では遠すぎ、ＡＭｉｎｅでは近すぎるような、有効な攻撃を与えられない領域がある。

ガイナスがそれにどこまで自覚的かはわからないけど、失敗の理由はそこよ。AMineは無力と言うのは早計。この辺は報告書にまとめる」

シャロンの意見は、それほど過激な内容ではなかったことに、クルツはホッとした。

「そうでありますか。で、小職はなんのために……」

「主計長、今回のことでAMineの価格が暴落しているという話がある。だったら手に入るだけ買い占めて」

「レーザー砲は？」

「手に入らないって言ったのは主計長よ」

「いや、まぁ、中隊長。AMineの人気が急落しているのは確かですが、あれだってですね、税金と艦隊予算で製造されて、価格も決まってるんです。なんと言いますか、国有財産みたいなもんなんで、帳簿上の値段は決まってますから、暴落して買い占めるなんてことは簡単にはできませんよ。国家予算とか艦隊予算は、そんな恣意的に動いちゃ駄目なもんじゃないですか」

クルツは、シャロンは自分が必要と判断したら、どんな手段でもそれを手に入れる中隊長であることを思い出す。

「簡単にはできないとは、不可能ではないってことよね。人生前向きの表現をすれば」

「まぁ、そうですが……」

「それとも、できる人もいるけど、クルツ主計長にはできない？」

「失礼な！　私だってこの世界はそれなりに長いんです。減価償却やら消耗品費の数字をドガチャカァ、ドガチャカァやれば、AMineの一つや二つなんとでも。中隊長に借りがある部隊とかありませんか？　そっちにもねじ込めば」

「自分に借りがある部隊か。壱岐派遣艦隊内に一つ二つあるけど。出雲星系ならもっとあるんだけどね」

「では、そちらに。伝令艦にメッセージを起草しましょう。ところでAMineは軽重どちらでも？」

「手に入るなら軽を優先でお願い。惑星奪還だから、核分裂推進の重爆雷じゃなくて、化学推進の軽爆雷で十分」

「AMineでも軽いやつですか、あぁ、それなら話はだいぶ楽になります。しかし、中隊長、化学推進のやつなんか役に立ちますかねぇ。ガイナスのレーザーに破壊されませんか？」

「そこは目処《めど》が立った」

シャロンの前のモニターには、スパコンと繋いでいるらしい、シミュレーションの様子が残っていた。クルツ主計長には、シミュレーションの中身についてはよくわからない。

「あとね、観測衛星もお願い」

観測衛星……そんなもので何をしようというのか。中隊長の独創性はクルツも十分認めているが、彼女の考えが常に理解できるとは限らない。

それでも彼が中隊長の要求に応えようとするのは、彼女の正しさが証明された現場に何度も立ち会ってきたからだ。

「大中小と色々ありますが？」

「使い捨てることになるから、そんなに高性能でなくていいわ。航路帯の恒星風の影響を調べるために、レーザーレーダーでプラズマの密度とか観測するのがあるでしょ。あんな類」

「宇宙船から射出するより、自走した方がいいですよね？」

「自走しなくてもいいけど、ＡＭｉｎｅ用のカタパルトで射出しても壊れない程度の信頼性は、欲しいわね」

「安物の方が、下手に可動部がないだけ、丈夫だと思いますけど、壱岐星系で生産してたかな？　壱岐は小ロットの特殊機材が弱いからな」

「壱岐で手に入らないなら、派遣艦隊の適当な軍艦からはぎ取っておしまい」

「……第七中隊の名声にものを言わせて、可能な限り紳士的に界限と交渉してみます」

艦艇間の物資の融通は手続きさえ踏めば認められていたが、各艦の主計長としては、自身の見積もりの甘さを告白するようであまり楽しい話ではない。

降下猟兵の第七中隊のように、計算外の事態に対処するのが本業の部隊では、計画が狂うのは当たり前だが、それでもクルツ主計長にとってはストレスだ。とはいえ、その辺の帳尻を合わせられるのは自分だけという自負もあった。

「それとねぇ、主計長」

「あの、まだ何かあるんでしょうか、中隊長？」

もう面倒な仕事はこれまでにしてもらいたい。クルツは心底そう思った。いまの話を実現するのは、なかなか大変なのだ。

「これが最後。AMineの火器管制システムの能力って向上できる？　強襲艦のスパコンは他のことに負荷いっぱいまで計算を割り振るかも知れない。AMineの火器管制はできるだけ独立した形で運用したいんだけど」

「AMineを全廃するなら、火器管制のユニットも不要ですから、そこから調達すれば、メモリーは盛れるだけ盛れますよ。CPUも増やせますけど、設計としてはユニットを一枚増やせる程度です。冷却システムの容量がありますんで。それ以上となると、コンポーネントの設計を一からやり直す必要があります」

「そういうのはソフトを書き換えればなんとかならないの？」

「中隊長……それはそうですけど、官給品のプログラムを勝手に書き換えるのは……」

「他所の部隊ではNGだけど、第七中隊は戦術実験部隊なのを忘れた？　プログラムの書き換えも自由なのよ。で、主計長できるわよね、経理のシステム開発もしてしまうくらいだもの」

「自分は経理主計のシステムを組むのであり、中隊長が話されているような内容ではありません。高級言語じゃなくて、コンパイルした実行ファイルに手を加えるような作業が必要です。そういうのは、もっと向いた人間に任せるべきです」

「そんな人材がうちの中隊にいるかしら？」

「学生時代に天才的なハッカーとまで呼ばれていたのに、失恋をきっかけに、よりにもよって降下猟兵に飛び込んで来た天才的な馬鹿が一名」

「……という理由で、自分が呼ばれたのでしょうか？」

「まぁ、楽にして先任」

マイザー・マイア先任兵曹長は、そう言われて、はじめて中隊長の勧めるスツールに座る。

「どう、できる？」

「中隊長、主計長の説明はいささか間違いです。いまどきのコンパイラは十分最適化されていて、コンパイル後の実行ファイルに手を加える余地はほとんどありません。下手をすると悪化します。

ただまぁ、特殊な機械制御用のプログラムに関しては、実行ファイルの効率より、ソースレベルの保守性を重視するので、実行ファイルに多少は手を加えられる冗長性があります。

ですから、自分にできるのは、せいぜいそうした機械制御用の実行ファイルに逆アセンブルかけて、特定部分を変態的に改造できる程度であります」

「変態的改造ってなんだ、先任？」

「たとえば……一足す一を加算ではなくレジスタのインクリメントで置き換えてクロック数を稼ぐとか、ＡＭｉｎｅのセンサーからの反応を引っ張ってくるルーチンで、割り込み待ちでディレイを作るのではなく、別の計算処理させて、クロック数でタイミング合わせるとか、そのような細かいテクニックであります」

「……要するに貴様は有能ということだな、先任。とりあえず自分には、それで十分だ」

「はっ、光栄であります！」

＊

壱岐星の都市ヤンタンは、公称人口二〇万、首都壱岐の北方約五〇キロにある、海に面した工業都市であった。歴史を紐解けば、最初の入植地が建設されたのが、現在のヤンタンの場所である。水運と陸運の要衝として壱岐が首都になったのだが、都市の歴史はヤンタンの方が長かった。

火伏兵站監とそのスタッフを乗せた専用車は、首都壱岐からヤンタンに向かう幹線道路を移動していた。

火伏らの自動車は、出雲星系から運んでいた。高い通信機能を持ったスタッフカーが壱岐星にないためと、盗聴などを恐れてのことだ。デザインやフォルムは大型自家用車然としているが、六輪独立懸架《けんか》のホイールインモーター車輌は、特殊素材の装甲を含め、準装甲車のようなものだ。じっさい必要なら護身用に機銃も装備できた。

火伏兵站監は、すでに秋を迎えている首都壱岐の郊外の光景を憂鬱そうに眺めていた。高速で移動する車輌からは、外の緑が眩しい。

「音羽《おとわ》補佐、外の景色をどう思う？」

兵站監補佐の音羽定信《さだのぶ》主計少佐は、このいきなりの質問が苦手だ。火伏兵站監としては人材育成のつもりで、それを自分に振ってくるのは評価してのことだとはわかるが、毎日が口頭試験を受けるようなものだった。

出雲星系防衛軍の経理学校は、「平時戦場」を合言葉に、上官・上司が下のものに口頭試験のような質問をするのが校風であった。音羽は、そういう質問に卒業するまで返答し続け、耐えてきた。

軍務局に奉職して、やっとそんな日々から解放されたと思ったのもつかの間、上司が火伏大佐になってから、音羽は毎日、こんな質問を浴びせられる。

「自分が流した噂は、末端まで広がった。我々は監視対象である」

音羽の回答に、火伏兵站監は口の端をあげて笑う。馬鹿にされているのかと当初は悩んだものだが、これが彼なりに「そこそこ合格」の意味なのだ。

「そういう視点もあるな。

補佐が壱岐の関係者に、兵站監は枯れ葉が嫌い、という噂を流しただけで、この新緑だ。ペンキでも吹きかけたんだろう」

「リモセン（リモートセンシング）の映像では、首都周辺は紅葉の季節ですね」

「そうだ。やったのはヤンタンの連中だろう。兵站監がどんな人物か調べることもせず、噂を信じて、心象をよくしようと小手先の作業。幹線道路の枯れ葉を緑にするために、どれだけ無駄な作業をしたものか」

「北方特殊機械製造所の首脳陣は信用できないと？」

「枯れ葉をペンキで新緑にする連中が、製造工程の隘路《あいろ》を正直に報告するとは思えまい」

「確かに」

自動車はスタッフカーこそ出雲星系のものだが、前後で警護する警察車輛は壱岐星系のものだ。壱岐派遣艦隊を監視するというより、警察車輛を出すことで、惑星の主権は自分たちにあることを誇示していると火伏たちは分析していた。

壱岐派遣艦隊の兵站組織は、責任者である兵站監の下に軍需部が置かれ、それが壱岐や艦隊艦艇の主計長との折衝にあたる。兵站監と軍需部長は火伏が兼任し、火伏の直属で補佐役の音羽定信・白子《しらこ》忠友《ただとも》の両主計少佐がいた。

正直、音羽も同僚の白子も、派遣艦隊の軍需部とは、出雲や壱岐の業者と必要物資の契約を結んで、物品を調達し、経理処理をする程度だと思っていた。

しかし、水神派遣艦隊司令長官と火伏兵站監だけは、ことはそれでは終わらないとわかっていたらしい。壱岐星系の産業界の構造は、非効率である。それでは異星人との戦争になった場合、十分な兵站基地として機能しない。

だから必要ならば、壱岐を戦争に耐えられる兵站基地とするために、産業界のマネジメントに関与する。それが水神司令長官の結論であり、この面倒な仕事を任せられるのは火伏兵站監だけということだ。

そして音羽や白子は、その面倒な仕事の片棒を担がされることになる。乗りかかった船どころじゃない、船に乗ってから知らされたら、乗り続けるしかないのである。

何より厄介なのは、マネジメントへの関与が少なからず内政干渉を意味することと、火伏兵站監以下、それを百も承知であることだ。でも、それが必要な仕事なら、やらねばならない。それもまたわかっていた。

「シャロン少佐の提案は導入なさるのですか?」

「却下はしない。しかし、いますぐ導入とはいかんな。彼女のAMineによる戦術理論は素晴らしいが、実戦でどうかはわからん。それに巡洋艦ナカとコルベールのレーザー砲艦化のスケジュールを遅らせるわけにもいかん。まぁ、あの提案を導入するとしたら、抜本的な対策の後だ」

火伏兵站監が「抜本的対策」と口にすると、音羽は胃が痛くなる。抜本的って、どのレベルの話なんだよ!

火伏兵站監一行は、そのまま北方特殊機械製造所に到着した。製造所とは言うものの一種のコンビナートで、海岸沿いに一〇キロほども連なる工場群だ。

ヤンタンから北に五〇キロ移動すると、そこには壱岐星唯一の軌道エレベーターの基部が建設された孤島がある。そこはハブ港となっており、ヤンタンなどで製造された物資は、そのまま海運でエレベーターに運ばれる。

このためヤンタンの海岸側は、専用港が複数建設されていた。火伏らが訪れたのは、この中の一つ、宇宙船用の装備品を製造するトムスク7と呼ばれるエリアであった。

「どこでも見学していただいて構いませんし、ご案内いたしますが、カメラ等の撮影はご遠慮願います。知財権の問題がありますので」

総支配人のベリアという男は、そう強調した。音羽はなぜかベリアの姿にネズミを連想した。

音羽にとって意外だったのは、見学がほぼベリアのペースで行われたことだ。工場群はどこも清潔で、兵站監の到来を予想していたのか、ペンキが新たに塗られた場所も少なくない。

火伏兵站監はベリアの案内する場所には何ら興味が無いようだった。時々、列を離れて何かしているようだが、すぐに戻ってくる。トイレを借りに列を離れたときも、工場の人間が案内と称して監視していたが、特におかしなこともない。

そうして最後は、生産性向上をお願いするという趣旨の短い演説で、火伏兵站監は北方特殊機械製造所を後にした。

「兵站監、何をなさっていたんです？」

「補佐、あの工場群、どうして新しくペンキを塗り替えたりしたと思う？」

僕らを迎えるため……が正解でないのは直感でわかった。

「見られたくないものを隠すため？」

「そうだ、かなり雑な塗り方だから、調べたいものはすぐにわかった。あの塗装の新しいあたりはルミノール反応が陽性だ」

「兵站監はルミノール試薬なんて持ち歩いているんですか？」

「視察の時にはな。血が流れる工場は、問題がある工場だ。そして試薬より正直なマネージャーはいない。

北方特殊機械製造所もそうだ。わりと最近、あそこでは大規模な流血沙汰があった」

「労働争議ですか？」

「だろうな。

あのベリアとかいう男、工場は三交代制で二四時間動いていると言ってたな」

「はい、そう言ってました」

「だったら、どうしてトイレ脇のシフト表が一二時間二交代なんだ。工場のロッカーの数と機械の総数を見ても、三交代制では計算が合わない。あれは我々向けの嘘だ」

「長時間労働と過酷なノルマで労働争議と？」

「工場内のレイアウトも不合理だし、機械も十分合理的に活用されていない。ラインの組み直しだけでも生産性が二割は上がるというのにな。奴らにわかるのは目先の利益だけだ、戦略的な管理能力はない」

「あのぉ……兵站監……そのぉ……工場管理のために……武力介入とか……」

「そう、君の考え通りだ。一罰百戒が、一番効果的なんだよ、あんな連中には」

ヤンタンの夜空を見るとき、望遠鏡をほぼ垂直に向けると、一〇万キロ近い高さにある小天体を見ることができる。壱岐星系入植の際に、人類コンソーシアムが最初に軌道上の拠点とした小惑星だ。

歴史書によれば、それは壱岐の衛星などではなく、公転軌道に比較的近い軌道上を移動する小惑星であったという。中継点として便利なので活用され、数十年後には軌道を改変され、壱岐の衛星となり、さらに数十年後には軌道エレベーターのバランスウエイトとして活用され、宇宙港となっている。

かつては小惑星に施設が張り付いていただけの宇宙港も、世紀を重ねるにつれて整備され、自動ドッキングシステムと多数のハブを擁する巨大な構築物となっていた。壱岐派遣艦隊の艦艇も、そのハブの一角を占領する形で利用していた。

そうした派遣艦隊の軍艦を地上から観察するマニアというのは、市民の中にもそれなりにいて、彼らは夜ごと宇宙港にレンズを向けていた。

壱岐星系当局もそうした活動は「望ましくない」との立場であったが、ほぼ黙認状態にあった。警察当局が取り締まるとしてもきりがない。それに市民レベルのこうした物見遊《ものみゆ》山《さん》の観測も、壱岐派遣艦隊の動向監視としては有効と考えられていたためだ。

こうした観測者はアマチュアだけではなかった。北方特殊機械製造所の一角でも、壱岐派遣艦隊の動向は監視されていた。施設でもっとも高いビルの屋上に望遠鏡や観測機器を設置した監視所が置かれ、宇宙港へ出入りする艦艇の動きが分析された。

一番の注目は降下猟兵を載せた強襲艦ゲンブの動向だった。壱岐派遣艦隊が何かするとなれば、投入されるのは、この地上兵力だからである。

ただここ数日は、監視所の規律は弛緩《しかん》していた。配置されていたのは、製造所のスト破りを請け負う派遣会社の人間たちだった。親会社が手を汚さずに厄介ごとを処理するための会社であり、社員の多くは訳ありで軍や警察を辞めさせられた人間である。技能はそれなりに持っているが、彼らに組織の規律を期待するのは、八百屋へ魚を買いに行くような無理な話であった。

それでも当初は、壱岐派遣艦隊への反感もあって、それなりに忠勤に励んでいたが、強襲艦ゲンブが第三管区に進出したために、士気も規律も大幅に下がっていた。

そもそもいるべきはずの人間がいない。本当は契約で決められた人数が交替で常時監視に当たるのだが、いまいるのは定員の三割だ。

元請けの班長が人件費を人数分前払いで受け取るから、実働人数を最小限度に抑えれば、一人当たりの取り分が増える。そういう計算である。

強襲艦は遠くに行ったし、降下猟兵が降ってくる恐れはない。ならば、これほど割のいい仕事はない。モニターを眺めているだけで、三倍の手当が入るのだ。

「班長、来てくれ！」

監視員の一人が、班長を起こす。

「なんだ、ゲンブが戻って来たとでもいうのか？」

「わからんのだ。あんた元軍人だろ、軍艦の識別くらいつかないか？」

モニターに映し出されているのは、ハブに接続している大型軍艦であった。大気の影響で映像は鮮明とは言い難いが、そこはコンピュータが補正をかけ、それなりの画質になっていた。

「こんな軍艦は派遣艦隊にはないぞ。艦首と艦尾だけあって、フレームでつながってるだけだろう。C3型輸送船じゃないのか？」

「C3型輸送船の入港通知なんて聞いてないぞ」

「ちょっと待て、艦首部に文字があるだろ。ここの補正を強化すれば読めないか？」

「角度が悪いな、一部は影になってる……あぁ、コンピュータで補足するとAAS‐41だ」

「AAS‐41だと！　お前、間違いないか？」

「間違いないが、どうした？」

「コンソーシアム艦隊の艦種記号だと、AAS‐41は強襲艦ゲンブだ。戻って来たのか……」

「でも形状が変わってるのはなんでだ？」

「わからん。俺は防衛軍の人間で、艦隊の人間じゃない。あれじゃないのか、戦闘に巻き込まれて大破して戻って来た。だから形が変わってる」

班長は自分の端末を起動させると、強襲艦ゲンブのデータを検索する。北方特殊機械製造所は軍需工場なので、コンソーシアム艦隊の主要軍艦のスペックはデータ化されている。しかし、親会社から見ればトカゲの尻尾である彼らの権限では、雑な三面図と簡単なスペックしか表示されない。

本来なら状況を報告しなければならない。しかし、班長は躊躇っていた。本当に強襲艦が戻って来たのか確信がないことが一つ。それ以上に、自分が雇用主に黙って人件費を水増ししているのがばれることに気がついたからだ。

「あれか、艦隊側が、いかにもゲンブがいるように見せかけているとか？　こんな風に下から観ている奴がいるとは思わないだろ」

「そうかも知れんな」

そんな意味のない真似を壱岐派遣艦隊がするか？　という疑問はあったものの、班長としてはそうであって欲しいと思い、そうであると自分を信じ込ませようとした。

だから彼は何もしなかった。異変に気がついたのは、低空を接近するヘリコプターの存在だった。

「ヘリコプターが来るぜ、全部で五機、いや六機だ」

酒臭い息の監視員が監視部屋に飛び込んでくる。監視所の屋上で酒盛りでもしていたらしい。班長もそれは黙認してきたが、いまこの重要な時には、酒の臭いが神経に障《さわ》る。

「ヘリコプターがこんな夜中にか？　確かなのか？」

「あんたも外に出ればわかるさ」

班長としては、嫌な予感しかしない。何か致命的なミスを自分は犯した。そんな予感だ。壱岐星系防衛軍に属していたこともある班長は、適性検査の結果により、宇宙船には乗っていない。地上の治安警察で任務に就いていた。

だからそのヘリコプターが明らかに軍用であることは確かだったが、型式はわからなかった。つまり壱岐星系防衛軍ではなくコンソーシアム艦隊の装備品である。

「非常呼集だ！　警備員に通報しろ！」

さすがにこの異変まで報告しなかったら、明らかなサボタージュと見なされる。彼は製造所の警備本部に異変を伝えた。

「お前たち全員、トムスク７の正門の警備に当たれ！　武器の使用を許可する！」

警備本部からの命令に班長は抗議する。

「俺たちだけで正門をだと！」

「増援が来るまで死守しろ！　それだけの人数はいるはずだ！」

班長は青ざめた。くだらない小細工のために、ここの警備員は定員の三割しかいないのだ。定員を満たしていたとしても、ヤバイ相手なのに。

「全員、銃をとれ！　トムスク７の正門に集合だ！」

そして付け加える。

「特別任務だ、働きがよければボーナスが出るぞ！」

班長としては、腕力はあるがあまり知恵が回らない連中を集めていた。ピンハネしやすいからだが、いまはそれを後悔していた。

ボーナスといえば連中は動くが、もしも本当に撃ち合いになれば、烏合《うごう》の衆に過ぎない。逃げるか投降するか、どっちかだ。

北方特殊機械製造所の警備員は、軍人か警察あがりで、正規職員はそれなりに経験やキャリアを積んでいるが、非正規は班長同様、トカゲの尻尾だった。

コンビナートの外郭ブロックを警備本部の人員が守っているなら、内側にあるトムスク7が破られることはない。

ただし、ブロックとしては製造所の最重要区画の一つでもあり、無防備にもできない。だからここを守れと命じられたのだ。

班長は、自分らに与えられた六輪汎用トラックに、軽機関銃を装備した。転倒時の安全フレームに金具があり、そこに軽機関銃の銃架が綺麗に収まるのだ。

合法でも非合法でもないグレーゾーンの装備だ。だから労働争議の時に投入できる。正規の装甲車の類ではない、不可抗力で生まれた車輌に武器を載せただけの道具。裁判では量刑を左右する重要な部分だ。

ヘリコプターの一機が、そんな武装車輛をライトで照らす。恐怖から引き金を引きたいという衝動を、班長は辛うじて抑えた。ここで引き金を引けば、ヘリからの反撃で木っ端微塵に噴き飛ばされる。

ヘリコプターは全体に黒く、シルエットもはっきりしないが、コンソーシアム艦隊の所属であることは、かすかに識別できるエンブレムでわかる。ヘリは彼らの上を通過して、トムスク7のどこかに着地し、再び上昇した。

逃げられない。班長は悟る。上空にあんなものがいたら、逃げ隠れはできまい。遠くから銃声が聞こえはじめる。しかも一箇所ではなく、複数でだ。

「きたーーーあっ！」

部下が叫ぶと同時に、正門のフェンスの前に二体の巨人が現れる。それは身長四メートルほどの人型のロボットだった。

「あれがＡＳか……」

コンソーシアム艦隊に属する降下猟兵の主要兵器の一つが装甲兵ＡＳ（Armored Soldier）だった。ただし、最高機密の一つであり、どういう兵器かの情報は少なく、形状さえ噂の域をでなかった。

班長も実物を見たことはないが、ヘリコプターが降下猟兵の装備なら、あのロボットも噂に聞くＡＳということになる。

それがいま自分たちの前にいる。部下たちが恐怖のあまり発砲した。しかし、旧式のアサルトライフルの銃弾は、ASの装甲で簡単に跳ね返される。

ASは班長やその部下には目もくれず、搭載機銃の三点射でゲートを噴き飛ばす。この銃撃で部下たちは、トラックの運転手も含めて逃げてしまった。班長も一度は軽機関銃をASに向けるが、撃てばどうなるかを目の当たりにしたばかりだ。そのまま車輛を捨てて、逃げ出す。その後ろで、再び三点射により車輛が爆発炎上した。

北方特殊機械製造所は、こうして降下猟兵第七中隊により、ほぼ無傷で占領される。経営陣から労働者側に、通常の勤務につくよう説明はあり、降下猟兵の主力もすぐに引き揚げた。ただし、すべてが撤収したわけではなく、主要な出入口には、ASが立哨する日々が続いた。

*

「北方特殊機械製造所に降下猟兵を派遣し、サボタージュの調査を行います。相賀根拠地隊司令も、その旨ご了解下さい」

相賀は、宇宙要塞ではなく、軌道エレベーターの宇宙港に臨時の事務所を開設していた。本来、コンソーシアム艦隊の受け入れは要塞の側で行うという想定だったが、軍の指揮権を危機管理委員会が担うという状況で、壱岐星系政府とのやり取りが従来以上に重要となり、艦隊は宇宙港を活用していた。

そうなると、根拠地隊の司令である相賀大佐も、軌道エレベーターのある宇宙港に事務所を置く必要があった。地上との連絡の便も考えてのことだ。

軌道エレベーターのケーブルは、それ自体が導体であり、組成によっては半導体ともなるため、エレベーターを移動するゴンドラとの電磁的な相互作用により、大気圏を抜けると、高速で移動できた。

ケーブルが一本に見えるのは確かだが、その表面積も体積も膨大であり、多数のゴンドラと、その相互作用でケーブル内に形成される電路ネットワークは常に変化し続け、給電蓄電の合理的な割り振りを、動的な制御で行っていた。それはケーブルへの負荷分散の意味もあった。

ケーブルが振動しているときには、上下反対方向にすれ違うゴンドラ相互の角運動量の変化を、電気を媒介に交換するようなことも可能であった。

こうした工夫もあり、宇宙港から最短で四時間ほどで地表に降り立つことができた。要塞ではこうはいかない。それにVRを活用すれば、地上に到着する前に事務仕事を終えることもできた。

ただし、それでもやはり時間はかかる。相賀根拠地隊司令が、この報告を受けたときには、すでに部隊は動いているし、壱岐星の統領府に向かうとしても、事は終わっているわけだ。

「降下猟兵第七中隊の八個分隊が、ヤンタンにある北方特殊機械製造所に投入されている模様です。四個分隊は予備戦力でしょう」

秘書室長の坂上女史も相賀から配置に就くよう命じられると、五分後には現れ、概況を報告する。軍服に着替えたばかりなのは隠しようはないが、いつものふわふわした雰囲気だけは保っていた。そこに隙はない。

「やられたな。ヤンタンを攻めるとは」

それは相賀の率直な感想である。降下猟兵の投入を命じられるのは、水神壱岐派遣艦隊司令長官だが、実務面の筋書きは兵站監の火伏が書いているのは明らかだ。

「ガイナスとの全面戦争に備え、壱岐星系の産業施設を、それに耐えられるだけの能力を持ったものに再編する」

それが火伏兵站監の考えであり、原則的にその合理性に対して、異を唱えるものではない。問題は火伏がこの原則を具体化するのに、壱岐星系の政財界への介入で行おうとしたことだ。こうした手法は良くて内政干渉、悪くすれば軍政の施行、最悪は植民地化となりかねない。

だから相賀は、火伏が仕掛けるとしたら統領府だとばかり思っていた。あちこち働きかけて、壱岐派遣艦隊の編制にあたって降下猟兵は含まないように提言したのも相賀である。

さすがにそれは完全には通らなかったが、一個中隊に留まったことで、彼は安心していた。首都の統領府を一個中隊では占領し切れまい。ただ恫喝《どうかつ》の道具には使える。

だが火伏は相賀より、役者が一枚上であった。奴が装備品に装甲車を加えていたのも、すべてフェイントだった。

奴は最初から北方特殊機械製造所の占領を考えていたのだ。それなら一個中隊で間に合う。そしてこの製造所は、政権を動かせる梃子《てこ》なのだ。

「司令、タオ筆頭執政官が、内密に面会したいと」

タオが動き出すのは当然だろう。筆頭執政官という立場だけの話じゃない。タオは迫水家の人間だが、北方特殊機械製造所を保有管理しているのは安久家。迫水家と安久家は長年にわたり利害対立の関係にあった。

しかし、近年の経済発展と中間層の増大に伴い、一部の有力家族が政治経済の実権を握る現状に対して、中間層を中心とする新興勢力の反発が強まってきた。この状況の中で、有力家族が共通の敵である新興勢力と対峙するために手を握った。

その一つの形がタオ迫水だ。彼の妻であるクーリア迫水は安久本家の令嬢だった女性だ。家のことがなくても、タオとクーリアが信頼し合い、愛し合っているのは確かではあるが、彼らの結婚は、それだけでは終わらない。

安久家の権力基盤である北方特殊機械製造所が派遣艦隊に占領された問題に、タオ筆頭執政官がどう動くか。それによって壱岐星系政府も揺れる。それを承知で火伏が、これを仕掛けたなら、相賀は士官学校の後輩の実力をいささか見くびっていたことになる。

「了解したと伝えてくれ。それまでに我々も準備をしなければな」

「その時間はありません」

「どうしてだ、坂上さん？」

「タオ筆頭執政官は二時間後に到着します」

「二時間！　そんな馬鹿な」

「こちらの動きに懸念があり、それを確認すべく移動中に、異変の一報を受けたそうです」

「どういうことだ？　我々より先に、タオが降下猟兵の動きをつかんでいたというのか？」

方法はわからない。だがタオ迫水なら、それくらいの芸当をしても相賀は驚かない。ともかく現状は、自分たちがタオに出遅れたということだ。

「結論からいえば、そうなります。中隊のメンバーは全員洗浄済みですから、スパイはいないはずです。そもそも彼らにとっても第三管区から壱岐星への移動は唐突だったはずです。

だとすると、タォの情報源は、我々の意表を突いたものである可能性があります。スパイの類だとしたら、初動が早すぎます」

「まぁ、いい。坂上さん、水神か火伏、どっちでもいいから捕まえられる方に連絡を入れてくれ」

「どういう内容で？」

「手前らが勝手にやった不始末は、俺が尻ぬぐいしてやるが、政変なんか願い下げだ。俺の流儀でまとめるから文句をいうな」

「今回の状況に対して、根拠地隊司令部としては、事態収拾に最善を尽くし、政治的影響は最小限度に収めるべく、職権を最大限に活用する所存であり、右、了解願いたい、わかったか馬鹿野郎、ってなところですか」

「わかったか馬鹿野郎は、不本意ではあるが省略して下さい」

「了解いたしました」

予想通り、火伏は捕まらず、水神とだけ話ができた。まぁ、命令系統としてはそれでいい。そして予想通り、水神は相賀の方針で納得した。つまり火伏も了解ということだ。

こっちの着地点を読んでやがる。そう思ったが、現下の状況で望ましい着地点は一つしかない。無駄な争いは誰も望んでいない。だが、艦隊として生産現場への介入の余地は確保する。

タオは時間通りに現れた。私服なのは良いとして、驚いたことに一人だった。相賀は坂上と二人で迎える。タオはそれについて特に何も言わない。

「壱岐星系政府として今回の工場占拠については、後ほど正式に抗議させてもらう」

タオ筆頭執政官はそう話し合いの口火を切ったが、そんなものは「今日もおかげさまでいい天気」程度の意味しかない。

重要なのは、いまこの場の会見が「正式な抗議」ではないということだ。おそらく壱岐星系政府を代表すらしていまい。

「しかし、こんなに早くにお越しとは。地上から軌道エレベーターのここまでは少なくとも四時間はかかるはずなのに」

「壱岐の行く末を案じる人間が何万といるということだ。彼らは地上から、この軌道エレベーターを監視している。強襲艦ゲンブがいつの間にか帰還し、あまつさえ降下モジュールが分離されているとなれば、その先の展開は子供にもわかる」

それは相賀がまったく見落としていた観点だった。強襲艦から降下モジュールが分離され、それを地上から観測しているアマチュアの天文マニアなどがいたのだろう。彼らのネットワークが図らずも遠距離探査システムとして機能したのだ。

「それで本日のご用件は？」

相賀司令も余計なやりとりは行わず、単刀直入に尋ねる。たぶんタオの自由時間はそれほどないだろうと思ったからだ。公務で動けなくなるまでの間隙を縫って、この会談をタオは選んだのだ。

「北方特殊機械製造所の占領の意図をまず確認したい」

「そちらの状況認識に問題があるようだ。降下猟兵を展開したのは、重要工場の安全を確保するためだ。

我々は内政干渉の意図はない。そちらの工場で労働争議が頻発し、毎回流血沙汰になっていることも我々は把握しているが、それについてこちらから、労使双方に対して、何をどうこうするつもりはない」

予想していたことだが、タオは労働争議の拡大という話は理解していたものの、その現場で流血沙汰が日常化していることまでは把握していなかった。この男には珍しく、動揺が表情に表れる。むろんそれは一瞬であったが。それを確認して、相賀は話を続けた。

「そちらの流血沙汰にも我々は沈黙を保ってきた。我々の内政不干渉の方針は、それで信用していただけるのではないかな」

「五時間前までは信用できた。しかし、現実に地上兵力が投入された。それは内政干渉と言うのではないか？」

「保障占領は限定的な主権の侵害かもしれないが、内政への干渉ではない。安全の確保が目的だ。

現状において危機管理委員会は、ガイナスと人類が戦争状態とは見なしていない。したがって派遣艦隊司令部が壱岐の工業施設を接収することもない。戦時下でない限り、それはできない。

しかしながら、ガイナスとの戦闘に重要な意義を持つ工業施設の安全確保ができないとなれば、艦隊としてそれを確保しようとするのは、任務遂行に伴う合法的な行為であるはずだ」

我ながら詭弁だと相賀は思う。しかし、ここはその詭弁を駆使するよりない。

「安全確保が目的と言うが、我々は北方特殊機械製造所が危険に晒されているという認識は持っていないが」

「トムスク7のような重要工業施設で労働争議が頻発している状況は危険でないと？ 過日も兵站監が視察に赴いたが、流血跡も明白で、破壊された施設の修理跡も隠しようがなかったと報告されている。

おわかりと思うが、いくら我々がそちらの労働争議に不干渉の立場であるとしても、重要施設を爆破されたり、放火されたりしては困るのだよ」

それはタオ筆頭執政官にとって、痛い指摘のはずだった。彼自身が、壱岐星系における、そうした社会的軋轢《あつれき》をソフトランディングさせようとしていただけに、そこを突かれると弱いはずだ。

「つまらない言葉遊びはもう止めよう。君らは何が目的だ？」

相賀はここで切り札を出す。水神に連絡をつけたときに仕入れたデータだが、出所が火伏なのは間違いない。

「トムスク7、いや北方特殊機械製造所のマネジメントの改善だ。我々の分析では、かの製造所のパフォーマンスは、寛大に見積もっても本来の能力の五〇パーセントしか出ていない。

あのコンビナートの生産性が低ければ、ガイナスとの戦闘に悪影響を及ぼす。たとえば巡洋艦の改造計画は、レーザー砲の生産が遅れ、作業は中断している。一事が万事だ」

「コンビナートの生産性が能力の半分以下だと！」

上級行政官であるタオ迫水には、その指摘だけは予想できなかったらしい。それも当然で、彼が政策に携わるのはマクロ経済などのレベルであり、工場の労働生産性とか労働争議などは、もっと下位の行政官の仕事だろう。

さらに壱岐星系のような体制では、経営サイドの意見が行政に反映するだろうし、社会福祉的な視点でも、生産性より失業率の改善を優先させることになる。

ただ、さすがにタオは筆頭執政官だけあって、これが労働生産性の話では済まないことを瞬時に見抜いていた。壱岐星系で屈指のコンビナートである北方特殊機械製造所のマネジメントに手を加えるとなれば、それが産業界に波及するのは避けられない。

最終的にこの流れは中間層のさらなる拡大と、政治的な安定への道筋をつけることにつながる。

だが、最終的な安定は、近い将来の混乱の後にやってくる。ガイナスとの戦闘で社会が動揺している中での降下猟兵の投入は、混乱の拡大にしかつながるまい。

しかし、相賀の立場では、ガイナスとの闘争状態の解決こそが優先され、壱岐星系の政治的安定は二の次だ。

「設備能力に対して半分以下の生産性であるという資料が必要なら提供する。貴政府が行う統計より精度は悪いかも知れないが、四八パーセントの効率が五三パーセントになったとしても、問題の本質はかわるまい」

「わかった、その資料を参考に、生産性の向上に着手しよう」

「それでは、遅いのだ。準惑星天涯はガイナスに占領され、奪還を急がねばならない。本来なら、昨日着手していなければならなかった問題だ。それは筆頭執政官も理解しているはず」

「結局、君たちが行おうとしているのは内政干渉ではないか！」

「干渉するつもりはない。しかし、法的に戦時ではないとしても、いまは非常時だ。君らの無能を看過するわけにはいかん。人類の将来がかかっているのだ」

「どうしても、干渉を止めないのか」

「必要なことはさせてもらう」

相賀が態度を変えないと見ると、タオはいきなりスーツの内懐から小型拳銃を抜き、相賀司令に向ける。

だが、それと同時に、相賀の後ろに控えていた坂上も、背中に手を回し、軍用拳銃をタオに向ける。

「拳銃をしまえ、坂上」

「私がですか」

「人間の格を考えろ！　お前が彼を撃ったら、単なる犯罪者だ！　だがな、彼がお前を射殺しても、正当防衛が認められ、無罪放免だ！　命の重さが違うんだ。俺が射殺され、それでやっと対等な外交問題になる」

相賀に命じられ、坂上は不満げな顔で毒づく。

「だったらそのまま射殺されて」

坂上は背中に拳銃をしまった。タオも同時に拳銃を収める。

「お見苦しい真似をして申し訳ない」

「いえ、筆頭執政官も、あれで昔は強面《こわもて》って噂を確認できましたよ。これだけが未確認だったんだよな。しかし、あなたが銃を抜くとは意外ですな」

「この先の交渉は、あなたと私、それとそちらにいるスパイの親玉との、人間性だけを担保とする話になる。

こちらもそちら同様、あなたがたが愚昧な人間か、愚昧を装っているだけの逸材かを確かめなければなりませんのでね」

タオはいつもの紳士的な執政官の顔に戻る。相賀もそれに鷹揚《おうよう》に向き合うが、内心ではタオがこんな暴力的なパフォーマンスに訴えてきたことに驚いていた。

同時にタオが「政府代表」ではなく「人間性」と語った意味も吟味する。壱岐政府内でアザマ松木とタオの間に亀裂があるという噂は聞いていた。

だがそれは噂ではなく、事実であるようだ。

「なるほど。

では、私から札切りますか。まぁ、現状は非常にタイミングが悪い。ガイナスも半世紀前か半世紀後に現れたのなら、我々も壱岐星系の社会変動などという厄介ごとは無視できた。

半世紀前なら中間層は政治的に無視でき、半世紀後なら中間層が政治的安定をもたらしてくれたでしょう。いまの壱岐星系は政治的な変動期に当たり、よりによってそんな時にガイナスが現れた。

我々としては、内政干渉はしない。求めるのは兵站を支える、壱岐の工業生産性の向上だけです。必要な時期に、必要な物資を、必要量供給してもらえるなら、我々はあなたがたにそれ以上のことは求めません。ただし……」

「ただし？」

「壱岐社会の政治的不安定は望まない」

タオの表情に、一瞬、安堵の色が見えた。

「そのジレンマをどう解決するつもりです？」

「独裁体制の施行です。強権で政治的安定を維持する」

相賀の言葉に、タオの表情には警戒の色が浮かぶ。独裁が意味する内容は複数考えられる。艦隊が壱岐に独裁的な傀儡政権を樹立することさえ否定できない。

「いつも我々を開発独裁と揶揄《やゆ》している出雲の高官から、そんな台詞が飛び出すとは驚きですな」

「政治的混乱で民主化の芽を摘まないための独裁です。二歩前進のための一歩後退ですよ、執政官」

「まさか、私に独裁者になれとでも？」

「いえいえ、アザマ松木政権の倒閣こそ、内政干渉じゃないですか。壱岐派遣艦隊は現政権を支持しますよ。工場さえこちらの指導に従い管理してくれれば、現政権がいまよりもずっと強権に舵を切ったとしても、我々は内政に干渉いたしません」

「それでは、壱岐政府は戦時体制に移行しろ、と言っているようなものではないですか」

タオの口調はきついものだったが、表情からは相賀の考えにそれほど反感は無いように見えた。強権により体制維持を図るというのは、妥協点としてありえるのだろう。

「最前線が壱岐星系なのは事実です。危機管理委員会が戦争と宣言しないとしても、地域紛争は起こる。我々としては、その段階で終わらせたい」

「地域紛争が終了したら、壱岐星系は政治的に危険な時代に突入することになる。強権政治の反動は、決して小さなものではないだろう。下手をすれば流血沙汰だ」

「かも知れません。ですが、人類の種の存亡と比較すれば、そちら様の政治的動乱などマゴトですよ。

人類コンソーシアムの諸星系は、今日まで幾つもの動乱を経験してきた。一般的に、政権が倒れ、新たに掌握した勢力は行政実務能力がなく、再度の混乱の後で、行政力に長けた勢力が安定政権を構築する。

我々はその時になったら、改めてご協力申し上げますよ、筆頭執政官」

相賀の言葉に、タオは諦めの表情を浮かべた。彼自身がすでにアザマ松木を見限っているならば、現政権の未来は明らかだ。

「すべての悪行をアザマ松木政権に押しつけるつもりですか？」

「それは解釈次第でしょう。あれで彼が意外に有能な可能性もある。で、そちらの手札は？」

するとタオは降参するように、両手を上にあげる。

「そちらに比べたら、私の手札はお見せできるようなものじゃありません。この勝負はこちらの負けですな」

相賀はそうは思わない。タオの手札とは、おそらくコンソーシアム艦隊の兵站を、壱岐星系に依存しているという事実だろう。兵站の安定を材料に、主権の確保を艦隊に約束させる。細目《さいもく》は違ったとしても、大枠は変わるまい。

別に不思議な話ではない。現状で壱岐が取引材料に使えるものといえば兵站くらいしかないのだ。

つまり手札の表現が違ったとしても、相賀もタオも手札の中身は同じ。兵站の保証の見返りとしての主権の保証。違いは、どこを妥協点とするか、その程度だろう。ここは相賀に負けを認めることで、貸しを作っておく。それがタオの計算だろう。

「それでは筆頭執政官には、ご理解いただけたと?」

「その話、乗りましょう。しかし、私という人間に対するあなた方の見立てが的外れだったらどうするつもりです」

「その時こそ、さっきの勝負の決着をつけませんこと、筆頭執政官」

坂上が拳銃をかざして見せた。

＊

巡洋艦ラムゼイは、艦種としてはミカサ級であるが、同じ軍艦が別の名前で二度コンソーシアム艦隊に就役するという不思議な経歴をもっていた。最初は出雲星系に駐屯するミカサ級の三番艦である、巡洋艦カイモンとして就役していた。

コンソーシアム艦隊は、半世紀以上にわたり巡洋艦はミカサ級だけを建造していたが、新鋭艦が建造されるなかで、初期に建造された艦は除籍となった。

一方で、人類コンソーシアムの中で、もっとも経済力に乏しい八島星系は、駆逐艦はあっても巡洋艦はなかった。新造する技術も予算もない。

そこで除籍された巡洋艦カイモンを、出雲星系の技術で全面的に整備改造し、巡洋艦ラムゼイとして八島星系に就役・駐屯することとなったのである。

だから同じミカサ級巡洋艦でありながら、ラムゼイは僚艦とは色々と細部が違っていた。船体強度の関係で補強した分だけ全長が長いとか、乗員数が多いなど相違点は幾つかある。

他の星系は、星系防衛軍の艦艇とコンソーシアム艦隊の軍艦は所属が別で、相互に独立しているのに対して、八島星系は防衛予算が乏しいため、巡洋艦が増えるまでは、ラムゼイが星系防衛軍の旗艦も兼ねていた。

この旗艦時代には、最新鋭装備艦はラムゼイだけであったため、教育訓練艦まで兼ねていた。乗員数が多いのは、訓練生も乗せていたためだ。

原設計からの逸脱は基本的に認めていないコンソーシアム艦隊も、八島星系の巡洋艦ラムゼイだけは、特例として独自の改造を認めていた。

そのラムゼイが壱岐派遣艦隊に編組されたのは、ガイナスとの戦闘という特殊状況には、保険の意味で特殊な軍艦も必要と判断されたためだ。

たとえば教育訓練用として二〇センチ連装砲塔二基を装備する巡洋艦は、ラムゼイだけだった。そのラムゼイが、壱岐星系の軌道エレベーター近くの静止軌道を、艦隊の僚艦から離れて遊弋《ゆうよく》していた。

概ねラムゼイは、ヤンタンの上空付近に留まるように軌道を微調整していた。地上から高解像度の望遠鏡でラムゼイを監視している人々は、他の巡洋艦より大きく、大砲まで装備している軍艦に、あきらかな威圧感を覚えていた。

軌道上の軍艦から二〇センチ砲弾を撃っても、真下のヤンタンに命中させるのは至難の業であるのは、基礎物理の知識があればわかる。しかし、それがわかるのと、心理として納得できるのとは違う。

特に、壱岐星系の市民に広報で公開しているラムゼイの、「大砲で小惑星を木っ端微塵」というプロパガンダ映像は、レーザー光線砲の威力よりも絵的に印象深かった。

音羽兵站監補佐は、そんな威圧感満載の軍艦をヤンタン上空に配備したのは、それなりの意味があったと思っていた。それを上司である火伏に提案したのは彼だ。空から力を誇示するシンボルが必要だと。

音羽がそれを提案したのは、兵站監の命令で、壱岐派遣艦隊軍需部のスタッフが、トムスク7をはじめとする組織改革に送られていたためだ。

宿舎とは武装ヘリで往復し、製造所内は装甲車で移動する。そこまで武力を誇示するのは、彼らが部外者で、少数派であるためだった。

観光客ならまだしも、自分たちは他人が嫌がるマネジメントの改善に着手するのだ。装甲車が必要なレベルの抵抗は覚悟しなければならない。

「施設の理論的な製造能力と実際との差は、当初見積もりと大差ないようです。概ね半分しか出ていません」

音羽兵站監補佐は、トムスク7の戦闘用ヘリコプターの中から、秘匿回線で、火伏兵站監に報告する。戦闘用ヘリを仮設の本部にしているのは、何かあったらすぐに脱出するためと、現時点では、コンビナートの人間とは距離を置いているためだ。

「生産余力で一〇パーセントのマージンは残すとして、なお四〇パーセントの生産性向上が可能です。ただし理論的にですが」

音羽兵站監補佐としては、短期間にしては我ながら良くまとめたデータと思っていたが、火伏の反応は薄い。まぁ、この人はそういう人だ。

「理論値はわかったが、具体策は？」

「すぐに取りかかれるものとしては、ラインの再配置です。古いラインを考えなしに拡張した結果、効率が低下しています。部門ごとの連携が上手くいってません。そこを改善させれば生産性は一〇パーセントは向上します。近々に可能なのはそこまでです」

「垂直立ち上がり、とはいかんのか？」

音羽はこうした報告で、上司を喜ばせるために調子のいい数字は報告しなかった。それで後から苦労するのは自分である。

「工場職員の聞き取りを行った結果ですが、理由は構造的なもので、しかも相互に重層化しています。一言でいえば、コンビナートで問題は完結していない。

最大の要因は職員が階層ごとに分断されて、ほぼ交流がないことです。工場のマネージャークラスは、現場の工員の作業内容を知りません。工員は経営に関心がない」

「マネージャーや工員の質が低いということか？　しかし、壱岐星系の教育水準は高いはずだな」

「ですから、工場で完結しないんです。

まず壱岐星系は、輸出品に関しては出雲星系の工業規格を踏襲しておりますが、壱岐星系内部の工業規格は未整備です。一言でいえば、寸法以外は斟酌《しんしゃく》されない。材料や製造方法には無頓着です。

なぜかといえば、中小企業の技術水準に極端なばらつきがあるからです。高品質の製品を製造しようという企業家もいれば、粗製濫造で生産単価を下げ、利益が上がればいいと考える企業家もいる。

後者の場合、会社そのものが使い捨てで、利益が上がれば会社自体を畳むので、技術的蓄積もない。

こうしたことが壱岐星系全体の工業力の足を引っ張る結果となってます」

「それは工業界全体の話だな。トムスク7ではどうなんだ？」

「格差がマネジメントの阻害要因という点では、トムスク7も同様です。

たとえばマネージャー連中はほぼ大卒です。富裕層の出身でなければ大学には行けませんから。だから大卒は新入社員でもマネージャーとなる。担当工場の内部について何も知らないのにです」

「現場を管理するのは誰だ？　マネージャーではなさそうだが」

「それは工員をとりまとめる親方とか班長の仕事です。

食堂からトイレまで別ですから、マネージャーと工員は接触できない。どうも班長連中がピンハネしてるようで、彼らは積極的に分断に荷担しています。

ただし、実務面でこの班長連中はそれなりに有能なので、いますぐ放逐もできません」

「補佐が考える対策は？」

「ミドルマネージャーとなる人材を育成して、班長や親方を放逐して入れ替える。そして彼らを介して、工員とマネージャーにコミュニケーションチャンネルを設ける。まぁ、順調にいっても半年はかかるでしょう。

本質的な原因は、壱岐星系の中間層が貧弱で、ミドルマネジメントを委ねられる人材層が薄いことです。すべては社会の階層化問題から派生しています。

結論からいえば意識改革が不可欠です」

「ラムゼイの大砲ぐらいでは駄目か」

「駄目ですね」

火伏兵站監からは沈黙しか返ってこない。一個中隊の降下猟兵で、生産性が一〇パーセント向上したら、それでよしとするか。あるいは、生産性向上のために、あえて泥沼に踏み込むのか……。

「トムスク7に設置されている工作機械は、出雲星系からの輸入品だな」

「マザーマシンやNC機械の類はそうです。単純な汎用工作機械はほぼ壱岐の国産です」

「先日の視察では、工員の多くは汎用工作機械で作業していた。出雲から輸入した自動工作機械の類まで、旋盤かボール盤としてしか活用されていなかった。

あれをもっと有効に活用させろ。それだけでも生産性は向上するはずだ。とりあえずレーザー砲塔の生産工程の隘路に突っ込め」

「余った連中は、残った隘路に投入してそこを潰すんですね」

「わかってるな」これが火伏の褒め言葉だ。

「ですが兵站監、それだけレーザー砲塔の生産高はあげられますが、他の生産に影響しかねませんが」

「とりあえず緊急に必要なのが艦艇用レーザー砲塔だ。その増産を優先する。我々の指導で生産性が高まったことを数字として示すんだ。

ここの連中ができなかったことを我々が実現した。その事実を根拠に、次の改革を進める。短期、中期、長期、それぞれのスパンで進めるよりあるまい」

「大仕事ですが……」

「必要なことは補佐の権限の範囲で全部やれ。責任は私がとるから、派遣艦隊兵站監の名前を前面に出していい」

「それだと、兵站監が怨嗟の的になりますが」

「貴官らに自由裁量を与えた以上、責任を負うのが小職の仕事だ。

忘れるな、英雄などというものは、戦争では不要だ。為すべき手順と準備が万全なら、英雄が生まれる余地はない。勝つべき戦いで勝つだけだ。

英雄の誕生とは、兵站の失敗に過ぎん」

そして火伏は続ける。

「小職の部下に、英雄はいらんからな」

7 降下猟兵第七中隊

強襲艦ゲンブは単独で準惑星天涯へと接近していた。現段階では、主機を停止し慣性航行を行っていたが、これも相手のセンシング能力次第では、まったく無意味な行為になる。

とはいえ降下猟兵第七中隊中隊長のシャロン紫檀少佐としては、手順通りに進めるよりない。これで作戦が失敗しても、ガイナスのセンシング能力が高いという情報は手に入る。高い買い物ではあるが、手ぶらではない。

「敵の徴候は観測されません」

ゲンブの艦長より、中隊本部に報告が入る。強襲艦は降下猟兵の作戦を実行するための軍艦なので、他の艦艇とは艦内編制が異なっていた。

通常、軍艦の長は艦長である。だが強襲艦の乗員は、艦長以下の乗員グループと降下猟兵中隊の二系統があり、強襲艦の艦長は降下猟兵中隊の中隊長の指揮下に入る。

より正確にいうならば、強襲艦の指揮官は中隊長であり、中隊長の指揮下に降下猟兵中隊と艦長以下の強襲艦の乗員という二つの部隊が入るのだ。

このため時として強襲艦は、他の軍艦では行わないような機動や軌道遷移を行うこともある。降下猟兵の都合に合わせるためだ。

このような指揮系統のため、通常なら船務長が艦長に報告するセンサーなどのデータは、艦長から中隊長へ報告される。とはいえ、これは組織の指揮通信の原則であり、データそのものは、艦内ネットワークで参照できた。

「軌道エレベーターの遠距離探査システムは使われていないのね？」

「曳航《えいこう》アンテナを展開して、中波、長波なども傍受してみましたが、軌道エレベーターの遠距離探査システムは使われておりません。もともと未完成ですし、ガイナスには解析できていないのでは？」

「そこまでは、現時点では結論できないわ。ともかくありがとう」

強襲艦が他の軍艦と異なる点は、軍艦は仮想現実の中でこそ戦闘幹部が発令所に集まっているが、物理的には艦内各部に分散しているのに対して、降下猟兵中隊本部は、物理的に一つの船室に置かれていることだ。

これは地上兵力として、強襲艦の外に展開されるという兵科の特性と、死ぬときも生きるときも運命共同体という文化の産物といわれていた。

「状況から判断して、ガイナスは我々の存在をまだ知らないと判断できそうだ」

「単艦突入は正解でした、中隊長」

ロズリン副長が言う。戦闘艦の艦内編制では副長は廃止されているが、降下猟兵では兵種の違いから維持されていた。

「副長、それは闘ってからの判断だ。ガイナスの技術水準がどうであれ、接近すればいずれ発見される。我々が寡兵なのは変わらん」

「きびしいですな、中隊長は」

「お前は、甘ちゃんの上官がたてた、甘い見通しの作戦で闘いたいのか？」

「遠慮します、甘い物は嫌いで」

「なら嬉しいだろう、副長。状況は甘いどころか苦いからな」

強襲艦ゲンブは単独で行動していたが、当初の計画は違っていた。巡洋艦をはじめとしてレーザー砲塔を増強させる工事が進められていたが、レーザー砲塔の歩留まりの悪さから、工事は停滞していた。

それはシャロン中隊長もわかっている。だからこそトムスク7の強襲という不本意な任務に従事したのだ。幸いにも死傷者は出ないで終わったが、彼女にとっては得るもののない作戦出動であった。人間相手の治安出動など自分たちの仕事ではない。

レーザー砲塔の生産数は増えているらしいが、工事の遅れを挽回するほどではなかった。

一方で、ガイナスが軌道エレベーターまで占領したとなれば、それを戦力化する前に奪還する必要がある。

こうしたことから強襲艦ゲンブだけが出撃することとなった。これには反対論も強かった。輸送艇モロトフの報告では、ガイナス艦は二〇隻。八隻が天涯地表にハードランディングを行ったが、それでも一二隻が残る。

ガイナス艦の能力が駆逐艦や警備艦相当としても、それに対抗できるだけの戦力が必要だ。壱岐星系防衛軍の艦艇と壱岐派遣艦隊の戦力の再編は不可避だった。

これは数で相手を凌駕する必要があるからだ。ガイナス艦の能力が未知数である以上、数では確実に優位に立つ必要がある。

戦闘艦の数は集められるとしても、それまでに時間は過ぎてゆく。ならばゲンブ単独の攻撃の方が勝機はある。

壱岐派遣艦隊での作戦会議の席上では、兵站監からも、作戦は無謀という意見が為されたが、それがシャロン中隊長の決心を固めた。コンビナートの制圧という、自分たちを私兵のように扱う作戦の台本を書いた人間に、またも自分たちの行動を指示されたくはない。

それにシャロンには新戦術という切り札があり、さらにもう一つの論拠があった。

「ガイナス艦隊の総兵力は未知数です。資源に乏しいというのも憶測に過ぎない。敵戦力がわからないなかで、派遣艦隊の軍艦が数に圧倒されたら、反撃さえできない。ゲンブが撃沈されても、敵の艦隊戦力の情報は報告できる。爾後の作戦では、いまよりももっと正確な兵站見積もりも立ちましょう」

作戦会議では、シャロンの意見が採用され、兵站監もそれ以上の異論は唱えなかった。ガイナスの総兵力についての情報が乏しいなかで闘い、数の優位を確保できずに艦隊全体が敗北するのはリスクが高すぎる。それよりも、損失を軍艦一隻に留め、敵情を入手する方が合理的であるという理屈は、自分でも間違っているとは思わない。ただその軍艦に精鋭を乗せているのが、我ながら忸怩《じくじ》たるものがある。

さらに気がかりなのは、攻撃を進言した立場では矛盾と捉えられかねないが、派遣艦隊司令部の作戦目的が不明確な点だ。降下猟兵の投入は軌道エレベーターの奪還なのか、それとも威力偵察なのか。

それを明確化すべき立場が水神艦隊司令長官なのだが、彼はそれを明らかにしていない。しかし、シャロン少佐は、まさにそれを利用するつもりでいた。今後のことを考えるなら、威力偵察は必要なのだ。自分たちの部隊が危険になったら、彼女はさっさと撤退する腹でいた。作戦目的が曖昧だからこそ、自分の判断にフリーハンドが確保できる。

未知の異星人相手の威力偵察だからこそ、第七中隊のような精鋭部隊が投入される。しかし、犠牲は最小にしなければならない。シャロンの提案の真意は、この矛盾する要求の妥協点にあった。

そう、現状は自分たちにとって甘くはない、苦い。

準惑星天涯に接近するにつれて、状況はだんだんと見えてきた。

「少なくとも、ガイナスは軌道エレベーターの物理については理解できているようです。ただ運用段階には至っていません」

ロズリン副長が本部のテーブルを触り、その表面に浮かんだ画像を拡大する。そこには、高解像度のカメラで撮影した天涯の姿が映し出されていた。恒星からの光が弱いので、光学補正されており、モノクロ画像のように見える。

貨物船タバサが脱出時に切り離したエレベーターの先端部には、ガイナスによるものと思われる、バランスウエイトが接続されていた。

「このバランスウエイトは直径約二〇メートル、全長約二〇〇メートルのシリンダーが六本、推定重量は約三〇〇万トンあります。報告されたガイナス艦の大きさです。二〇隻のうち八隻が着陸し、六隻がバランスウエイト、周辺に展開するガイナス艦は六隻の計算です。ただし増援がなければ」

「ありがたい、一二対一が六対一まで改善したわよ」

シャロンの分析に、強《こわ》ばった笑いが返ってきた。彼女が立案した戦術は、スタッフも検討し、有効であることはシミュレーションでは確認された。

理屈では、六対一なら負けはしない。しかし、それもガイナス艦の能力をどう見積もるかで変わる。鎧袖一触《がいしゅういっしょく》でガイナスが一掃されるのか、あるいは自分たちが一掃されるかだ。

強襲艦ゲンブが減速に入る直前、小型観測衛星とＡＭｉｎｅが分離され、どんどん前進してゆく。小型観測衛星は、作戦の進行に合わせて、速度の違いから幾つかのグループに分かれていた。

小型観測衛星は分離後に微妙な軌道調整を行っていたため、準惑星天涯を通過する時には、互いに相応の距離が開いている。それで天涯の状況が広範囲にわかるのだ。

しかし、より微妙な調整が行われるのはＡＭｉｎｅであった。主計長は言葉に違《たが》わず、化学推進式の安価なＡＭｉｎｅを大量に確保していた。

強襲艦の減速は、比較的低く抑えられた。慣性航行中の小型観測衛星やＡＭｉｎｅとの距離を稼ぎ、タイミングを図るためだ。

シャロン中隊長は、勝てると踏んですべてを準備していたが、部下を無駄に死傷させるつもりもさらさらない。

観測衛星などからガイナスの増援が明らかになったら、強襲艦ゲンブはＡＦＤを使って、さっさと戦域を離脱するつもりだった。

「敵さん、仕掛けて来ませんね」

副長が指摘するように、減速から数時間が経過しても、天涯に目立った動きはない。

接近している観測衛星からも、不完全ながらデータが入ってくる。惑星表面に目立った変化はなく、唯一の例外は、軌道エレベーターの基部の近くに基地らしきものが建設されていることだった。

どうも着陸した八隻の宇宙船は、そのまま解体され、基地として転用されているらしい。じっさい宇宙船の動力部を転用したらしいパワープラントの赤外線が確認されていた。一方、ガイナス艦が増強された様子はなく、モロトフの報告時から戦力の変化はないようだ。

観測衛星はすべてゲンブとの分離タイミングをずらしてあった。ゲンブは減速中なので、異なるタイミングで分離された観測衛星は、ゲンブよりも先行し、異なる時間に天涯に到達する。そうして天涯の状況を継続的に観測するのだ。

このため幾つかの使い捨て衛星は、そのまま天涯の氷海に衝突する。大気のない天涯には、宇宙塵密度が低い領域とはいえ、一日に複数の隕石が衝突する。

だから観測衛星の衝突は怪しまれないはずだが、もしもそれを攻撃と見なしたとしたら、ガイナスのセンシング能力はかなり高いことになる。

三個の衛星がタルヴァザ側の半球に次々と衝突し、後続の観測衛星が、それらの衝突時の様子と前後の動きを観測する。

衛星衝突がガイナス側の動きを誘うことはなかった。後続も、それぞれ異なる軌道で天涯の表から裏に抜け、そのまま直進し続けた。ただし天涯を離れながらも観測は継続している。

「天涯の裏にも目立った変化はありません」

観測担当の参謀が報告する。ガイナス艦のステルス性能の高さは既知のことだ。観測衛星のデータからAIが分析できない可能性もあるが、本当に敵艦はいない可能性も高い。

情報は不完全だ。しかし、不完全な情報から的確な判断を下すのが、指揮官の指揮官たる所以《ゆえん》である。自己の責任において判断を下し、結果にも責任を負うからこそ、部下に命令を下せる。

「AMineを予定通りに展開。本艦は前進する。全員、戦闘配置！」

シャロン中隊長の命令は艦内AIにも理解され、強襲艦ゲンブ搭載の三隻の降下モジュールで待機中の降下猟兵にも伝えられる。

強襲艦ゲンブは艦種記号AAS-41、それに搭載された降下モジュールはLAS41AからCまでの三つ。じっさいに天涯に降下するのはAとBの二隻で、Cは戦力予備である。

ガイナス艦はまだ存在を確認されていないが、軌道上に存在するという前提でシャロンはAMineを展開した。軌道上にガイナス艦が展開していたなら、必要な位置にAMineを配置するには、いまから展開を始める必要があるからだ。軌道の微調整を行うための時間的余裕はまだある。

先に展開した衛星群をガイナスが脅威と判断したならば、必ず攻撃などの反応を示すはずだ。シャロンはそうした相手の動きを待っていた。

ただガイナスの反応を誘発したのは、衛星やＡＭｉｎｅではなく、ゲンブの接近だった。ゲンブが減速し、間違いなく天涯の周回軌道に入るシーケンスに突入すると、ガイナス艦もここでようやくレーダーを使用しはじめた。その電子データを強襲艦のＡＩが記録し、分析する。

「ガイナス艦と思われる電波信号を確認、先に分離した衛星も同じものを傍受しています。送信源は六隻」

「六隻か。ガイナスの増援はなかったか、あるいは増援はなかったと思わせたいのか。副長はどう思う？」

「増援はないと思います。あったのに、なかったように見せるという発想は、人間的すぎませんかね？」

「なるほど、一理あるわね」

「それより中隊長、このガイナス艦のレーダー信号、星系防衛軍の艦載レーダーのそれとほぼ同じです」

「本当なの、副長？」

「一般的な航行用レーダー波です。奴ら、死んでも自分らの手の内は明かしたくないらしい」

「案外そうなのかもよ」

「そうなのかもよ、とは？」

「圧倒的な技術的優位があれば、情報を出さないことにこれほど神経質にはならないでしょ。真似ができるんだから、少なくとも技術水準は同等以上のはず。

でも、その優位は絶対的なものじゃない。人類に対するガイナスの武器の一つは、彼らが未知の存在であること。未知であるという武器を奪われれば、彼らは死んでしまうのかもね」

「どうなんでしょうね、中隊長。それでいうと、連中にとっての人類は未知の存在じゃないってことですか？」

「哲学的な話なら結論は出ないけど、軍事的な観点では一つ言える。ガイナスが武力を行使したくなる程度には、彼らにとって人類は未知じゃない」

軌道エレベーターの地上側の基盤、タルヴァザに着陸した八隻のガイナス艦に、対空火器の有無は確認できなかった。しかし、シャロン中隊長はそうしたものがあるという前提で作戦を立てていた。

ＡＭｉｎｅはそれを無力化するために使われる。観測衛星からの微調整したデータを送ってしまえば、強襲艦側で行うことはない。

すでにAMｉｎｅはテレメトリーデータの送信機能を残し、一切の受信機構を封鎖した。もはや何人《なんぴと》もAMｉｎｅに命令を上書きすることはできない。

シャロン中隊長にできるのは、AMｉｎｅのブースター点火開始までの数字を目で追うことだけだ。その間にLAS41AとBの降下モジュールは分離し、八個分隊が地上戦に備える。

「衛星、目を覚ましました」

先に放たれた衛星の一部は小型ブースターで軌道を変更され、地上に衝突せずに放物線軌道の近点がタルヴァザ上空を通過する。ただしそこに衛星が達するには、まだ時間が必要だった。

「AMｉｎｅ点火六〇秒前……」

戦術AIが、AMｉｎｅが動く一分前にカウントダウンをアナウンスする。ゲンブの現在位置なら、光学センサーでAMｉｎｅの動きは確認できるが、タルヴァザ側からは、天体の裏側なのでいっさい観測できない。そういう位置関係に分散させたのだ。

「……五……四……三……二……一……ゼロ、AMｉｎｅ起動……AMｉｎｅの起動を確認しました」

戦術AIのアナウンスはそこで終わる。あとはモニター上の表示がすべてだ。そして降下モジュールは強襲艦ゲンブよりも先に、着陸のための軌道に遷移する。すべてはタイミングの問題だ。ここから先は高Gで馬力を活かした強引な展開となる。

「観測衛星の第二波、観測準備に入りました」

先に放った衛星群の中で、加速を控え、時間差で到着するようにした第二波が動き出す。戦術AIがそれを告げたのは、AMineが順次起爆を完了してから一時間半近く経過した時だった。

軌道エレベーターの基部周辺のガイナス艦が次々と光点で包まれる。赤外域に感度の高い光学センサーは、高速で破片が衝突したときの熱変化を見逃さなかった。

「AMineの爆破片、すべて地上のガイナス艦に命中を確認。平均命中数二三個」

戦術AIは感情を含めずに報告するが、降下猟兵たちは歓声をあげる。明後日の方向に向けて放ったAMineの弾頭片が、天体を半周して命中する新戦術。シャロン中隊長がそれを説明した時は、部下たちも半信半疑だった。AMineの使い方としては、前例のないものだからだ。

「適切な高度と角度を選んで起爆すれば、AMineの弾頭片は天涯を中心とする小さな楕円軌道を描く。その軌道短半径は天涯の半径より小さいから、それが地面と接触する点に敵艦があれば命中する。

正直、中隊長からこれを聞いた時、鎮静剤処方しようかと思いましたよ」

「そんなにおかしな戦術か？　弾頭の破片分布が標的に対して確率的に命中するというのは、ＡＭｉｎｅでは普通の考え方だ。それに天体の楕円軌道を織り込んだ。それだけのことだ」

「それでも、地上のガイナス艦を破壊できたのは大成功じゃないですか」

「喜ぶのは早いわよ、ロズリン副長。地上火器はつぶせたとして、制空権を確保しなきゃ、意味がないのよ！」

「そうですけどね、ここはいい流れのうちに喜びましょうよ。次の策が当たるかどうかわからないんですから」

「何が言いたいんだ、副長」

「人生を少しでも愉しもうって話……中隊長、やりました、ガイナス艦から信号が出ています！　戦術ＡＩは索敵用レーザーと分析しています。フェムト秒レーザーの可能性を示唆しています」

「やっと奴らも本来の手札を切ってきたわね。しかし、どこから何で攻撃されたかわからないと、奴らもパニックになるのか。

　しかし、索敵にフェムト秒レーザーなんか使ってるのね。よくよくレーザーの好きな連中だわ。ママから戦争ではレーザーを使えとでも躾《しつ》けられたのか」

「あるいはパパから、戦争で物投げちゃいけないと怒られたことがあるとか」

副長が言うように、ガイナスはいままで運動エネルギー兵器を使用していない。偶然なのか、意味があるのか、シャロンにもそこはわからない。

突然の地上部隊への攻撃に、ガイナスも何が起きているかわからないのだろう。ただフェムト秒レーザーによる索敵はすぐに止まった。冷静さが戻ったということか。

すでに軌道上には六隻のガイナス艦が展開していることは予測されていたが、この索敵用のフェムト秒レーザーの発信により、ゲンブの戦術AIは高精度で、ガイナス艦の位置を特定した。レーザー光による索敵は、自分たちの正確な位置情報を敵に提供する両刃《もろは》の剣の一面がある。

ガイナス艦は静止軌道で、軌道エレベーターを囲むように密集していた。ケーブルを中心に等間隔に六隻が並んでいる。

ガイナス艦は密集は危険と判断したのか、相互に距離を置き始めた。

しかし、軌道エレベーターを保持する意思は固いようで、あくまでもAMineの破片を避けるための散開らしい。さらにレーダーを使用し、ゲンブの動きを警戒する。

「通過衛星、第三波、目を覚ましました」

戦術AIが告げる。これは先の衛星群と同時に放出された衛星群だ。ただし加速具合が調整され、第一波や第二波とは到着に時間差がある。

タルヴァザ上空が放物線の近点であるのは同じだが、高度ははるかに高く、静止軌道に近い。つまりガイナス艦に接近している。数では第三波が一番多い。ガイナス艦のレーザーで破壊される可能性が高いためだ。完全に消耗品である。

「LAS41A、配置に就いています」

「LAS41B、配置に就いています」

「LASの配置を確認」

一連の報告が流れる。強襲艦ゲンブが制空権を確保した後、間髪を入れずに、降下モジュールは天涯に着陸する。

そして制空権確保のための戦闘がこれから始まる。対艦戦闘能力は、ゲンブしかない。降下モジュールにはないのだ。ここでゲンブが失敗したら、降下モジュールは着陸せずに、そのまま友軍のいるところまで撤退することになる。

降下モジュールにはAFDはない。撤退戦は辛いものとなるだろう。そんな事態を招かないための責任もゲンブにはあった。

ただ通過衛星のプログラムも、もう自分たちには修正不能だ。引き返せる点は、過ぎている。

軌道がそれぞれ異なる放物線を描く通過衛星は、スタートラッカーで自分の位置とゲンブとの正確な距離を計測し、位置に就いたことを確認すると、搭載しているレーザーレーダーを作動させた。ガイナス艦は通過衛星の観測に対して、何も反応しなかった。小さすぎて脅威と判断しなかったのか、自分たちのステルス性能に自信を持っているためか。

だが通過衛星が観測していたのは、ガイナス艦ではなかった。

星系外縁部の真空は、内惑星系と比較して水素などの星間物質の密度が著しく低かった。それは、人類の機械では容易に再現できないほどの希薄さだった。

しかし、そんな星系外縁であればこそ、準惑星天涯の周辺は、真空に比べると非常に濃厚な分子密度を持っていた。

何しろ火山活動があり、地表の多くは氷であり、そこから水や他の揮発成分が宇宙空間に漏出しているからだ。

そうした揮発成分は、非常に薄い大気とも言えた。だからレーザーレーダーで観測すれば、ガイナス艦の影響で生まれる大気の波や濃淡が観測できた。

個別の通過衛星の分解能は低くても、正確な位置座標と方位とともに観測データを送るなら、ゲンブのスーパーコンピュータが高精度でガイナス艦の位置を割り出すのは容易だった。

複数の衛星をあたかも一つの観測機として扱うその火器管制は、VLBI（Very Long Baseline Interferometry：超長基線電波干渉法）の応用とも言えた。

そして強襲艦ゲンブは、砲戦距離一万二〇〇〇キロという、通常の軍艦では不可能な遠距離からのレーザー砲撃を行った。

「試射失敗、全弾ロスト！　角度修正！」

兵器員から報告があるが、操作そのものは、自動で行われている。準惑星天涯の軌道上という環境だからこそ、レーザー光線砲による弾着観測が行えた。

試射に使われたレーザーパルスの中には、水素を励起する波長も混ぜられていた。ガイナス艦に命中しなければ、水素の励起された電磁波が観測される。それにより照準の微調整を行うのだ。

じつは兵器員が肉声で報告した時点で、照準は修正され、本射が始まっていた。

「標的一、命中撃破！」

コンソールにはもっと詳細な観測データが表示されていたが、人間が知りたいのは、データではなく戦果であった。

戦術ＡＩも戦果確認は可能だが、それらは想定された状況の、想定された戦術における判定のみだった。今回のようなすべてが特殊な状況では、無駄に時間がかかった。

戦術ＡＩは戦闘効率なども加味して戦果を判定するが、新戦術では評価点が不明確であり、有効無効の判断は人間が行わねばならなかった。同じ戦術を二回以上使うときこそ、戦術ＡＩは迅速な判断を下せた。

六隻のガイナス艦のうち三隻がこうして撃破された。この状況でもガイナス艦は反撃してこない。ただ彼らは集結しようと機動していた。

さらに、ゲンブに対して自身の真正面を向けるように姿勢制御を行った。つまりゲンブから見て最小限度の面積となる。さらに残り二隻がその後方に連なり、三隻が一列に並んだ。

「先頭が被害担当艦ですか」

「ツシマの時と同じなら、あれは楯だ」

ガイナスの行動は理屈が通っている。相手のAMineやレーザー光線砲の性能が向上した理由が不明で、自分たちの武器では対抗できない。だから全体の損失を最小にする方向で動く。ただ巡洋艦ツシマの時は、ガイナス艦は撤退した。この三隻も、損失が一線を越えたなら撤退するのか？

シャロン中隊長には、ガイナス艦の行動は、ある部分は合理的だが、全体としては何か不合理なものが感じられた。

それでも砲戦は続いた。先頭のガイナス艦は先の三隻同様、レーザー光線砲で蜂の巣になっていた。

だが彼らは前進を続けていた。光学モニターで見ても、船体は明らかに致命的なまでに破損しながらも、前進している。

「中隊長、観測データに異常です。先頭艦は機関停止状態ですが、二番艦、三番艦の機関出力が増えてます！　また鉄プラズマの動きから、強い磁場の存在が観測されました。奴ら、本気で先頭艦、楯にしてます」

ガイナス艦は三隻が単縦陣を組んでいるように見えるが、実際は磁場で連結し、二番艦と三番艦が撃破された一番艦を楯にして押していた。

正対する位置関係での接近であるため、自分たちが位置を変えても、ガイナス艦もそれに対応して最小限度の面積を曝すように機動するだろう。

副長の報告によって、シャロン中隊長は、ガイナスの戦術についてなにか見えてきたような気がした。

「艦長、ＬＡＳ４１Ｃを分離準備、退艦モードで物資移動！」

「中隊長、退艦と言いましたか？」

「いつでも退艦できるように、準備だ。それと現段階の戦闘記録を司令部に送信！」

「了解しました！」

強襲艦ゲンブの艦長は、必ずしも納得はしていないようだったが、シャロンの表情から本気と悟り、すぐに命令を実行した。その状況は、彼女のモニター画面に反映される。

「全員、ＬＳＳ（Life Support System）装備。艦損傷に備えよ！」

中隊やゲンブの乗員は、シャロン紫檀からの命令に戸惑っていた。どう見ても自分たちが圧倒的に有利な状況なのに、どうして退艦準備が必要なのか。

「艦長、もらうわよ」

「了解しました」

通常、強襲艦の固有兵装は艦長が掌握し、その命令下で兵器長が使用する。シャロンはその兵器長の指揮権を自分が「もらう」と艦長に告げたのだ。強襲艦以外ではこうした指揮権の移動はまずない。

「副長、ガイナス艦のレーザーの射程は一〇〇〇キロあると思うか？」

「ツシマは五二キロと報告してますが、短すぎますか」

「奴らが真の能力を明かしたがらないことだけは確認済みだ」

コンソーシアム艦隊や星系防衛軍のレーザー光線砲の有効射程は、単艦での戦闘で、概ね一〇〇〇キロを基準としていた。条件が良ければ二〇〇〇キロに伸び、悪ければ五〇〇キロ以下に落ちる。

火器管制システムはレーダーやレーザー測距儀を用いており、信号を出して対象に当たり、反射波が戻るまでの時間が、遠距離では光速度の限界から大きくなるためだ。

それは微細な時間であるが、互いの運動速度と方位によっては、レーダーが観測した位置は、極小時間分だけ過去のデータとなり、その間に相手が移動すると、命中確率が急激に低下するのである。

通過衛星を利用した弾着観測とそれによる超遠距離射撃が成功したのも、ガイナス艦が軌道エレベーター付近の静止軌道上から動かなかったことが寄与していた。複雑な機動が行われていれば、シャロン中隊長の戦術でも射程距離はずっと短くなっただろう。

「AMineを準備して」

シャロンは兵器長に命じた。強襲艦ゲンブには地上攻撃に用いたのとは別に、固有兵装として核分裂推進の重AMineが四機搭載されている。

「射程確認ですか?」

「そう、一秒間隔で二機射出する」

「了解しました」

強襲艦とAMineの加速度から、強襲艦がガイナス艦と距離三〇〇〇キロまで接近したら、AMineが起爆するよう設定した。AMineは撃破されるだろうが、これはあくまでもガイナス艦のレーザー光線砲の射程を探るための囮だ。

何かあっても距離が三〇〇〇キロあれば、ガイナス艦の攻撃は避けられよう。砲撃されたかどうかは、星間物質の励起状態の有無で判断できる。

ゲンブの磁気カタパルトから前方に射出された二機のAMineは、数分はそのまま慣性で飛び続け、やがて二機とも加速する。ゲンブとガイナス艦との距離が三〇〇〇キロになるまで、約一〇分ほどだ。

射出方向は真正面ではなく、左右両側から斜めに弾頭片を飛ばすコースを設定した。二番艦、三番艦にとっては、そのコースでの起爆は脅威となろう。

二機のAMineは順調に加速していたが、三分としないうちに次々に消滅する。

「AMine、ロスト！　距離一五〇〇キロ」

副長の報告は、数字としては妥当なものだったが、これがガイナスの最大限の能力なのか判断はつかなかった。

「フェムト秒レーザーは観測された？」

「観測されてます」

「なら、本気か」

シャロンはすぐに三弾目のAMine射出を兵器長に命じた。単縦陣のガイナス艦群の真正面から突っ込む形でだ。AMineが起爆しても、破片は先頭艦の残骸が受け止めて終わる。

ただしそうなれば、先頭艦も楯の役割は果たせないほど破壊される。おそらくその時が砲戦の始まりだろう。

だからシャロンは最後のAMineも射出させた。これですべて撃ち尽くした。

ガイナス艦は、真正面から接近するAMineに対して迎撃姿勢を示さなかった。破片防御は先頭艦の残骸で可能と判断したのだろう。いままでの戦術なら、それは正しい。

しかし、シャロンは通常の起爆タイミングではなく、ほぼ正面衝突するかどうかというタイミングでの起爆を設定していた。

「ＡＭｉｎｅ、起爆します！」

「ＡＭｉｎｅの起爆確認！」

「先頭艦消失を確認！」

シャロンの奇策は当たった。すでに限界だった楯のガイナス艦は、ついに崩壊し、周辺に四散した。

そのタイミングで、最後のＡＭｉｎｅが起爆した。ガイナス艦からもＡＭｉｎｅの接近は察知できたとしても、自分たち同様に直線上に接近しているとは思わなかっただろう。

至近距離からのＡＭｉｎｅの起爆により、二番艦もまた撃破された。多数の弾頭片を受けたために、ほとんど原形を留めないほどの破壊であった。

そして強襲艦ゲンブと最後のガイナス艦は互いに反対方向から接近しつつあった。ガイナス艦はここで機動を行い、残骸となった先頭艦、二番艦を避けた。楯になるよりも、砲戦の障害になると判断したためだろう。

そして、ガイナス艦は加速を停止すると、斜め側面を強襲艦に曝した。面積を最小にしつつ、すべての火力を強襲艦に向けるためだ。

一方、ゲンブは、任務の性格上、直進している中で、前方に最大火力を行使できるような砲塔配置になっていた。

強襲艦が直進しているため、ガイナス艦は加速を止めることで、正確な照準を優先し、アウトレンジからの砲撃を狙っていると思われた。

だが依然として距離は離れているため、ガイナス艦から見た強襲艦は最小限度の面積しか曝していないだろう。

「エネミーとの距離二〇〇〇キロ、攻撃を受けています！」

レーザーで励起された星間物質の電磁波から、ガイナス艦が砲撃を仕掛けているのはわかったが、命中には至らなかった。

「牽制でしょうか？」

「いや、トラブルだろう。破片の一つも当たったのかも知れない」

シャロンはそう判断した。なぜなら星間物質が励起されている領域に明確な偏《かたよ》りがあるからだ。射程外からの牽制なら、こうした偏りはないはずだ。

「ＡＭｉｎｅは意外にいい仕事をしたようね」

ＡＭｉｎｅを活用して、楯となっているガイナス艦を排除する。シャロンは自分の判断が的確だったことに安堵する反面、合理的な手段とはいえ、味方の損傷艦を救助せずに楯にする冷徹さには恐ろしさを覚えた。

いままでの戦闘で、ガイナス側から、牽制など心理的な効果を狙った攻撃は受けていない。仲間を楯にするという戦術に自分たちは衝撃を受けているが、それは人類への心理戦ではなく、純粋に利得損失を計算した上での行動らしい。

ガイナス艦は星間物質を利用してはいないらしく、火器管制システムのトラブルを容易に修正できなかった。射程は長いが、照準はずれている。

そうして距離一六〇〇キロから、シャロンは砲撃を命じた。やれば二〇〇〇キロからの応戦は可能だったが、ガイナス艦のトラブルもあり、いまは自分たちの能力については可能な限り伏せておきたい。どこまで意味があるかは疑問だが。

「三番砲塔の攻撃ヒット!」

戦術AIが報告する。こうした決まった手順ではAIは有能だ。強襲艦の正面には六基のレーザー砲塔がある。それぞれのレーザーパルスは符号化されているため、敵艦に命中した時の反射波を観測すれば、どの砲塔のレーザー光線が命中したかがわかる。

反射波が復調され、命中砲塔が明らかになると、他の砲塔のパラメーターも、命中砲塔のパラメーターに同調されるのだ。

だがガイナス艦はここで意外な手段に出た。彼らのレーザー砲は五基あったが、それらは光線を絞るのではなく拡散しはじめた。

強襲艦がレーザー光線の照射を受けたことを警告するが、エネルギー密度が低すぎるため、戦術AIは照準用レーザーの類と判断したらしい。

シャロン中隊長も、すぐにはガイナスが何をしているかわからなかった。だが、それはガイナスなりの故障した火器管制システムの打開策だった。複数のエリアに広範囲にレーザーを送り、反射波があったエリアに敵がいる。

そうやってエリアを絞るごとに、レーザー光線のエネルギー密度を上げ、最終的には破壊に至る。迂遠だが、確実だ。

レーザーのエネルギー密度が上がったことから、シャロンはガイナス側の意図を理解した。

すでに強襲艦ゲンブにAMineはない。ただすでに多数が命中しており、ガイナス艦を無力化するのは時間の問題と思われた。

辛勝だが逃げ切れる。シャロン中隊長はそう思った。だが緊急警報がその想定を覆《くつがえ》す。

「センサートラブルです！　敵艦のレーザーで飽和状態です！」

考えればわかることだった。ガイナス艦のレーザー兵器は、船体を切断するほどのエネルギー密度ではないにせよ、受光素子の半導体を無力化する程度のエネルギーはある。

レーザー光線による火器管制システムは、すぐに予備のレーダー式に切り替えられた。レーダー式は、ガイナス艦からのレーザー攻撃への耐性は高かった。しかし、電波は光よりも波長が長いため、角度分解能はかなり低下した。それは命中率の低下を意味した。

つまり接近しなければ、命中は覚束《おぼつか》ない。シャロンが命ずるよりも先に戦術AIは強襲艦の加速を行い、ガイナス艦との距離を狭めた。なおかつ針路を変更し、照準調整中と思われるガイナス艦の作業を遅らせようとした。

戦術AIと人間の指揮官の役割分担といえば、作戦を人間が立案し、実行を指揮し、じっさいのレーザー光線砲の操作を戦術AIが担う構図である。

そして人類の戦術AIはガイナスと異なり、牽制射撃という行動を選択肢として持っていた。人間と戦闘シミュレーションを繰り返してきた結果である。

ただガイナスとの戦闘では、牽制はほとんど意味がなかった。牽制されていることさえ、ガイナス側が気づいているかどうかもわからない。

加速して距離を縮めたことで命中率が上がり、牽制よりも照準射撃の方が優先すると戦術AIは判断した。それはガイナス側も同様だった。損傷のためにフェムト秒レーザーを使用できなくなったのか、レーダーでの照準に切りかえる。

すでに強襲艦ゲンブの各所から多数の損傷報告が届いている。接近戦での一対一のレーザー砲戦の結果だ。そしてついにガイナス艦が四散した。

シャロン中隊長が退避を命じる前に、戦術AIが相手に対する正面積をもっとも小さくする方位のまま、加速を試みるが、咄嗟《とっさ》では間に合わない。

それは爆薬によるものではなく、大量に蓄積した電力を一気に放出し、磁場によって鉄製の船体を破片として飛ばすという戦術だった。

「助からないと自爆……」

敵に最大の損失を与え、可能な限り情報を与えないことを目的とすれば、この自爆は正しい戦術だった。

幸か不幸か、自爆したガイナス艦の破片は、AMｉｎｅの爆発片のように均等ではなく、ネジのように小さなものから、ハッチのような巨大なものまで様々だった。

レーザーにより大きな破片は避けたものの、すべては避けきれず、小片が幾つも強襲艦に命中した。

コンソールの表示が、すべてダメージコントロールAIの制御に切り替わる。そういうものがあることは、訓練でシャロン中隊長も知っていたが、実戦での作動を目にするのは初めてのことだった。

なぜならこのAIが艦の制御を掌握するのは、損傷が艦全体に及んだ場合だけだからだ。他のAIは強制的に停止させられ、ダメコンAIに最優先で電力と通信回線が確保される。それは人間が重傷を負ったときに、脳に最優先で血液が供給される機構を思い出させた。

「核融合主機、損傷により緊急停止！　補機始動不能！」

「バッテリーによる給電システム、七三パーセント稼働！」

「主兵装への電力供給停止！」

「主機の推定修理完了時間は八三時間、この場合の主機再始動成功確率は推定五パーセント以下！」

「緊急レベルでの生命維持装置稼働時間、推定で七二時間以内」

コンソールには、そうした被害状況と損害報告が整理されて表示されている。ダメコンAIは報告と同時に、現状での損傷具合とマンパワーから、艦の復旧は不可能との結論をシャロン中隊長に報告する。

艦長を飛ばしての報告なのは不自然に思われたが、すぐに理由がわかった。艦長以下の五名が死亡していた。船内服に織り込まれたバイタルモニターが、それら五名が死亡していると判断し、報告したのだ。

強襲艦の固有乗員は分散しているため、たった五名の死亡で済んだとも言えるが、それでも四〇名中の五名ということは、艦の損傷が広範囲であることを意味していた。

敵の脅威は排除したとの判定から、ダメコンAIが艦の制御を完全に掌握しているが、ガイナス艦が健在であったなら、艦の制御は戦術AIとダメコンAIの綱引きになるらしい。この場合、AI群の出す結論は予測不能だ。

とくに損傷を受け艦のリソースが不足しているとき、AIの判断は非情になる。敵が健在で、艦も乗員も助からないとの判断から、全電力を稼働可能なレーザー砲塔に供給し、戦闘を続ける場合もあるという。さらには戦闘も不能なら機密保持のために自爆する。

シャロンはガイナス艦の自爆を驚きはしたが、納得もできたのは、人類の戦闘艦にも同様の選択肢があるためだ。

むろん通常は自爆装置など搭載しない。搭載するのは、異星人との戦闘が明白なときだけだ。そう、いまのように。

つまり一つ間違えたなら、自分たちはＡＩの判断により、問答無用で自爆していた可能性さえあるのだ。

「総員、退艦準備。降下モジュールに移動」

シャロン中隊長は命じる。ダメコンＡＩの提示した最善の手段は、航行能力を喪失した強襲艦ゲンブを現在の軌道に放置し、後日、曳航して回収するというものだった。

降下猟兵と乗員は、先行して着陸シーケンスを進めているＬＡＳ４１ＡとＢに合流する。搭載できるだけの物資はあるので、増援部隊が来るまでは活動できる。

シャロン中隊長もそれが最善と考え、ダメコンＡＩの提案を了解する。それと同時にＡＩは最小限度のモジュールにだけ電力を供給するため、不要なモジュールへの電力供給を遮断する。

ダメコンＡＩは稼働し続ける。ガイナス艦の増援が先に到達した場合、強襲艦を鹵獲《ろかく》されないために、自爆の判断を行うＡＩを稼働させる必要があった。

強襲艦ゲンブを捨てることになるのは、作戦前から覚悟はしていた。未知の相手との戦闘である以上、そのリスクはある。しかもこちらの手勢は一隻に過ぎない。

もちろん最初から負けるつもりで出動はしていない。戦術的に勝てると判断し、入念な準備も手配しての行動であり、戦果は概ね予想通りであった。

たしかに強襲艦を捨てるにあたって、五名の犠牲者が出たのは残念なことであるし、責任の多くは自分にある。

だが地上の八隻と軌道上の六隻のガイナス艦を破壊し、多くの情報を入手できた戦果を考えるなら、犠牲者が五名で済んだのは成功とも言える。いや、指揮官とは、戦死者五名なら成功と言わねばならない立場なのだ。

強襲艦はそれぞれ搭乗する降下猟兵中隊が決まっている。だからゲンブの艦長はシャロンも個人的に知っていた。彼の家に招かれ、妻子を紹介され、彼の七歳の娘に、「大きくなったら降下猟兵になる」と言われたのも最近のことだ。

そんな彼でさえ、シャロンは指揮官となれば、「戦死者の一人」として処理し、作戦を次に進めねばならない。それは艦長に限らない。

たとえ末端の降下猟兵であっても、一人の人間として人生があり、家族もいる。その死は一人の人生だけでなく、その周囲の何人もの人生をも左右する。その点では艦長以下五名の死は、シャロンにとっては、数字ではなかった。

ただ、彼ら五名の犠牲が無駄かと言えば、それは違う。自分たちが挙げた戦果は、彼らの死を無駄にしないだけの価値があるからだ。彼ら五人の人命と引き替えに得た戦果により、それ以上の人命が救われる。

それがシャロンの指揮官としての考えだった。そこから導かれる結論は一つ。部下の死を無駄にするのもしないのも、指揮官の器量で決まるのだ。

「LAS41AおよびLAS41B、着陸を完了。拠点を確保！」

通信担当からの報告は、退艦という状況の中で、シャロンにとって数少ない明るい情報であった。

LAS41Cは予備兵力ということもあり、船外に円筒形のコンテナ二基を増設していた。ガイナス艦の自爆による破片の一部が、それらに命中していたが、損害らしい損害はなかった。

地上からの攻撃もないまま、LAS41Cは減速しながら、地表を広範囲に観測し、敵の動きに備えながら、友軍に接近して行く。

準惑星天涯の大気は真空よりは濃い程度であり、宇宙船の降下の障害にならないと同時に、減速の足しにもならなかった。

降下モジュールには数は少ないが窓がある。モニターと違って窓は故障しない。ただ光量が乏しいこの天涯では、シャロンにも外の様子はほとんどわからなかった。

降下モジュールは急激な加減速が可能であるが、推進剤はそれほど搭載されていない。ゲンブから脱出したときの軌道上の位置と着陸予定地は、最小のエネルギーで着陸できるような理想的な位置関係にはなかった。このため軌道力学的にはかなり無駄なエネルギーを消費しながら、それは目的地へと向かって行く。

「着陸地点の重力は〇・三〇六Gです」

窓からの景色が変化してきたのは、低空になり、降下モジュールが照明を点灯し始めたときだ。

それは最小限度の光束で地表を照らしていた。しかし、氷海であるために乱反射し、その内部を明るくしていた。

氷海内には火山活動の影響か、青白い氷ではなく、濃淡のある褐色の氷が広がっていた。光を伝えるのは、濃淡の薄い部分であり、窓からは毛細血管のようにも見えた。

天体内部の火山活動のために、氷海は動きが激しく、鏡のような氷原はないものの、極端に大きな氷の山脈のような構造もなかった。あたかも惑星全体が目の粗いサンドペーパーで被われているかのような地形である。だが着陸の障害になるほどではない。

「LAS41AおよびBを目視確認!」

衝突回避のために、三機の降下モジュールは、二キロの相互距離を置いて着陸することとなる。

降下モジュールはLAS41AとBの位置をセンサーで把握しながら、減速用のスラスターを作動させ、十分に減速した後、氷原に着陸する。

着陸用のランディングギアが氷原の上を数メートル滑走し、降下モジュールは着陸に成功した。

地上降下の手順は計画とは違ったが、シャロン中隊長は、すぐに作戦を再設定し、部隊を再編した。

まずLAS41Cの円筒形のコンテナを分離し、地上に設置して物資集積所を設定する。作業にはASが活用される。人型ロボットなので、汎用作業にも使えるのだ。

これからの作戦は、ゲンブから持ち出すことのできた軍需品の範囲内で行われる。生命を維持できるだけの物資の裏付けがないならば、部隊は撤退することになる。作戦目的はその前に果たさねばならない。

まず破壊したはずのガイナス艦の偵察と調査だ。残敵掃討が必要なら、地上戦も起こる。さらにガイナス人の捕虜を確保できる可能性も考えられる。

何にせよ当初の計画は、ガイナスの状況により修正を強いられるのは間違いあるまい。

シャロンの降下モジュールは、軌道エレベーターから見て、他の降下モジュールの最右翼に着陸していた。

彼女は降下モジュールを中隊本部として、データリンクを設定し直し、第三管区司令部との通信を開いた。艦隊司令部もそちらに進出しているためだ。

「艦隊司令部から命令です。巡洋艦ナカとコルベールを中核とする部隊が派遣されます。

それまで七二時間、戦線を維持せよ」通信長が報告する。

「三日か」

シャロンの部下たちは、降下モジュールのブリーフィングルームを、短時間で中隊本部に改造していた。緊急脱出である。手持ち機材も完全に揃ってはいない。

何よりも母艦を失ったばかりなのだ。精神的動揺も少なくないだろう。だが彼らは創意工夫と、母艦を失うという困難な状況だからこそ、プロフェッショナルとして振る舞っている。

それこそ自分たち降下猟兵第七中隊が精鋭と呼ばれる所以だ。

それだけにシャロンにとって、三日という時間は長い。ガイナスとの戦闘が続いたとき、何人の部下が失われ、何人が残っているだろう。

この三日は、指揮官として、そうした困難に耐えてゆく試練の日々なのかもしれないのだ。

「楽勝ですね、中隊長」

「どうしてだ副長」

「制空権は確保し、敵は撃破しました。後は友軍を待つだけです」

「それは違う。ＡＭｉｎｅで地上部隊は撃破したように見える。でも本当に撃破できたかどうか、楽勝かどうかの判断はそれからよ」

8　天涯戦

「意外に情報はありませんでした」

壱岐の統領府から軌道エレベーターに向けての政府専用ヘリコプターの中で、タオ迫水は、出雲から帰国したばかりのルドラー大竹《おおたけ》の報告を受けていた。

ルドラーは、若い執政官であり、主に壱岐と出雲の貿易に関する実務を担当していた。同時に、出雲星系の情報収集も彼の仕事の一部であった。

出雲の治安当局者から彼がスパイ扱いされないのは、公開情報の分析が主たる任務であったためだ。ただ公開情報も複数の情報と比較検討すれば、意外な事実が浮かび上がる。ルドラーはそうした能力に長《た》けており、タオにも目をかけられていた。

だから重要局面では、こうして壱岐に呼び戻され、タオに分析を報告することになる。

「火伏兵站監の個人情報ともなれば、非公開のものも多いだろう」

タオは部下の報告に、さほど落胆はしなかった。政官軍の高官にかかわる情報管理では、壱岐より出雲の方が徹底していたからだ。

タオはルドラーに火伏兵站監の個人情報を調査させていた。北方特殊機械製造所の占拠事件以降、タオは水神よりも火伏をマークするようになっていた。どうも色々と情報を集めてゆくと、あの事件を主導したのは火伏であるらしい。

「非公開情報は多いですが、やりようはあります。調査活動は私の本来業務でございますから。高官ではないが士官学校で同期だった、そういう人間たちから思わぬ情報が得られる。

まぁ、これはあなたから学んだことですが」

「で、学んだことを、君は役に立てられたのか？」

「調べた範囲で、火伏兵站監を評するなら、彼は立派な人物です。高い志があり、私利私欲に走らず、為すべきことを為すのに躊躇わず、節を曲げない」

「最悪だな」

タオはため息を吐く。タオの娘婿《むすめむこ》とでもいうならば、非の打ち所のない人間と言えるかも知れない。

だが対立関係にある人間となるとそうは言っていられない。とりたてて弱点がないというのは、突き入る隙がないことを意味する。

何よりも厄介なのは、火伏は自分が人類のために必要と判断すれば、水神が反対しても壱岐の内政に干渉するだろうことだ。買収も脅しも通用しない。

「君の個人的意見として、火伏にはどう当たるべきだと思う？　何を言っても構わん」

「壱岐への干渉を回避するために、トムスク7を差し出すのが一番かと」

本当ならタオは、ルドラーを「馬鹿者！」と一喝すべきなのだろう。しかし、彼にはできなかった。自分もそれを考えていたためだ。

おそらく火伏はトムスク7の管理権さえあれば、それ以上は内政に干渉するつもりはないだろう。

ただ、問題はそれを差し出すタイミングだ。壱岐内部の反発も考慮しなければならない。壱岐の内政も単純ではないのだ。

「相賀を取り込むか……」

タオは考える。相賀は火伏よりも隙が多い人間だ。ただ、彼を取り込むのが正しい選択という自信はない。

「じつはこれから私は、火伏兵站監と会う予定になっている。あくまでも実務面の意見交換だ。この会合で何かを決定することはない」

「あまり役に立つ情報がなくてすいません」

「いや、君はよくやってくれた。火伏に小細工が通用しないことが確認できただけでも収穫だ」そう、タオはそれで腹を括《くく》った。

ヘリコプターの通信席に待機していた秘書が、緊急電を持ち込んだのはその時だ。政府専用ヘリなので、その通信回線に載ってくるのは限られる。

「火伏兵站監から、緊急の用件が入ったため、今日の会合を延期するとのことです」

「延期だと！」

それは異例のことだ。延期するならするで、形だけでも了解をとるべきだろう。それをせずに一方的な通告など、無礼といわれてもしかたがない。

しかし、これが無礼であることは、火伏も十分承知のはずだ。それでも一方的に延期を通知するのは、何か大きな動きがあったのだ。

壱岐政府からは何も知らされず、火伏からは延期の通告だけ。異変の情報は壱岐派遣艦隊だけが握っている。タオは何ともいえない胸騒ぎがした。

そしてそれは水神司令長官からの連絡で明らかになった、タオの乗る政府専用ヘリに、艦隊司令部より短い報告がある。

「準惑星天涯にて、降下猟兵第七中隊とガイナス艦隊が交戦状態に入る。ガイナス艦隊は全滅なるも、友軍も強襲艦を失う」

統領府に戻るかと問う秘書に対して、タオは命じる。

「予定通り、宇宙港へ向かう。詳細情報を手に入れねばならん」

＊

「観測拠点を確保しました」

中隊本部となっているLAS41Cのフロアに、マイザー・マイア先任兵曹長よりシャロン中隊長に報告が届く。

マイア先任兵曹長はフォースレコン、つまり偵察分隊を率いて、軌道エレベーターの基部より二キロの地点に観測拠点を設定していた。

偵察分隊は一二名で、六名がAS（装甲兵）であり、残り六名がスタッフカーで周辺の情報を収集していた。

スタッフカーは移動式の小型司令部のようなもので、ASと中隊本部との通信連絡などを中継するほか、中隊本部のシステムと連動して、ASで集めたデータの分析も行う。

また補給拠点としての機能もあり、中隊本部から小型のロボットトラックにより物資の補給を受け、各ASに無人パレットで銃弾や酸素パックの補給も行った。

六機のASは散開していたが、スタッフカーはそれらのデータを集約し、LAS41Cに転送するだけでなく、戦域情報として六機のASに提供し返していた。

マイア先任兵曹長はASの一機に搭乗していた。スタッフカーに乗っていないのは、データリンクで戦域情報を共有するなら、ASからの指揮も可能であることと、現場状況に臨機応変に対応するためだ。

「そちらのシステムが正常であることを確認した」

シャロン中隊長は自らマイアに話しかける。彼はいま、もっとも危険な位置にいる。だからこそ、中隊長たる自分が状況確認を行う。それが指揮官の義務と責任だ。

マイア先任兵曹長は、ロズリン副長とは別の意味でシャロンの腹心と言えた。変態的なプログラム改良能力と関係があるのか、現場での判断力は的確だった。

いまマイアから送られてくる映像も、敵情を判断する上で、効果的な位置から撮影されていた。

「エレベーター基部の周辺に着陸していたガイナス艦八隻は、すべて空気が抜けた状態のようです。レーザーレーダーで計測した宇宙船周辺の大気密度から推測して、敵艦の内部はほぼ真空に近いと推測できます。

もっとも敵艦の内圧が何気圧かによりますが、一気圧ならすっからかん。二気圧でもかすかすです」

シャロンはすぐに該当するデータをマイアに転送する。

「過去の戦闘で破壊や自爆したガイナス艦のデータによると、船体の破壊時に観測された船内大気の内圧は、一気圧を中心に誤差五〇パーセントだ」

「大気組成のデータは……本当ですか、中隊長?」

シャロンのモニターには、マイアのゲンナリした表情が映る。

「悪いニュースだ、そのデータに間違いない。ざっくり、酸素一に窒素四、これで九割以上を占める。あとは若干の水蒸気に二酸化炭素だ」

「ガイナスの連中、壱岐や出雲で呼吸できるってことですか?」

「呼吸して悪い病気に罹患《りかん》しなければね」

それも作戦を進める上での不確定要素だ。戦闘での死傷ではなく、未知の微生物と接触したらどうなるか? ASのような装備を用いるのも、可能な限り微生物のリスクを下げるためだ。ASで戦えば、後で表面を滅菌処理するだけで、乗員も原隊も無事だ。

「でも、中隊長、明るい側面も見ましょうよ。ガイナス基地に突入したら、俺たちも呼吸できる!」

「そんなもの呼吸したら、先任、悪い病気に罹《かか》るぞ。内臓を裏返すくらいの洗濯をしなければ、原隊に戻さないからな」

「わかりました、そん時はサンプルの回収に留めます」

降下猟兵第七中隊は、強襲艦ゲンブが大破し、全部隊が地表に降下する形となったが、準惑星天涯の軌道エレベーター奪還・確保という作戦目的は、概ねシナリオ通りに展開していた。

シャロン中隊長自身は、状況を楽観視などしていなかった。現状は幸運くらいに考えていた。作戦自体が厳しいことを承知で決行したのは、奪還作戦で生じる損失について、自分たちの中隊が即時行動した場合と、艦隊が時間をかけて準備した場合とで比較計量した結果だ。

一般論として、占領地を奪還するのは攻城の論理で、奪還する側が不利になる。しかもガイナスに関する情報はあまりにも少ない。

そうであれば、相手に防衛の準備が整っていない時期に奇襲を仕掛けるのが有利であり、なおかつ戦闘により、ガイナスに関する数多くの情報が得られるだろう。

とくにシャロン中隊長が重視していたのは、ガイナス兵とでも言うべき、ガイナス文明の担い手の正体を明らかにすることだった。

ガイナスが、時には自爆を躊躇わずに、自分たちに関する情報を人類に渡そうとしないことにシャロン中隊長は疑念を覚えていた。ガイナスの情報を知ることは人類にとって状況を有利に展開できるのではないか。

そうした視点から、彼女はあえてリスクの大きな作戦を実行した。戦況が不利になったり、危険が迫ったら、躊躇わずに撤退する決心はついていた。

同時にこの困難な任務を成功させられるとしたら、自分たちの部隊しかないとも考えていた。寡兵であるが、少数精鋭の方が敵の情報を最大限に引き出し、瞬時に撤退しやすい。

部下には話していないが、シャロン中隊長は、情報が得られるなら、自身も含めて中隊が全滅するリスクも考慮していた。だから作戦の一部始終は記録され、一定時間ごとに艦隊司令部へと送っている。

降下モジュールは、軌道エレベーターの基部を中心に半径四キロの弧状に相互距離約二キロでAからCまでならんでいた。地平線までの距離が近いため、周囲の状況を直接観測できる領域を確保するための配置だ。これで領域内なら概ね相互支援ができる。

そして軌道エレベーターの中心から二キロの地点に、マイア先任兵曹長らが観測拠点を展開していた。そこはLAS41Bからも二キロ離れており、収集した軌道エレベーター周辺の情報を転送することができた。

こうした基部と降下モジュールの間合いをとるのは、着陸したガイナス艦を地平線の向こうに置くことで、そこからの直接攻撃を避けるためだ。

ただ一つの懸念は、ガイナス側が軌道エレベーターをどこまで活用しているかであった。観測範囲では、彼らが軌道エレベーターを戦力化している証拠はない。

しかし、万が一にも監視カメラの一つも設置されていれば、降下猟兵側が苦戦を強いられることは避けられない。ただ幸いにもそうした動きはなかった。

「ゲンブとの通信が回復しました」

中隊本部の通信担当からの報告は、シャロン中隊長にとって、明るい情報であった。展開した衛星は放物線軌道をとっているのですでに残っていない。

しかし、この状況だからこそ、宇宙からの情報が重要だ。

「ゲンブのダメコンＡＩからの現状報告によると、ゲンブは現在、ピッチ軸方向で回転運動を行っており、通信が途絶したのは、その回転によるアンテナ方向の問題です。エネルギー消費を最低限度に抑えるためと、姿勢制御バーニアの損傷から、ピッチ軸の回転は止められません。通信時間をもっとも長く維持できるのは、指向性の広いローゲインアンテナのみです」

退艦時に降下モジュールを射出するために行った機動の関係で、強襲艦ゲンブは遠地点こそ一万六四八〇キロを確保していたが、近地点が地上高数百キロという離心率の大きな楕円軌道に乗っていた。しかもおかしな回転をしているらしい。

「レーダーは使用可能？　開口合成レーダーとか？」

「船体表面の半導体素子は開口合成レーダーを実現可能な状況です。ただし、電力消費が馬鹿にならないため、ダメコンＡＩは使用不能と言っています」

「お腹が減ることは何もしたくないってことか」

「まぁ、一言でいえば」

「ならカメラは使える？」

「カメラのジンバルが待機位置で動かないので、視界の制御はできませんが、回転の周期と撮影地点のタイミングさえ合えば、高解像度映像の撮影は可能です」

「搭載衛星の残数は？」

「二機の大型衛星がありますが、射出装置を稼働するエネルギーの余裕はなく、さらに現状では、衛星の内蔵電池もゲンブのAIシステムのために利用しています」

「そこまで逼迫してるの？　もう満身創痍ね」

じっさい戦術AIが表示するゲンブの状況は、トラブルを表す赤色で埋め尽くされていた。

「そうだ、低解像度カメラは？　とりあえず赤外線の有無だけでもわかればいい」

「スタートラッカーの広角カメラが比較的長時間使えます。解像度はそこそこですが」

「そこそこでも無いよりましよ。画像処理はこちらで行う。高解像度の映像と参照比較すれば、地上の動きはわかるはずよ。芸術写真を撮影するわけじゃない」

結局、満身創痍の強襲艦はパッシブセンサーに徹し、そこで集めたデータを降下モジュール側のスパコンで処理することで、軌道エレベーター周辺の動きを分析することとなる。

「着陸している降下モジュールのどれかを飛ばして、上空から偵察を行いますか？」

「それは最後の手段ね。これを傷つけたら戻れなくなる。迂闊に飛ばして、レーザー砲でも撃たれたら目も当てられない」

降下猟兵という兵種に対する各星系政府の不信感もあって、彼らの活動範囲には制約も多かった。降下モジュールの性能もそうで、軌道降下と軌道離脱しかできない。

制空権は強襲艦や他の戦闘艦に依存するようになっていた。裏を返せば降下猟兵が地表で暴走しても、軌道上の艦艇による攻撃で阻止できるということだ。

歴史的経緯もあり、それはそれでシャロン中隊長も理解できたが、現実にこうして戦場に出てみると、自分らの選択肢が思いのほか少ないことを認めざるを得なかった。

降下モジュールは着陸したままで、つかえるのは軌道上の強襲艦からのデータのみ。それは中隊本部より、観測拠点のマイア先任兵曹長のもとにも転送される。

強襲艦の受光素子の感度が可視光より赤外域にピークがあるため、コンピュータで処理される画像は、赤外線による部分が強化されていた。

その画像は、シャロン中隊長に、この戦闘が容易ではないことを伝えていた。

「宇宙船は破壊しても、まだ氷の下に何かいるのね」

＊

「もしも、爆弾の破片を氷で阻止しようとするなら、五メートルの厚さが必要だ」

マイア先任兵曹長は、大学の士官養成課程でそんな話を聞いたことを思い出す。氷の結晶構造も影響するが、五メートルあれば概ね対応できる。そんな話だ。

それは野戦築城の一般教養講座で、正直、どこまで意味があるのかわからなかった。

実戦ならば、耐弾性の複合素材を用いるか、悪くても鉄板か何かを使うだろう。惑星環境が許せば、岩石が使えなくもない。

だから準惑星天涯というのは特異な戦場と言える。大気は無いに等しく、恒星から離れているために、表面は氷で被われている。天体の内部にはまだ活発な熱源があり、地質学的には面白いだろう。

ただその天体が、戦場としてどうなのか、そこはマイア先任兵曹長にもわからない。

「分隊長、ガイナスの連中、地下で何かしてますよ」

ラム浅井《あさい》伍長から、およそ緊張感のない声が届く。フォースレコンは精鋭部隊であり、そこで伍長を務めるくらいなので、有能ではある。じっさい、抜擢したのはマイア自身だ。

しかし、ときどき「こいつは馬鹿じゃないのか?」と思うような発言もあり、週に一度は選抜したことを後悔していた。ただ空気を読まない発言以外は、判断力も的確で、何よりASによる射撃の腕は分隊で一番だ。マイア自身、差しで撃ち合ったら、勝てる自信がない。

「地下じゃない、伍長。あれは氷の中だ」

「似たようなもんじゃないですか」

「全然違うぞ、伍長」

設しようとしているのだ。

ガイナスは宇宙船の下の氷に空間を作り、こういう表現が適切であるならば、基地を建設しようとしているのだ。

すぐにスタッフカーから氷原の適当な位置に、集音センサーが射出される。ＡＳで設置してもいいのだが、相手側も自分たち同様に集音を行っているなら、ここで手の内は曝したくない。

マイア先任兵曹長は、ガイナスが氷を溶かしながら、氷原の下から攻勢をかけてくるものかと考えた。

しかし、衛星からのデータも、展開しているＡＳのセンサーからも、氷原の下で赤外線源が動く気配はない。

集音センサーもまた、氷原の下から接近するものは探知していない。だが破壊されたガイナス艦の下では、動きが起きていた。

フォースレコンが収集したデータは、そのまま中隊本部にもデータリンクで送られていた。データは本部の戦術ＡＩが分析し、前線のＡＳもそれを共有できた。

ＡＳにも自前の戦術ＡＩは装備されているが、コンピュータの性能では中隊本部の方が高性能だ。だから分析結果は中隊本部からきた。

「先任、こちらで集音センサーのデータは分析した。まず核動力を用いていると推測される音源は確認されていない。ガイナス艦の主動力源は破壊されたか、少なくとも現状では稼働していないと思われる」

「つまり、奴らは電気不足ってことですか、中隊長？」

「内燃機関の類の音も観測されていない。他の生活音らしきものは察知されているので、防音のせいではないだろう」

「中隊長、その、生活音って？」

「AIの解析では、もっとも似ているのは足音らしい。それも二足歩行だ。多少癖があるようだがな。もしもガイナス人の形状が人間と類似していると仮定すると、足音の周期から、奴らの身長は二・五メートル前後だ」

「二・五メートル……素手で闘う相手じゃありませんな」

「先任、その半分の身長でも素手では闘うな。銃を使え、銃を！」

「わかっております、中隊長」

この状況で素手で闘うなど、職業軍人の発想にはない。それでもあえて中隊長が「素手で闘うな」と常識以前のことを言ってきたのは、なぜだろう。

彼女も未知の生物との戦闘で何が起こるか不安なのか、マイアはそう思うと、むしろホッとした。あの「艦隊最凶の女」も、不安を共有できる人の子だと。

「分隊長、正面の赤外線がうるさいみたいですが」

ラム伍長が指摘する。少し前と比較して、確かに熱量が増えているようだ。この辺の読みの確かさが、ラム伍長にはある。

「ラムとカーラは左翼に、エイミーとバズは右翼に展開し、敵が侵攻した場合に挟撃できるように待機、正面は俺とソールで担当する。スタッフカーは後退し、必要な支援を準備」

マイア先任兵曹長は、自身のASの中で、そうした指示を行う。分隊長である彼のASだけ外付けの通信モジュールが装備されている。これは車載での活用なども考慮して、ASとは独立して稼働する。

もちろん単なる通信モジュールではなく、戦術指揮のデータリンクの中核となる。マイア分隊長の作戦案は中隊本部とも共有される。

シャロン中隊長から決められたタイミングで、助言や中止命令が出ない限り、この配置で動く。聞き逃しなどのミスがあったとしたら、それは中隊長であるシャロンの責任で、マイアにはない。それも明確に決められている。

分隊のASの配置が終わると、シャロン中隊長より、大砲の設置が完了した旨の通信があった。

降下猟兵の火力支援については、想定戦場が建前としては大気のない天体であるため、基本的に制空権を確保している強襲艦などの艦艇の搭載火器に頼ることになっていた。

それでもAS以上、軍艦以下の火力として、大砲とミサイルが用意されていた。経済性では大砲だが、使用する天体の質量や形状、自転の有無、重力分布などで、弾道が著しく複雑になった。

極端な場合、前方に撃った砲弾の破片が、数時間後に後ろから飛んでくるようなことさえ起こりえた。場所により重力が異なり、なおかつ遠心力まで違うなら、弾道も複雑化する道理である。

物理の試験問題のように「球形で均等な密度の天体」などなく、遠距離砲撃を考えれば考えるほど、弾道はカオスとなった。また重力が低い天体では、火砲の反動を受け止める機構も大がかりとなる。

対するミサイルは、端的に言えば、座標や標的の形状さえわかれば、自分で標的を探して命中してくれる点で運用が楽だった。反面、運用コストは大砲より高額になり、さらに砲弾ほど数が撃てないという問題もあった。

シャロン中隊長は、実験部隊として、誘導砲弾を用いる低初速砲という大砲を、この作戦に投入していた。

火砲の弾道がカオスになるのは、砲弾威力を増す目的で高初速にしているためだ。だから初速が低く、天体の質量などの影響が小さい大砲にする。これだと反動も小さいので設置も輸送も容易だ。

誘導砲弾は普通の砲弾よりコスト面では不利だが、ミサイルよりはずっと安いので、数を揃えることもできた。もっともこの想定が正しいのか、間違っているのか、答えはこれから明らかになる。

「中隊長、AS全機配置に就きました。表面重量と地形データはいま送りました。FO（前進観測班：Forward Observer）は自分らが担当します」

「了解、戦域データは確認した。これを元にFDC（射撃指揮所）はこちらが担当する」

マイアとシャロンは間接射撃の準備を確認する。

ASの各種センサーを用いれば、標的の座標が求められる。中隊本部がそのデータから、砲撃のための諸元を計算で割り出し、射撃が行われる。FOはこの時の弾着を観測し、誤差などを観測し、再びFDCに送る。命中するまでこのサイクルが繰り返される。

この方式の良いところは、FOは観測だけ行い、弾道計算などを行わずに済むことだ。それだけ現場の負担は軽い。

「LIVG（低初速砲）のお手並み拝見ですな」

「天涯は比較的天体質量の偏りがない、砲戦向きの天体だ。これで外れたら、FOの腕が問われるぞ」

「FDCの責任はないんですか、中隊長？」

「まぁ、弾道計算プログラムを改良した奴の責任はあるな。誰だったっけ、コード書き換えた奴は」

「……自分であります」

「そういうことだ。百発百中を期待している」

中隊本部のスパコンのプログラムに間違いはないはずだった。しかし、まさかこういう形で自分のコードが自分の運命に戻ってくるとは……。

マイアがそんなことを考えていると、分隊のメンバーから報告が入る。ラムからだった。

「分隊長、集音センサーのパターンが変わりました。下から上に音源が移動してます。いよいよ、ガイナスの姿を拝めますぜ」

ラムのバイタルデータは平常だ。異星人がいよいよ現れる。それが自分たちの死の瞬間かも知れないのに、この男は「姿を拝めますぜ」などと嘯いている。マイアにはその剛胆さが羨ましい。

「どんな連中だろうな、ラム伍長」

「異星人なんですから、凄いのを期待しますね、自分は」

「凄いのって?」

「頭が五つある鮫みたいな」

「ラム伍長、お前のその発想が凄いわ」

馬鹿を言いながらもラム伍長は、適切な対応をしていた。ＡＳ搭載のドローンを二機、時間差をつけてガイナスの拠点に飛ばす。大気がないので、長時間の対空は難しいが、レーザー測距儀が高度を計測しながら周辺の画像を送るため、敵陣についてはかなり正確な地形データがわかる。

地上に落下した最初のドローンは、そのまま周辺の光景を送り続けたが、突然、画像が切れた。破壊されたらしい。

しかし、二機目のドローンは、状況を映していた。偶然にも最初のドローンの着地点が陥没し、地下トンネルの出口が現れたのである。

そこから、ガイナス兵が姿を現した。

「嘘くせぇなぁ」

マイア先任兵曹長の第一印象はそれだ。集音センサーの分析から、二足歩行で人類と同様の形状なら二メートル半の身長、と分析されていたが、その点は当たっていた。

ただガイナス兵と人間が似ているというのは、ネズミと馬が似ている程度の類似性だ。

ガイナス艦の残骸などから、酸素か窒素を呼吸するだろうと思われていたが、それは間違いないようで、ガイナス兵は透明のヘルメットを被っていた。そして潜水服のような白い半透明の着衣が身体全体を覆っている。それが彼らの宇宙服だろう。小惑星の資源を用いるというなら、ガラスにシリコンゴムだろうか。

目は二つ。鼻のような穴が二つあり、その下に、人間なら口に相当する開閉する穴がある。耳があるのかどうかは、ヘルメットのためよくわからない。

顔の要素は人間と同じだが、身長相応に頭部も大きく、首はなく、肩の上に頭部がめり込んでいるように見える。それだけでも人間とは随分違った生物との印象がある。

宇宙服の表面には、どれも帯のような文様が施されているが、あるいは宇宙服と一体化した生命維持装置なのかもしれない。

巨人と言えば巨人だ。ただ人間と異なり、腕の長さと太さが左右非対称だった。短い方の腕は概ね人間のそれに等しい。しかし、長い方は指先が地面に届きそうなほど長く、指も長い。それでも大きさが違うだけで、構造は人間と同じく、肘も一つで、指も五本だ。

人間とは違うが、中途半端に似ている部分も多い。それがマイア先任兵曹長には、嘘く さく思えてしまうのだ。

ガイナス兵は、右腕が長いのと左腕が長いのが混在していた。確認できるガイナス兵の総数は画像分析によると一〇三人で、地下にはまだいるようだ。

そのなかで、左腕が長いのが五五パーセント、右腕が長いのが四五パーセントいる。これは性別を意味するのか、年齢か、社会的な階級を意味するのか、それもわからない。

見た感じで、ガイナス兵の頭は、左右の限られた角度に振ることはできたが、後ろは見えないらしい。

「分隊長、奴らのあれ、刀ですか？」

それに真っ先に気がついたのは、ラム伍長だ。マイアも違和感を覚えていたが、異星人であるし、なかなか信じられなかった。しかし、解像度を上げてみても、やはり刀としか思えない。

幅が広く、全長も一メートル以上は優にあろうかという山刀に似た、反りの大きな刃物である。たとえ切れ味が悪くても、身長二メートル半の兵士にあの金属棒で殴られたら確実に命を落とすだろう。

ただし、こちらには機関砲装備のASがある。ASの装甲は、仕様を満たす最小限度の厚さとはいえ、刀で叩いたくらいでは壊れない。

身長二メートル半といっても、ガイナス兵には原始的な刀しかない。機械装備の人類に勝てるはずがない。だがガイナス兵たちは前進する。

「カーラ、エイミー、ドローン展開！　周辺に別働隊はないか？」

刀を持った連中は陽動で、自動火器で武装した別働隊がいる可能性をマイア先任兵曹長は考えた。だが左右両翼の陣地から投射されたドローンは、別働隊もなく、おかしな赤外線の動きもないことを報せてきた。

「中隊長、何が起きてるんでしょうか？」

マイアは中隊本部の支援を仰ぐ。すぐにシャロンから情報が届く。それは戦術ＡＩではなく、彼女の分析だ。

「あの兵士たちからわかることが二つある。一つは、ガイナス人は陸戦の経験がないか、知識として失われてしまった。同族同士で争ったことも、何世紀もなかったのかもしれない。

だから陸戦兵器としてすぐに用意できたのは、あの山刀だけなのよ。あれなら鉄板の打ち抜きで量産できる」

敵は陸戦の経験がない。その可能性はマイアが思いつかないものだった。しかし、宇宙でレーザー光線砲を使う連中が、地上では刀で攻めてくる理由は説明できる。

「もう一つは？」

「我々にとって、ガイナスがはじめて遭遇する異星人であるように、ガイナスにとっても人類ははじめて遭遇する異星人だ。もしもガイナスの歴史で、過去に異星人との遭遇経験があったなら、陸戦の一つもあって然るべきだろう」

「なるほど」

マイアは、接近してくるガイナス兵の集団という同じ光景を目にしながら、そこまでの仮説を立てたシャロンと自分の大きな隔たりを感じた。同じ状況を前にしても、指揮官にだけ見える世界というのがあるのだ。

「まぁ、強いて言えば、もう一つの可能性もある」

「なんです、中隊長？」

「他所様の文明は戦争となっても宇宙の艦隊戦で完結するのに、人類だけは降下猟兵などという地上兵力を抱える野蛮な文明という場合よ」

「個性ってやつですか」

「貴様のその前向きな解釈、自分は大好きだ」

しかし、すぐにシャロンは口調を改めた。

「ガイナスに陸戦の経験が本当にないとしたら、この先厄介よ」

「なぜです？　陸戦で赤子の手を捻《ひね》るようなものじゃないですか」

「今回を含めて三回くらいはそうかも知れない。しかし、ガイナスは馬鹿じゃない。いままでの戦闘でも、彼らは明らかに戦術を改良している。

いまは刀を振り回していても、明日には大砲を振り回しているかも知れない。降下猟兵がガイナスと闘うということは、奴らを教育するのと同じなのよ」

マイア先任兵曹長は、この時、シャロン中隊長の力量には敵《かな》わないと思った。普通の指揮官なら、相手が素人なら楽勝だと浮かれるところだ。だが彼女は冷静にその先を見ている。

「各員、攻撃配置に就け。三方から銃撃を加える」

ガイナス兵たちは、ひとかたまりになって、徒歩で前進していた。重力の小ささは装備の重さで相殺されているのか、飛ぶようには進んでいない。

それでも歩幅が大きいだけに、歩いていても時速六キロで前進している。しかも、烏合の衆の接近ではなかった。ただ、隊列の組み方は人間とは違う。

ガイナス兵は、いわゆる密集陣形で接近して来た。正面は五、六人くらいが並び、奥行きが深い。相手に対してできるだけ小さな面積で臨むためだろう。

ASの主兵装は左右の肩に長砲身三〇ミリ機関砲がある。砲弾の種類もプログラムで自動的に切り替えることができた。

いまマイア先任兵曹長は、左右の機関砲に徹甲弾を装塡するよう部下に指示を出す。そこにシャロンから新たな指示が出る。

「先任、ASの機銃は待機位置にしろ」

「待機位置って、銃身を上に向けろってことですか？」

「そうだ。現時点では、こちらに交戦意思が無いことを示せ。異星人にまったく無意味かも知れないが、手順は踏む。

それと、先任のASを介して、こちらには交渉の用意がある、と電波信号も送っている。その反応も見たい。それで戦闘が回避できるなら、それに越したことはなかろう」

「電波信号って、中隊長、連中の言語なんかわかるんですか？」

「わかるか、そんなもの。壱岐の共通語で送る。情報収集に熱心な異星人なら、我々の言語くらい理解しているはずだ。何年も潜んでいたんだからな」

ガイナスが自分たちの言語に反応するか？　マイアは懐疑的だった。すでにガイナスに向けて電波通信の呼びかけは継続して試みられ、何の反応もない。それがここではじめて反応が返ってくるとは思えなかったのだ。

「一つ、可能性に気がついたんだ」

「なんです、中隊長？」

「ガイナス兵が刀を持っている理由。兵器技術のギャップが極端だが、あの刀は、彼らの主観で、丸腰という意味だったらどうだ？」

「あれが交戦の意思なしという表示だと……」

「ともかく、確認する価値は十分にある」

シャロンはあらかじめ、こうした事態に備えた文案を用意していたのか、複数のメッセージが電波と通信用レーザー光により発信された。

『メッセージを理解したら、その印《しるし》として停止せよ』という内容も送られたが、ガイナス兵たちは少しも歩みを緩めない。

「中隊長、反応なしですね」

「先任のASだけ、ガイナス兵の手前に威嚇射撃を加えて。それで停止するか、コミュニケーションのためのアプローチを始めるかも知れないから」

マイア先任兵曹長のASが、銃身を上に向けていた機銃を水平に倒し、最前列を歩くガイナス兵の一〇メートル先に三点射を行った。はっきり威嚇とわかるように、三発とも赤い曳光弾を用いた。

その弾道も弾着地点も見間違いようはないはずだった。しかし、こちらからの呼びかけに反応はなく、ガイナス兵の前進は止まらない。速度が落ちることさえない。

それでもシャロンは呼びかけを続け、ついに最後通牒を送る。停止しなければ攻撃する。

しかし、最後通牒を送ってもガイナス兵の前進は止まらない。前進を躊躇する素振りすら見せなかった。

そしてシャロンは、マイア先任兵曹長に発砲許可を出す。攻撃のタイミングは彼に託された。

「射撃開始!」

マイア先任兵曹長の命令とともに、六機のASの機銃が一斉に火を噴いた。標的に対する弾道計算はすでに終わっているため、銃弾はガイナス兵を次々と斃していった。

昔の機関銃は人間が照準を定めるために、曳光弾を混ぜていたが、ASの機銃は射撃システムが銃弾の赤外線を追尾する。射撃システムが画像補正しない限り、高初速銃弾の弾道は人間にはわからない。

だからASの降下猟兵たちには、ガイナス兵たちが理由もなく斃れているように見えた。

正面だけではなく、両翼に機関銃を展開するのは極めて初歩的な戦術だが、ガイナス兵たちには絶大な威力をもたらした。彼らの宇宙服には耐弾性がないのか、実体弾はそれらを易々と貫通する。

ＡＳのカメラはかすかな光から外の光景を補正し、可視光で色を再現する。便利だが、この時ばかりは忌まわしい機能だった。

ガイナス兵も撃たれれば出血し、斃れ、苦しみ、血を流す。その反応は人間と同じであり、何より血の色も赤い。そこにあるのは一〇〇を超えるだろう死体と、そこからの流血だ。すでに氷原はガイナス兵の血で赤い。

偵察分隊のＡＳで声を出す人間はいない。あのラム浅井伍長でさえ、沈黙していた。ただ、早くも中隊本部から送られてきた無人車が死体周辺を撮影し、死体を荷台に載せて移動していた。無人車は可能な範囲でガイナス兵の非破壊検査を行い、血液なども分析するが、中隊本部には戻らない。

死体が爆弾の可能性もあり、また微生物やウイルスの感染についても安全が確認できない以上、人間が接触するわけにはいかないからだ。可能な状況になったら、無人車ごと完全密封で回収される。

無人車は分析班の操作で死体を処理し、可能な範囲で解剖も行う。データだけでも収集するのだ。だから現場での分析も手荒になる。

シリコンゴムらしい宇宙服が切開され、ガイナス兵の肉体が露わになる。着衣らしきものも切断され、肉体がはじめてカメラの前に曝される。急激な減圧で、組織は膨れていたが、肌は色素が濃い感じの人間の肌そのものだった。

それらは無人車のロボットアームで処置されるが、その有様は遺体を啄《ついば》む動物のように見えた。

——ヒューマノイドはきついな。

マイア先任兵曹長は、学生時代に「不気味の谷」という話を聞いたことがあった。人間そっくりのロボットに、人間は不気味さを覚えるというような話だった。

その時は、そんなものかと思っていた。しかし、いま、目の前の死体の山に、彼は別のことを思う。

ガイナス兵は人間と異なる。メダカも鮫も魚であるという意味において、人間とガイナス兵はヒューマノイドだが、しかし、全く別の生き物だ。

にもかかわらず、死んだヒューマノイドというやつは、どうして人間の死体のように見えるのか。そこに感じる忌まわしさもまた、不気味の谷なのだろうか？

「先任、聞こえるか？」

「はい、聞こえます、中隊長」

そう、このデータは後方の中隊本部にも送られている。この死体の山に声も出ないのは、自分たちだけではない。だからこそシャロン中隊長は声をかけてきた。それは中隊長と先任兵曹長だけの、秘匿回線だった。

「シミュレーションとは違うわね」

「全長五メートルで手足が三〇あって、弾が当たると黄色い粉でも噴いてくれれば気も楽なんですけどね。

ヒューマノイドで、血を流す。流すにしても、赤くなくてもいいのに」

「こういうのが普通なのかも知れないわよ」

「こういうのって？」

「ヒューマノイド系。文明築くのに手足がいるとして、一〇とか二〇は不経済。身体の基本構造が左右対称なら手足は偶数。だとすると二、四、六本くらいが経済的。移動と作業で手足を分離して、最小の数で四。

じっさい我々は四、ガイナスも四、多少バランスは違うけど」

「血は？」

「出雲も壱岐も、大気と水のある岩石惑星は、地殻に一番多いのが酸素、四番目が鉄。水素が九番目で炭素が一四番目だったかな。

生物がありふれた材料で生きていこうとするなら、酸素呼吸は自然だし、その輸送に鉄を使うのも自然。ヘモグロビンを利用しても不思議じゃない。ってことは、我々は戦場の赤い血からは、逃れられないってことよね。戦争が生じるほど、似た者同士なら」

二人の会話は、ラム伍長の報告で中断する。

「ガイナスの連中、まだ残っているようです。また地下が騒々しくなってきました。熱も増えてます。それと奴ら、船体をどうにかしているようです。楯でも作るつもりでしょうか。船体が部分的に熱を帯びてます」

「LIVG（低初速砲）を投入しますか、中隊長」

「そっちの残弾は、先任？」

「さきほど無人パレットから銃弾の補充は受けました。確認できると思いますが」

「確認した。こちらからも観測拠点のスタッフカーに銃弾を補充した」

「確認しました。中隊長、徹甲弾ばかりですが？」

「燃焼弾や榴弾は必要になるまで使わない。ガイナス兵が銃火器を知らないなら、多様な弾種を教えることは避けたいから」

「LIVGも使わないってことですか？」

「状況による。いまの戦闘から判断すれば、ガイナス兵の集団の直上で起爆するように信管をセットすれば、榴弾だけで対応できるはずよ」

ガイナス兵は全滅したが、戦闘はまだ続きそうだ。そして、シャロンの選択肢は意外に少ないことをマイアは悟った。

いま起きているのは地上戦ではあるが、同時に情報戦に他ならない。相手に可能な限り情報を与えない。それは兵器や戦術の選択肢を狭める。そして負けられない。楽な闘いではないだろう。

「まぁ、いきなり連中も戦車は出さんでしょうな。敵さん、増援を待ってたりしませんかね？」

「増援という概念がガイナスにあるかどうかもわからないわよ。圧倒的に不利と判断して、降伏せず、情報を渡さないために自決するかも知れない。あるいは核融合爆弾を投下して、一切合切消滅させるかも知れない。それなら艦隊じゃなくてミサイルで済む」

「中隊長、どうしてそういう悲観的な予想ばかり出てくるんですか？」

「常に最低の状況を想定していれば、糞みたいな現実に直面しても、希望を持てるだろ？」

「……わかりました、自分は指揮官には向いてなさそうです。糞は糞にしか見えません」

「とりあえず、明るい現実を言えば、ゲンブのパッシブセンサーはガイナス艦の接近を察知していない、ミサイルもだ」

「明るくない現実も見てるんですよね、中隊長？」

「もちろんだ、来るはずの我々の増援部隊だが、気配もない」

「……敵が来ないだけ、ありがたいと思いましょう」

「先任、貴様、自分で思ってる以上に指揮官に向いてるぞ」

そんな無駄口で精神を落ち着けながら、中隊はガイナスの動きを見ていた。降下猟兵は外科手術のメスであって、大木を切り倒す斧ではない。

マイア先任兵曹長は、それは理解しているつもりだったが、現下の状況には苛立《いらだ》ちを覚えていた。目の前のガイナスの拠点に地対地ミサイルの一つも突っ込めば、戦況は一気に片がつく。

しかし、そうした大型破壊兵器は降下猟兵には所有が認められていない。

それでも想定する異星人との戦闘で降下猟兵が不利にならないのは、大規模火力支援手段としての艦隊があるからだ。

軌道上を制圧したコンソーシアム艦隊の軍艦が、ＡＭｉｎｅやレーザー砲で、地上の敵拠点を破壊する。

いわば艦隊の大火力という麻酔で敵を動けなくし、降下猟兵というメスで患部を切除するのが教科書的な役割分担だ。

しかし、作戦は教科書通りには行かない。それもまた降下猟兵のイロハであった。

とはいえマイア先任兵曹長は、まだ多少は楽観していた。凄惨ではあったが、一〇〇名以上のガイナス兵を自分たちは一掃した。本隊ではなく偵察分隊だけでだ。

ガイナス兵は第二波を出すだろうし、その総数は不明だが、先のことはともかく今回の闘いは心配することはないだろう。

軌道エレベーター付近のガイナス兵は、いまも奴らなりに次の攻撃に備えているのだろう。しかし、ここで艦隊の増援が到着したならば、結局、彼らの負けになる。

問題はその増援だが、三〇天文単位くらいの距離なら、四時間弱で通信は届く。だから早晩、増援は来るはずだ。

「先任、戦術AIによれば、集音センサーが敵の動きに変化を捉えたと言っている。音源が広がっているようだ。地下か地上かははっきりしない。ガイナス艦の裏側あたりだ」

「中隊長、奴らが第二次攻撃を準備していると？」

「ガイナスのことはわからんが、ランチタイムの状況とは思えないわね」

「ラムとバズ、ドローンを展開、時間差は一〇秒だ」

「ドローン、投射！」

ラムがASからドローンを投射し、一〇秒後にバズが投射する。左右両方から映像が送られてくる。画像は二つのドローンから正確な位置情報とともに送られるため、立体的な形状や動きも解析されていた。

しかし、ラムのドローンからの映像だけでも、ガイナス兵の意図は明らかだった。

「先任、画像分析によると、ガイナス兵の総数は確認されている範囲で一四六三よ」

マイアのバイタルデータが一瞬、高ストレスを意味する赤に変わった。それはシャロンにも伝わっているはずだ。

だがマイアがストレスを感じたのは、ガイナス兵が一四六三を数えたからではない。シャロン中隊長の言葉に、怯えの色を感じたためだ。

さきほどは一〇〇で楽勝だった。だがそれが一四倍以上となれば、話は違う。圧倒的な数の違いは、質の違いを生み出すのだ。

こちらのASは六機。一機で二五〇ちかい敵を相手にする必要がある。相手が刀しか持っていなくとも、それはかなり厳しい状況だ。

「それと、意味があるかどうかわからないが、右腕の大きいのが六二七、左腕が八三六、比率的には三対四か」

ここでそんな場違いな話題を振ってくるのは、緊張をほぐすためか。

「中隊長、さっきから気になるんですが、腕の大きさは左右で違うのに、身長はほとんど同じですね」

「そういう生物なのかも知れないし、あるいは、徴兵検査的なもので、体格を揃えている可能性もある。宇宙服を脱げば、ばらつきがわかるかも知れない。謎ばかりよ、いまのところ」

その間にも、シャロンは中隊本部のASに待機命令を出し、LIVGの準備を整える。それはいざとなれば、こちらの手札のすべてを曝しても、マイアたちを救出するという意思表示だ。

ただ、それでも彼女は、撤退命令は出さない。それもまたメッセージだ。

「中隊長、ＡＩは指揮系統について何か分析してますか？」

「先ほどの戦闘では、それを分析するには情報不足だ。画像解析の範囲では、宇宙服に階級を示すと思われる目立った特徴もない」

「そうだ、連中の間で電波通信はどうです？」

「電波そのものはごく短い相互送信が観測された。ただし相変わらず我々への呼びかけには反応はない。

ドローンによると、現在集結中の集団は、先ほどより電波送信の頻度は高いが、送信密度では、むしろ減少している」

「それなりの指揮系統はあるってことですか、中隊長？」

「一五〇〇人近い兵員を指揮系統なしで動かせるとしたら、その技術、こっちが欲しいわ。でも現状では指揮系統は見えていない」

マイアは先ほどの勝利にも高揚感がない理由がわかった気がした。ガイナス兵に理解できないことがあまりにも多い。あの戦闘にしても、自分たちの勝利というより、ガイナス兵の自滅に近い。

しかし、彼らには某かの論理と合理性はあるらしい。それがわからない。人間同士なら、負けそうなら降伏するなり、撤退することが期待できる。しかし、ガイナス兵にはそれが期待できない。

どちらかが全滅するまで、この戦闘は終わらないのではないか。もしもそれが正しかったら、自分たちはいま、泥沼にはまりかけていることになる。

「待って、先任。ガイナス兵の武器が少し、変化してる。刀の他に槍のような鉄の棒が加わってる。使い方は不明、投擲《とうてき》するかもしれない。まぁ、ASの装甲を貫通はしないはず。それと用途不明の武器らしいものが若干。映像送る」

船体を切り取って作ったのだろう。素材は鉄らしい。ただ刀や槍と比較すると、それはあまり形状が揃っていない。鉄の筒をどうにかしたものらしい。棍棒のようにも見える。

「次にこいつらと地上戦になったら、洗練された銃火器が登場するんでしょうか、中隊長」

「先ほどの戦闘ではガイナスは全滅したが、あれは情報収集の手段だった可能性もある。少なからずな」

「非情な連中ですね」

「それは我々の尺度だ。我々には非情に見えても、情報収集という点では一定の合理性はある。

ただそのために一〇三人の同胞を犠牲にできる相手が、我々の生命を尊重することは期待できないわね」

「奴ら、それでよく文明社会を維持できてるな」

「犠牲にしていい人数が決まっているのかもな。損益分岐点を割り込めば、案外、素直に撤退することだって考えられる」

「話し合いって選択肢はないんですかね？」

「ないとは断言できないけど、あるという根拠も見当たらない。コンタクトの機会は幾らでもあった。しかし、ガイナスはそれをしなかった。最悪の想定は……」

「話し合いの可能性がない以上の酷い想定なんてあるんですか、中隊長」

「あるわよ、ガイナスにとって、これは戦争なんかじゃない場合。戦争の自覚がないならば、終わらせようとも考えない」

「ありがとうございます、中隊長。なんかこの先の修羅場が楽しく思えてきました」

「先任、職場が楽しくて何よりだ」

「分隊長、動き出しました！」

それを最初に報告してきたのは、やはりラム伍長だった。

「歩いて前進か……速度は約七キロ、さっきより心持ち速いな」

マイア先任兵曹長は、自分のＡＳに外付けした通信モジュールから、ドローンを投射する。このドローンは低推力のブースターが付属しており、短時間ながら移動と滞空ができた。

一五〇〇人弱と分析されていたガイナス兵は、数をさらに増やし二〇〇〇を超えていた。ガイナス艦の下に、意外に多数の兵士がいるらしい。画像分析では、二〇〇〇を越えるガイナス兵は概ね五〇〇人ほどで四つのグループに分かれていた。

「あれが奴らの戦術単位なんですかね、中隊長？」

「昔で言えば大隊規模、四個大隊で連隊ってところ。しかし、ガイナス兵は人類以外の知性体と戦争したことがないとしたらよ、大隊編制なんてどこで覚えた？」

「別に軍隊とは限らないんじゃ」

「そうよ、だとすると、五〇〇人前後の集団って、ガイナスにとって、どういう意味合いの単位なの？　何かあるはずよ、絶対、しかも大事なこと」

ガイナス兵の四つの集団は、先ほどの戦闘時と同様に奥行きのある隊列を組んでいる。三方向から機銃掃射を行うとなると、むしろガイナス側の犠牲は増えるだろう。

低重力の天体で高初速の銃弾を遠距離から撃つのは、弾道運動がカオスになり、命中精度が下がる。火器管制システムもそれは織り込み済みだが、マイア先任兵曹長としては、そうしたことも含め、ガイナス側に機銃の性能を曝したくはなかった。

最初の戦闘の圧倒的な戦果もあり、十分引き付けてからの銃撃でも対応できると彼は考えていた。

四つのガイナス集団は、横一列に並んでいたが、左右両端の集団はだんだんと外側に移動しはじめた。

分隊の六機のASは、ガイナス兵に対して、左翼をラムとカーラ、中央をマイアとソール、そして右翼側をエイミーとバズという布陣のまま待機していた。

「分隊長、どうします？」

「どうしますってのは、こちらも左右両翼に展開しますかってことか、ラム伍長？」

「分隊長、奴ら俺たちを包囲するつもりじゃ？」

「包囲されそうなら、本隊と合流すればいい。むしろ左右両翼を離しすぎると、各個に撃破される可能性がある。槍と刀だからって、馬鹿にはできん。ASはけっこうデリケートな機械なんだからな」

マイア先任兵曹長のASには、まだドローンは残っていたが、それを使うことには躊躇いがあった。むしろどのタイミングで、本隊と合流するかを考えていた。ガイナスの武器が原始的なものでも、数では圧倒される。さっきは一〇〇人ほどだったが、今度は二〇〇人を超える。それはすでに量ではなく質の差だ。

ガイナス兵よりASの方が高速であるから、合流はそれほど難しくない。ただマイアは、ガイナス兵に槍を使わせてみたいという思惑がある。槍の運動を解析すれば、ガイナス兵の身体能力がわかる。

すでに死体は幾つも手に入ってはいるが、死体と生体ではやはり意味が違う。可能であれば捕虜をとりたいが、いままでのガイナスの動きからすれば、最大の情報源である捕虜になることを彼らが選ぶとは思えない。

ならば戦闘で身体能力を解析するよりない。先ほどは刀を使えるほど接近させなかったが、今回はもっと引き付けることを考えても良いだろう。

が、マイア先任兵曹長は、ここであることに気がついた。レーザー砲も持っているガイナス兵が、どうして刀と槍なのか？　もしかすると彼らは殺傷力の小さな武器を使うことで、人類を生け捕りにしようとしているのか？

人類はガイナス人がどんな形状なのか知ることができた。しかし、考えてみれば、ガイナスは人類がどんな生物なのか知らない。

さすがにASを人類とは思わないだろうが、彼らにしてみれば、人類が二メートル足らずなのか、四メートル弱なのかさえわからないのだ。

「捕虜になれないのは、俺たちも同じか」

我は彼を知り、彼は我を知らない。情報戦ではいま、人類はガイナスより優勢だ。この優勢を崩すわけにはいかない。

マイア先任兵曹長は、短く方針を報告する。作戦は中隊長からは了承されたが「合流を躊躇うな」とのコメントが戻って来た。

あんたと一発やるまでは死なねぇよ、マイアは、口の中で呟く。マイクで拾われでもしたら半殺しだ。

ガイナス兵が槍を投げるまで接近させる。ただし、三〇〇メートルまで接近したら射撃を開始する。マイアはそう指示を出したが、ラム伍長が異論を唱えた。

「分隊長、五〇〇で撃ちませんか？」

「どうしてだ、ラム伍長？」

「槍だからって甘く見られないってことです。ガイナスの筋力を人間の倍と見積もったら、奴らの槍、天涯の重力なら一キロは飛びますぜ」

「本当か？」

マイアは電卓ＡＩに計算させた。結果はラム伍長の言う通りだった。

銃弾だけでなく、低重力環境は、槍投げでも予想外の結果を出す。もっとも、最大射程で投擲した場合、命中率はかなり低い。わずかな重心のずれや角度誤差が大きくなるためだ。

ガイナス兵がそれを理解しているなら、命中精度の高い距離から投擲してくるはずだ。

「よし、全員、五〇〇で撃つ」

五〇〇という数字は少なからず勘である。相手の移動速度と射撃距離の間合いで、これだけあれば対応できるだろうという見積もりだ。

ASが銃撃準備を整えているなか、ガイナス兵はただ前進してくる。槍が届くであろう距離一〇〇メートルまで近づいても、ガイナスは歩いて接近するだけで攻撃の姿勢を示さない。

「先任、集音センサーの反応が妙よ」

「どう、妙なんですか、中隊長」

「ガイナス艦が氷海に強引な着陸をしたせいで、氷海の中に極端な密度の差が生じているらしい。それとガイナス艦そのものの遮蔽効果ね。

理論すっ飛ばして結論だけ言えば、こっちの集音センサーが拾えない氷中領域がある。氷海中の音波が曲げられて、表面に伝わらない領域があるってこと」

「つまり、こっちはあちらの動きがつかめないってことですか？」

「いや、音ではわからない領域があるだけで、その範囲はほぼ絞られた」

マイアの視界の中に、ガイナス艦の残骸と氷海のモデルが表示される。シャロンは領域を特定したというが、それは宇宙船の残骸の三分の一ほどの大きさになる。

「ガイナスはその領域内でしか活動していない。表面近くに移動した連中の音だけが拾えるってこと。

指揮官としての敵兵力予測は……」

「それは最悪の数字って意味ですよね？」

「そうだ先任、シャドー領域の容積から見積もってざっと一万」

「あのぉ、何か明るい話題はありませんか、中隊長」

「奴らは自分たちの情報を出さず、こちらの情報を引き出そうとしている。少なくともそう解釈できる。

なので、ガイナスは兵力の逐次投入を続けている。一〇〇が全滅し、二〇〇が全滅したら、つぎは五〇〇ぐらいでやって来る。一〇〇〇で一気に押しては来ない。明るい話だろう、先任」

「中隊長、やっぱり自分は指揮官には向いてなさそうです」

ガイナスの動きに変化が現れたのは、その時だった。ラム伍長が叫ぶ。

「ガイナス、歩くペースを上げてきました、距離六三八メートル、時速約四二キロ、秒速で一一メートル！」

「射撃開始！」

マイア先任兵曹長は命じる。あの速度で接近されれば、ガイナス兵は一分程度でこちらに到達する。

ＡＳからの射撃よりも速く、ガイナス兵は動いていた。いままでは刀を持った歩兵が前面に出て、槍を持っているガイナス兵は後ろに控えていた。

だがここに来て、刀を持った前衛の隙間をついて、槍を持ったガイナス兵が染み出るように、次々とASに向かって槍を投げてきた。まるで前衛を壁として利用するように。

「弾着まで一二秒」

戦術AIは槍に対しても弾着と表現した。ASの戦術AIは、銃弾よりもはるかに速力の遅い槍よりも、ガイナス兵の接近を脅威であると判断し、機銃の照準を槍ではなくガイナス兵から動かさなかった。

ただ驚くべきは、ガイナス兵の槍の腕だ。ASの画像システムは、槍の運動を分析し、弾着点を割り出していたが、一〇〇本近い数の槍はほぼ直径一メートルの円内に弾着する。言うまでもなく、その円内にASがいる。

大気のない天体だけに、手を離れた槍は風で流されたりしない。そしてASは、その弾着点から移動すれば槍を避けることができた。

そして槍を投げたガイナス兵は集団の前面に出ることとなり、真っ先にASの機銃弾に斃れた。

ガイナス兵の接近は阻止できているようだが、マイア先任兵曹長の胸騒ぎは収まらない。自分たちの犠牲を何とも思わないガイナス兵なればこそ、槍兵の犠牲は織り込み済みなのだろう。

しかし、犠牲を何とも思わないのと、無駄死には違う。彼らは彼らなりにこの戦術に意味を認めているのだろう。犠牲を払っても引き合うだけのメリットを。

槍兵の第一波が全滅しても、ガイナス兵の前進は止まらなかった。確かに銃撃でガイナ

ス兵は斃れていく。だが圧倒的な数のために、一人撃たれても二人が歩を進めるように、前進を遅らせることはできても、止めるには至らない。仲間の屍《しかばね》を踏み越え、ガイナス兵は着実にASとの距離を狭めていく。

そして槍兵の第二波が躍り出た。戦術AIはここで槍兵の脅威度を上げた。なぜなら槍の弾着点が幅広くなったためで、ASが移動しても一本か二本は命中するためだ。

じっさいマイア先任兵曹長のASにも、槍が命中した。予想通り、貫通することはなかった。しかし、複合素材の装甲に対して、槍の命中した音は、ひどく不気味に思われた。かなり重い音で、槍が相応の質量を持つことを意味している。

「分隊長、左機銃損傷！」

右翼側のエイミーからの報告より一瞬速く、マイアの視界の中に、エイミーのをはじめとする、分隊全体のASの損害状況が表示される。

ガイナスの槍はよりによって、ASの左肩部機銃のマウント部の隙間に刺さるように命中していた。モーターごと破壊されたようで、機銃は動くが照準はつけられない。

「バズ、エイミーを援護！　分隊は右翼隊に合流！」

四機のASとスタッフカーがエイミーとバズのいる右翼側に移動する。マイアは、そろそろ退却の潮時と考えていた。

予想されたとおり、ガイナスとの戦闘では、色々と予想外のことが起きていた。ただ情報収集という点では、得られた知見は大きい。

制空権は確保していないが、敵艦は一掃した。あとは友軍部隊が到着するまで本隊とともに拠点を確保すれば、ガイナスの残存兵力は上空から友軍艦隊が殲滅してくれるだろう。そうなれば軌道エレベーターは奪還できる。

強襲艦は大破し、軌道上からは攻撃できないという満身創痍ではあるが、中隊は優勢に状況を支配している。

だから本隊へ合流するための撤収は、合理的な判断と言えよう。エイミー機の損傷から、ASの戦術AIの脅威度判定はあがり、機銃は接近する槍にも銃撃を加えるようになった。攻撃の優先順位がガイナス兵から槍に移ってからは、ASに命中することはなかったが、それはそれで状況をいささか面倒にもしていた。

四つに分かれていたガイナス兵たちのうち、左右両翼の集団は、マイア先任兵曹長らの偵察分隊を無視して、後方の中隊本部に向かっていた。

ただ三〇機のASが待ち構える中隊本部に向かうのは、自殺行為に等しい。そっちの心配はないはずだ。

問題は中央の二つの集団が、自分たちに向かっていることだ。

「敵前衛までの距離三四五」

戦術AIは無情に事実だけを表示する。槍を射撃している間に刀を持っているガイナス兵は前進し、自分たちとの距離は着実に狭まって行く。しかもエイミーとバズへの合流はできていない。

ガイナス兵はあきらかに、機銃の一丁が使えないエイミーのASに槍を集中して投げはじめたからだ。バディであるバズがそれに応戦するが、じりじりと後退を余儀なくされていた。

ガイナスは槍と刀しか持たず、緒戦は全滅した。それは事実であったが、マイアたちは奴らが馬鹿ではないことを見落としていた。人命を何とも思わないような非情な戦術を実行するが、それでも奴らは馬鹿ではない。

最初は損傷したエイミーのASが徐々に後退し、バズがそれを支える形で移動しているだけだった。マイア先任兵曹長も、そうして移動するエイミーたちから離れないように、位置を変え、陣形を維持していた。

だが、マイアがAS間の相互支援が可能な陣形を維持することを、ガイナス側は利用した。分隊の弱点であるエイミーのASを集中して攻撃することで、分隊全体を中隊本隊から切り離したのである。

二キロも離れれば中隊本部は地平線の向こうにある。そして身長二メートル半のガイナス兵の群れは、電波を遮断する壁となる。中隊本部とは通信不能には至らなかったが、回線容量は劇的に低下する。

　中隊本部との通信は、回線容量に応じてＶＲなどではなく、文字ベースに変化する。シャロン中隊長からの命令も文字だった。

「ＬＩＶＧの援護を行う、座標送れ」

　野砲による砲撃をシャロン中隊長が決心したというのは、あまり望ましい状況ではない。ＡＳだけでは勝負がつかないと判断したということだからだ。

「最後のドローンを投射する」

　マイア先任兵曹長は、ともかくエイミーとバズとの合流を急いだ。そして躊躇した末に、ドローンを展開した。これで分隊と中隊本部との回線事情は一時的だが改善した。

　重要なのは、ドローンにより敵味方の位置関係が明確になり、砲撃のための正確な座標が手に入ることだ。ドローンは特に重要な場所に関しては、画像だけでなく、レーザー測距儀を使用し、正確な座標データを中隊本部に送った。

　一方、マイア先任兵曹長には、シャロン中隊長より、より広範囲な状況が転送される。それは軌道上の強襲艦ゲンブからのものらしい。鮮明な映像とは言い難かったが、ある程度は中隊本部のスパコンで補正されている。

　それは憂慮すべき状況を示している。まずガイナス兵の数は二〇〇〇程度から五〇〇〇程度に増えている。

そして偵察分隊を一〇〇〇体ほどが二手に分かれて包囲し、本隊との連絡を絶とうとする動きを示し、残り四〇〇〇ほどが三方から中隊本部を包囲する姿勢を示していた。

現況でガイナス兵が中隊本部を包囲殲滅する可能性は極めて低かったが、偵察小隊が全滅する可能性は五〇パーセントまで上がっている。中隊本部にも偵察分隊を救助する余力がない。

一つ二つの分隊を増援に出せば、各個に撃破される可能性がある。偵察分隊が中隊本部に合流するのも、同様の危険があった。

結論は、戦闘により状況が改善するまで、偵察分隊はASをスタッフカー周辺に集結させ、防御陣をつくり、そこで籠城することになる。つまり中隊本部が強力な火力で、ガイナス兵の数を減らすまで。

ドローンからの映像に、赤外線の光点が点在しはじめる。それはガイナス集団の上空で炸裂したLIVGの誘導砲弾だった。

ドローンからの座標データをシャロン中隊長は的確に活用していた。ASの進行方向に立ちはだかるガイナス兵の集団の上空で、絶妙なタイミングにより砲弾の信管が起爆した。

上空から降り注ぐ砲弾片がガイナス兵をなぎ倒し、その直後にASが前進する。

こうして六機のASがスタッフカーの周囲に集結したが、LIVGによる火力支援はそこで停止した。中隊本部に殺到するガイナス兵に野砲が振り分けられたからだ。

マイア先任兵曹長は、スタッフカーを囲むように六機のASで円陣を組み、ガイナス兵に備えた。

中隊本部との通信状況は相変わらず良くない。ガイナス兵の大軍が通信に悪影響を及ぼしているようだった。彼らの使う電波の周波数帯が、自分たちの通信システムに干渉しているのか？

「分隊長、集音センサーのデータが変です」

「何が変なんだ、ラム？」

「足音から推測したガイナス兵の総数です。相変わらず五〇〇〇前後という数字です」

「五〇〇〇だと？　いままでの戦闘で斃したのは？」

「LIVGの戦果も合わせて二〇〇〇前後です」

「総数は少なくとも七〇〇〇か……」

マイア先任兵曹長は、ふと不思議な気がした。一〇三体のガイナス兵を全滅させて、その死について考えたのは、少し前だというのに、いまここで「戦果二〇〇〇」などという数字を口にしている。

いや犠牲が一〇〇を超えたら、単なる数として扱わねば神経が持たない。それがガイナスであったとしても。奴らは人間に似過ぎている。

「音源の位置も移動してます。ガイナス艦の下はやっと大人しくなりました」

「奴ら、兵力の逐次投入をしていたわけじゃなくて、覚醒していたのが一〇〇体、他の七〇〇は眠っていたということか。目が覚めた順に出撃する」

「戦闘が始まってからうるさくなったのは確かですね。起きてる連中が表に出てきたんじゃなくて、戦闘になったんで起きてきたってところじゃ？」

「冬眠でもしていたのか？」

警報がなったので、マイア先任兵曹長は、ＡＳの機銃の銃身を交換する。真空でも使用できるように、冷却装置が内蔵されているが、これほど長時間酷使することなど想定外だ。冷却装置の放熱は、いまは足裏で行っているが、場所を移動しないと、氷が融けてすぐに埋もれてしまう。それでも氷という冷却媒体があって幸いだ。

ただ警報自体は、銃身の過熱ではなく、摩耗しすぎたことを報せていた。どっちにせよ、通常はまず起こらない。

ＡＳの背中には左右それぞれに予備銃身が装備されている。交換は簡単だが、これを使い切ったら、中隊本部に合流しない限り予備はない。

戦術ＡＩの脅威度判定により、ガイナスの槍兵が優先的に射撃されたために、ようやく攻撃は止んだ。刀より製造に手間がかかるのか、槍兵の比率も少なかった。

そしてここでようやく、ガイナス兵は前進を止める。砲撃の効果もあり、ガイナス兵との距離は再び六、七〇〇メートルまで広がっていた。

その距離で一〇〇〇人近いガイナス兵が偵察分隊を包囲している。つまり斃したガイナス兵は、後方から補充されているということだ。

中隊本部に向かっているガイナス兵も同様に包囲を試みているが、LIVGによる砲撃で、それは成功していないらしい。

意図して兵力予備を置いているわけではなさそうだが、最前列が斃されたら次の列が前進するという戦闘では、最後尾グループは事実上の予備兵力のようなものだった。

「中隊長は、奴らは陸戦経験がないと言っていたが、当たってそうだな。それでも包囲殲滅という戦術を発見したとは、奴らも馬鹿じゃない」

「分隊長、現況でそれは、もう悲観主義じゃないですか」

「ラム、ここじゃ俺が指揮官だからな」

分隊のASは損傷したエイミーも含め、ほぼ同時期に機銃の銃身を交換していた。使用頻度は同じだから、誰もサボらなければそうなる。

しかし、ガイナスが状況から学ぶことに長けているなら、いまの分隊の行為から「機関銃は連続射撃をしたら銃身を交換する必要がある」ことを学んだだろう。

ガイナスが鉄砲という機械を知っているかは不明だが、もしも知らなかったなら、この知識だけで、彼らの実用的銃火器開発の時間節約につながっただろう。

そういう意味では闘いたくない相手だ。先々のことを考えたら、ASに刀を持たせて斬り合いでもすべきだったかもしれない。しかし、それも無意味な想定だ。

「全員、警戒しろ、集音センサーが敵の移動を察知した。仕掛けてくるぞ!」

刀を持ったガイナス兵は前衛として壁を作っていたが、その後方から急速に接近する集団がある。前衛を壁として、攻撃主力が前進してくるのは、槍兵が攻撃してきたときと同様のパターンかと思われた。

しかし今回は、ガイナス兵の前衛は一気に突進してきた。低重力でしかも歩幅が大きい。その速度は毎分六〇〇メートル近い。つまり一分ほどでガイナスはここに殺到する。

「クソッ、馬鹿みたいに賢い連中だ!」

ガイナス兵はLIVGの効果も理解していたらしい。つまり砲弾により広範囲に相手を殺傷する兵器の存在。

だから偵察分隊が攻撃を中断した間合いで包囲しながら、攻撃の機会を待つ。さっきまでガイナス兵たちは、自分たちの機動力は伏せていた。早足で歩ける程度に留めていた。

それがここで全速力で駆けてくる。そして偵察分隊の至近距離まで接近する。砲弾が敵味方も巻き込むため、LIVGは使えない。つまり敵の砲火力を無力化できる。

それはあくまでもマイア先任兵曹長の推測に過ぎない。ガイナスが、そんな浸透戦術的な発想をするのかにも疑問がある。だが重要なのは、確かに効果的な戦術ということだ。

火力で勝るとはいえ、戦闘は苛烈になっていた。間欠的に中隊本部との通信が良好になるのは、中隊本部のドローンが展開されるためだった。ガイナス兵全体で見れば、中隊本部に向かっている集団が圧倒的に多く、敵の槍兵の密度も高くなる。

いまのところ中隊側には犠牲らしい犠牲は出ていないが、ガイナス兵は着実に接近していた。しかし、それでもシャロン中隊長の方が、ガイナス兵よりも上だった。中隊本部のASは一時的に射撃を止める。

するとガイナス兵の前衛は雪崩《なだれ》を打って前進するが、彼女はここで後方部隊のガイナス兵に対して、LIVGの猛射を行った。後衛の前進は止まり、突進した前衛は射撃を再開したASにより一掃される。

これによりガイナス兵の前進は止まる。そしてシャロン中隊長は、偵察分隊に向かうガイナス兵の部隊にも同様の砲撃を行っていた。

「どうしてガイナスはこんな戦い方をするのか？」

すでに射撃は機械的な作業になっていた。マイア先任兵曹長は、目から入った信号が脳を経由しないで、腕を直接動かしているような錯覚さえ抱いていた。

それでも彼の脳は、この違和感の理由を考え続けていた。ガイナスが人類以外の知性体と接触したことがなく、陸戦を知らないというシャロン中隊長の説は、彼も妥当なものと思っている。

ただそれだけでは、この一方的な殺戮の状況は説明できない。唯一考えられること、ガイナス兵の命はただ同然なのだ。どういう理由かはわからないが、ガイナス社会では兵士の命などほとんど価値がない。だから無駄な消耗も惜しくない。

それは人類にとって一方的に不利な条件だと彼は思う。偵察分隊に限っても、メンバー一人を養成するのに多額の経費と教育と経験を積ませてきた。だからこそ如何にしてリスクを減らすかが重要になる。

兵士一人の命の価値が、敵と味方で極端に異なる。この非対称性がある限り、フェアな戦場は望めまい。

LIVGは奮戦しているが、もとより中隊保有の数は少なく、ガイナス兵を一掃するには至らない。前進を阻止するのがいまのところ可能なすべてだ。

ガイナス兵の前進は一時的に止まったかに見えた。敵兵力は半減し、すでに総数は三〇〇を超える程度にまで減っている。

ただ彼我の距離も三〇〇メートルほどにまで近づいていた。敵が止まった時こそチャンスだが、人間には休息が必要だったし、ASにも整備点検は必要だった。このことも奴らはデータとして記録するのかも知れない。

ASの銃弾の補充と同時に、マイア先任兵曹長は、部下にコクピット内のアサルトライフルの状況も確認させる。

ASのコクピット内には、戦車兵なども用いる短銃身のアサルトライフルが一丁、三〇発の箱形弾倉二個とともに装備されている。ASを降りた時の護身用だが、最悪、こいつの世話にならなければならないかも知れない。

普段なら、こんな装備のチェックを命じると、愚痴の一つも聞こえてくるが、今日ばかりは愚痴どころか、誰もが無言だ。生身でアサルトライフルを使うとなると、相当の胆力が要求されよう。敵より先に自分との闘いが必要だ。

「集音センサーに動きがある。奴ら仕掛けてくるぞ、警戒しろ！」

もしもガイナス人にとって兵士が取るに足らないものであり、人類の情報の方がはるかに価値があるとしたら、いまここで行われているのは、戦闘ではなく実験ではないのか？

マイア先任兵曹長は、敵の動きにそんなことを思う。奴らが数で圧倒してこないのは、そういうことなのではないか？

ガイナス兵は再び疾走してきた。いままでなら、壁の役割をしていた刀を持ったガイナス兵の間から槍兵が飛び出してきたが、この時現れてきたのは、用途が不明の筒を持った連中だった。

それらは太い腕で、力任せに筒を投げつけてきた。そして空中で爆発した。

「全機、あれは爆弾だ！」

何から学んだのか、ガイナス兵は宇宙船の残骸から爆弾を自作し、それを投げつけてきた。

だが火薬で爆発するのではなかった。破片が四散しても、発火もしない。ただ爆発時に電磁パルスが観測された。コイルに大電流を流して、磁場で本体を四散させるような構造を疑わせた。

爆発しないで落下し、氷を熱で溶かすだけのものもあった。しかし、爆発したときの威力は大きい。安全装置もない危険極まりない武器であるが、兵士の命など鴻毛《こうもう》より軽いガイナスでは問題ないらしい。

爆弾は、損傷したエイミーのASに向けて投げつけられた。

マイア先任兵曹長の視界の中で、エイミーのASのダメージ表示だけが急激に損傷箇所を増やしていく。

「バズ、援護だ！」

バズのASがエイミーのASの前に立ちはだかり、エイミーは正面ハッチを開けアサルトライフルを抱えて脱出し、スタッフカーに向かった。スタッフカーもエイミーに向けて移動したので、何とか彼女は無傷で内部に避難できた。

スタッフカーから、エイミーのASで動く機銃を遠隔操作し、ガイナス兵をなぎ倒す。

戦術AIは、すぐに爆弾をもったガイナス兵を最優先で攻撃すべきと学習し、視界の中で、撃つべき相手として表示する。

だがガイナス兵が爆弾を投入してきたことは、状況の流れを変えた。刀や槍と違い、爆弾にはASを破壊する威力がある。

武装らしい武装のないスタッフカーからも、防弾ベスト内蔵の宇宙服を着た兵員が四名現れ、高さのあるスタッフカーの屋根から、アサルトライフルの銃弾をガイナス兵に叩き込んでいた。

それでも中隊本部はLIVGもあって、ガイナス兵の接近を阻止できていたが、偵察分隊の支援を行う余裕はなくなっていた。爆弾のため微細な金属粉末が飛び交うことも、周辺の通信条件を悪化させる。

そして爆弾の影響は着実に現れていた。

「カーラ被弾！　機動ユニットに損傷、固定銃座として攻撃続行中」

「ラム、カーラを援護、可能ならスタッフカーに合流しろ」

「ラムです、了解しました。カーラ、脚部の収縮はできるか？」

「モードの変更はできない。ただサーボの制御を切れば、自重で下がるはず」

「なら制御を切れ。俺が引っ張る」

状況表示はAS搭乗員の視界の中に浮かんでいるが、それでも声で確認するのは、分隊の一体感を保証するためだ。見捨てはしないというメッセージ。

カーラのASは脚部の機動ユニットが損傷し、歩行不能だった。ラム伍長は、ASの背中に回り制御機構を切ったことで、脚部が自然とお座り状態になったカーラのASを引っ張る。臑《すね》の部分が橇《そり》のようになるので、移動はできる。

カーラはその間も銃撃を続けていた。

しかし、カーラのASの損傷を見て、ガイナス兵は、ラムとカーラに集中して爆弾を投げつけてきた。投げたガイナス兵はすぐに射殺されるが、その手を離れた爆弾は、ASに向かって弾道を描く。

ついにカーラのASは機銃も動かなくなり、ラムのASも爆弾で大破する。ガイナス兵たちは、ここで損傷したASへの攻撃を止めた。カーラとラムもこの隙に、アサルトライフルを抱えて、スタッフカーへと合流した。

バズのASは、エイミーのASが機銃だけは遠隔で操作できるので、何とか陣地を確保していた。

だがASに銃弾を補充できる状況ではなかった。

「こちらバズ、残弾ゼロ。脱出します」

マイアは戦術AIが求めた、もっとも安全に脱出できるルートをバズのASに転送する。

「バズ、了解した、援護する！」

援護射撃の中、バズはアサルトライフルだけ抱えて、なんとか死地を脱することに成功した。

バズのASも使用不能となり、スタッフカーを守るのは、マイア先任兵曹長とソール軍曹の二機だけになる。

「ソール、お前はそこでスタッフカーを守れ」

「分隊長は？」

「機銃の効果を高めるために、スタッフカーから離れて、二方向の火点で敵の侵攻を防ぐ」

ガイナス兵の攻撃を分散させようと、マイアは陽動のために敵側面に移動し、機銃を放つ。ガイナスの攻撃が途切れたときに、銃弾は補給している。だからしばらくは闘える。ソールとの連携で、ガイナス兵は次々と斃れて行く。すでに射撃距離一〇〇メートルを切っての戦闘だが、おかげでスタッフカーからのアサルトライフル射撃が有効になってきた。

爆弾は相変わらず投げつけられるが、戦術AIの指示に従い、危険度の高い奴から銃撃しているため、分隊は満身創痍だが、幸い死傷者はまだ出ていない。

だがマイア先任兵曹長の誤算がここにあった。ガイナス兵はマイアには向かわずに、ひたすらスタッフカーに攻撃を集中していた。

たしかに、より重要なものへの関心を敵から逸らすために陽動を行うのだから、敵からすればそれを無視するのが合理的だ。

彼はこのとき、人類とガイナスの根本的な思考法の違いを思い知らされた。人類が歴史の中で会得した陽動などの基本戦術の幾つかは、人間の心理に基づいている。それに対して利得損失が行動を左右すると思われるガイナス兵相手では、意味を失ってしまうのだ。

その間にも彼の視界に表示される状況は、ソール軍曹のASの損傷具合が急激に拡大していることを示している。

「戦闘不能、脱出します」

ソールがスタッフカーに合流し、分隊の稼働可能なASは一機だけになった。

マイアがスタッフカーに向かおうとしたとき、奇跡が起きた。突如として、周囲のガイナス兵がはじけ飛んだ。

すぐにマイアの視界の中に、いままで存在しなかったアイコンが現れる。同時に中隊本部からの通信も明瞭になった。

「こちら派遣艦隊分遣隊指揮艦ナカ、制空権を確保。現在、軌道遷移中のため貴中隊への火力支援は一五分しかできない。敵情報送れ」

「貴艦の支援に感謝する」

士気を鼓舞するためか、シャロン中隊長と巡洋艦ナカの艦長との会話は、中隊全体に開放されていた。

もっとも、上空からのレーザー火力支援に必要なデータは、戦術AI相互にやりとりされている。だから巡洋艦ナカの艦長がコンタクトをとる前に、火力支援が行われたのだ。

巡洋艦ナカの戦術AIは偵察分隊の周辺がもっとも危険と判断して、周囲のガイナス兵を一掃したらしい。壁を成して偵察分隊を包囲していたガイナス兵の姿は、再び周囲数百メートルの範囲まで後退した。

ＡＳの戦術ＡＩはガイナス兵の数を、わずか三七と表示していた。脅威度はどれも低い。ただ仲間がレーザーで一掃されたというのに、ガイナスの残存兵は何事もなかったかのように、味方の屍を踏み越えて前進してくる。全速力で、爆弾を持ち、槍を持ち、刀を持って。

だが彼らはＡＳの機銃掃射で、すぐに掃討されてしまった。

「こんなに早く増援がくるとは思わなかったわ？」

シャロン中隊長の疑問は中隊全員のものだった。

「貴中隊からの報告を分析した結果、第三管区司令部の戦術ＡＩが、出動できるだけの艦艇で支援すべきとのヴァリアントを提示した。司令官はそれを了としたわけだ。

じっさい状況は逼迫していた。悠長に減速して衛星軌道に乗っている暇はないんで、強引に減速してここにいるだけだ」

シャロンの戦術ＡＩはナカの軌道を描き、艦長の言葉を裏付けていた。

巡洋艦ナカは、最短時間で天涯に到着するために、高速で接近し、急減速で軌道に乗ろうとしていた。それが完了していないから、上空からの火力支援時間が限られる。

「ともかく中隊長として、貴艦には感謝する。敵兵は一掃され、現在我々は残敵掃討中だ。その高度で、よく命中するわね」

「貴官がヒントをくれたのではないか、シャロン少佐。氷海にレーザーを当てれば、赤外線スポットができる。それを弾着観測に使い、照準を調整すればご覧の通りだ。ナカがレーザー砲艦に改造済みなのも幸いした」

シャロンは艦長の言葉の裏にある、高い技量を感じた。自分の送った戦術を短時間に咀嚼し、自分のものとした人間がここにいるのだ。

「とりあえず小職の戦術が、貴官の戦術の参考となって何よりです」

「本艦の他に増援として、駆逐艦カゲロウとヤヨイが向かっている。緊急時なので、まだ減速には入っていない」

ナカが中隊と交信可能な領域に留まれる時間は限られていたが、その間にも鮮明な敵情を送ってきた。

「貴中隊は我々とともに七〇〇〇からのガイナス兵を一掃した……いや、ちょっと待て」

ナカの艦長の言葉に呼応するように、戦術AIがシャロンの目の前で、天涯にて異変があることを告げる。

「なに、新手？」

ガイナス兵が巡洋艦の火力支援で一掃されると、ガイナス艦の地下で再び赤外線が活発化する。その状況を中隊本部は巡洋艦と共有していた。

「これがガイナス兵の覚醒としたら、二〇〇から三〇〇体の規模と戦術AIは予測してるわ」

シャロンは戦術AIの分析に、中隊の行動を決めかねた。さっさと撤退するか、それとも増援が制空権を確保するまで戦線を維持するか。

「こちらも確認した。残念だが、ここから火力支援を行おうにも角度が悪すぎる。軌道エレベーターを切断しかねない」

確かに艦長が言うように、ナカは地平線に隠れようとしていた。

「方法は無いの？」

「なくはない。カゲロウもヤヨイも減速前だ。軌道に乗っていない二艦から対地攻撃用のミサイルを撃ち込めば、高速で地下の敵拠点を破壊できる。ピンポイントで狙えるなら、軌道エレベーターは無傷だ」

「照準は？」

「ナカからは無理だ。そっちからFOを出してくれれば、データを転送してミサイルに送れる。可能ならレーザー照準で支援してもらえば完璧だ」

「自分が位置に就きます」

マイア先任兵曹長がそう、二人の会話に加わる。

「激戦の後だぞ先任、できるのか?」

「中隊長、稼働するASで敵に近いのは自分だけです。外付の通信モジュールもある。レーザー照準器は、ASの標準装備です」

「バディなしなんだぞ、先任」

「バディはなくとも、仲間がいますって」

「先任……ありがとう」

「中隊長、これは給料分の仕事です」

マイアはASを前進させた。低重力で移動はそれほど困難ではないが、夥しいガイナス兵の死体の山を越えて行くのは、やはり気持ちを荒《すさ》ませた。

どうして彼らは人類とコンタクトをとろうとしないのか? 技術的にはできないはずがない。だから、コンタクトをとらないのは彼らの意思だ。

しかし、これほどの犠牲を生んだというのに、なぜ彼らはコンタクトという選択をしないのか?

むろんガイナスとコンタクトをとっても、最終的には戦争になるかも知れない。だがそうであったとしても、コンタクトというプロセスは必要なはずだ。

人類とガイナスの意識の差は、とてつもない深淵を持っているのかも知れない。マイアはそんなことを思う。ともかく何か抽象的なことでも考えないと、目の前の光景を押しやることができない。

ガイナス兵の死体の山を抜けると、氷原に横たわるガイナス艦の姿が見えた。至近距離でわかったのは、地下の活動の影響からか、着陸し破壊された八隻のガイナス艦はかなりの部分が氷海に沈んでいた。一隻などは、艦首の一部以外は氷海に埋もれている。いずれも推進機のある側が沈んでいるのは、動力部が生きているためだろう。そうでなければ、七〇〇〇あまりのガイナス兵の武装はできない。

「座標はどうだ？」

若干の遅れとともに巡洋艦ナカより返答が戻る。通信の遅れは、すでに地平線の向こうにいる巡洋艦とのデータリンクを、ゲンブの通信機能を用いて中継しているためらしい。だから返答は音声と文字だけだ。

「確認した。いま減速前のカゲロウとヤヨイに転送した。減速と同時にそれぞれ四発のミサイルが発射される」

「ガイナス艦一隻にミサイル一基か？」

「仕事は丁寧にしないとな。すぐに本艦は貴官との通信もできなくなる。

計画ではミサイルは一〇分後に弾着する。目標指示装置でレーザーを適当な一隻に照射してくれれば、あとはミサイルが相談して一基一殺で弾着する。弾着一分前から三〇秒だけ照射してくれれば、ミサイルは確実にガイナス艦と地下拠点に命中する。残り三〇秒で……」

巡洋艦ナカとの通信は途絶えた。残り三〇秒で、というのはミサイルの照準が定まり、弾着するまでの三〇秒間に脱出しろということだろう。時間的余裕のある仕事ではない。

「先任、ミサイルからパラメーターを受信した。あと九分二四秒後に弾着する。データに従って、レーザー目標指示装置を作動させて」

マイアのASも、転送されたミサイルのパラメーターを表示する。

「ミサイルは氷海の中まで貫通して起爆する。その位置でASにいる限りは、衝撃に耐えられる」

シャロン中隊長の言葉に、マイアはほっとした。彼女の声で、自分の安全が確認できたからだ。

「あと八分少しで目標指示装置作動ですか、中隊長」

「そうだ、どうした先任」

「いえ、ちょっとその前に片付ける仕事がね」

予想すべきことだった。五〇体ほどのガイナス兵が、ASに向かって近づいて来る。

地下にはまだ何千体もいるという話だが、とりあえず覚醒したのがこの五〇体だろう。

残弾は補充したとはいえ、戦闘を行ったばかりだから、ギリギリだ。幸い槍や爆弾を持ったガイナス兵はいない。

マイアは、視界の中にタイマーを表示させる。赤字の表示は、誘導レーザーを照射するタイムリミットを表示する。

天涯が厄介なのは、小さいから地平線が近く、そして氷原なので高台もないことだ。つまり標的に接近しないと照準ができない。距離の問題だけなら、スタッフカーの上から照準するという手もあったが、角度的には精度が出ない。人間がミサイルのAIに合わせてやらねばならないのだ。

マイアは機銃を三点射に切り替え、照準をAIに委ねて前進する。青文字で残弾も表示させ、戦闘にはいった。

最初は順調だった。先ほどまでの戦闘で、ガイナス兵たちは何かを学んだのだろう。彼らは最初のように横に広がるのではなく、正面を狭く、奥行きを深い配置で、前進してきた。

だが単機で前進するASには、むしろその方が好都合だった。数で包囲されたら、そっちの方が厄介だ。

三点射で正面のガイナス兵を斃しながら、マイアのASは進む。どこを照準すべきか、巡洋艦ナカが送ってきた画像から、彼は当たりを付けていた。

着陸しているガイナス艦を破壊するだけなら、このデータだけでもいいのだろう。しかし、軌道エレベーターの基部を無傷で確保するなら、正確無比な照準が必要で、そのためには目標点のレーザー照射が必要だ。

結局のところ、降下猟兵第七中隊の目的は、準惑星天涯の軌道エレベーター奪還にあるのだから。

三分ほどでガイナス兵は半減した。そこで相手は、陣形を転換した。最初の方法が上手く行かないからやり方を変える。犠牲者数さえ無視すれば、合理的な判断だ。

ガイナス兵は三つの集団に分かれ、そのまま接近速度を上げてきた。

「三点射解除！」

こうなったらフルオートで撃つしかない。

するとガイナス兵たちは、いきなり刀を投げつけてきた。回転しながら接近する刀を、ASの戦術AIは撃ち落とさなかった。戦術AIは先ほど槍は学んだが、回転して接近する刀については、非常識すぎて脅威度の判定もできない。

数個の刀が命中する。すぐに警報が視界に流れる。装甲は破られてはいないが、右肩の機銃が使えない。ガイナス兵はASではなく、その機銃を排除すべき脅威と判断したのだ。

右機銃をシステムから切り離し、左機銃だけで戦闘を続ける。戦術AIは今度は刀も機銃で撃ち落としたが、残弾は半分に減り、さらに刀の分だけ消耗が激しくなる。

そして戦術AIは、地下からさらに一〇体のガイナス兵が現れたと告げる。マイアは暗算する。明らかに弾が足りない。そして時間の猶予は三分もない。

彼はアサルトライフルに目をやる。本気で、こいつの世話になりそうだ。

「先任、下がれ！」

シャロン中隊長の声を聞いて、マイアは、ASを後退させた。そのタイミングでLIVGの砲弾が、ガイナス兵の上空で炸裂する。破片がガイナス兵を切り刻んだ。

シャロン中隊長はマイアのASを巻き込みかねないから、LIVGの使用を躊躇していたのだろう。しかし、背に腹は代えられず、砲撃に踏み切った。

じっさい装甲に破片が当たる音がした。いま彼のASの表面は、破片痕であばたとなっているはずだ。

幸い若干のコンポーネント以外は、ASは正常だ。ミサイル誘導用のレーザー目標指示装置も無事だった。

「一分、切ってるじゃねぇか」

目標指示装置からレーザー光線を照射するには好都合な位置に進出できた。その時だった。マイア先任兵曹長は、ASが何かに叩かれたという衝撃を感じた。

「なんだ、こいつは！」

偶然なのか狙ってのことか、氷の窪地に隠れていたガイナス兵がいた。そいつが左機銃に対して刀を振り下ろしてきた。左右非対称なガイナス兵は、長い方の太い腕を振り上げれば、ASの身長を超える。

ASの出入りは正面装甲部分を上下に開閉して行う。だから真正面に立たれるとハッチの開閉もできず、アサルトライフルさえ使えない。

攻撃を封じられている間に、ガイナス兵は刀を何度も何度もASに振り下ろし、視界の中のダメージ報告は数を増して行く。だが目標指示装置はまだ無事だ。

「こっちは時間がないんだ！」

マイアは破壊された右機銃の銃身の固定を解除すると、その銃身をガイナス兵の頭部に打ち下ろした。三度叩いて、ガイナス兵は倒れた。

マイアは、すぐに目標指示装置の照準を定め、レーザー光線を照射する。

三〇秒と言われていたが、二〇秒でミサイルのAIより照準完了の応答が届く。マイアは満身創痍のASを稼働させ、地平線へと向かう。中隊本部とは離れるが、窪地を見つけていた。たぶんガイナス艦が強引な着陸を行った時にできた溝だろう。

マイア先任兵曹長はモニターで上空を見る。おそらくは毎秒十数キロで接近するミサイルを、目視で確認はできない。大気でもあれば多少は期待できるが、天涯にあるのは、真空と比較すれば濃いレベルの大気でしかない。

結局、ミサイルの弾着は、足下から突き上げるような衝撃波により知った。マイアは、そして窪地で虹を見た。氷海の氷が融け、周囲に水蒸気の大気が生じ、光源となる強い熱が発生して、それが奇跡的な虹になったのだろう。

「死んだ爺様が言ってたな、人間、死ぬ間際には、綺麗なものが見えるって」

＊

ガイナス艦を目指した八発のミサイルは、恐るべき速度で直撃し、その地下施設らしき部分をも破壊した。その様子は、ミサイルのカメラが送信してきた画像により確認された。

八発すべてが、カメラの中央にガイナス艦の姿を捉えていた。

シャロン中隊長は、降下モジュールの中で、その様子を確認し、何度も再生した。ミサイルが命中したことは、氷原を伝ってきた衝撃波でも確認された。

だが彼女が確認したかったのは、マイア先任兵曹長のＡＳの場所だった。おおよその位置は一瞬だが確認できた。ただ無事かどうか、それがわからない。

木っ端微塵になったガイナス艦の破片が空中に飛散し、チャフのように電波通信を阻害しているからだ。起爆した弾頭により、一部が水蒸気化し、破片の挙動を複雑にしていることも通信状態を悪化させた。

真空の天体なので、通信の悪化は数分で収まるはずだが、シャロン中隊長は、ともかくマイアの無事を真っ先に確認したかった。

軌道エレベーターが無傷かどうかよりも、彼女にはそちらが重要だった。

マイア先任兵曹長は、たった一体残っていたガイナス兵と白兵戦を演じて勝利した。しかし、そこから先の安否はわからない。ミサイルがガイナス艦に見事に着弾し、マイアのASは衝撃波から安全な距離だけ離れていた。理屈では生きているはずだが負傷している可能性はある。ASはかなり損傷を負っており、設計強度を維持しているかわからないからだ。

その損傷程度やマイア先任兵曹長のバイタルデータがさっぱり入って来ない。ミサイルの弾頭が起爆したタイミングでの途絶だけに、不安が募る。

それでも電波状態が改善すればと、シャロンは自分に言い聞かせていた。だが電波状態が回復しても、ASとの通信は復活しない。

あの場所にいれば、ミサイルの影響は受けないはず。それはわかっていたが、シャロンの不安は時間とともに大きくなる。

「中隊長、マイア分隊長のASとの通信が回復しました」

ロズリン副長が興奮気味にシャロンに報告する。

「本当か！」

「ただ回線容量が細いのでVRモードは使えません」

「生きてればそれでいい！」

シャロンは、マイアとの回線を自分のコンソールに繋ぐ。とりあえず解像度は粗いが映像は届いた。

「どーも、中隊長、すいません。氷のみぞにかくれていたら、ミサイルのせいで氷に埋もれちゃって、出てくるのに一苦労でした。アンテナがすこしいっちゃったかな」

「高利得アンテナに少し不具合があるようだが、通信は明瞭だ。しかし、ASのダメージ報告と貴様のバイタルデータは入ってこないぞ？」

「あぁ、中隊長、それは自分がきりました。電気、せつやくしたいから」

「おい、マイア先任兵曹長、大丈夫か？」

「自分はだいじょうぶですよ、けがなんかありませーん。ただガイナスのやつが刀でASをたたいたのが、よくないなぁぁ」

「何かトラブルか？」

「けがはないんですけどね、僕は、でさぁ、ついでに酸素もないんですよぉ。ASの酸素たんくが壊れたんだなぁ」

シャロンは血の気が引いた。ここにきてこんな馬鹿なことがあってたまるか。彼女はすぐに偵察分隊のスタッフカーに救援を命じるが、彼らも満身創痍であり、ASもないためどうにもできない。

本隊からスタッフカーを出させたが、マイアの酸欠がいつから起きているかがわからない。彼の酔っ払ったような反応から考えて楽観はできない。

「先任、酸素の残量は幾らだ！」

「えぇとぉ、赤い文字でゼロと小数点と、幾らかなぁ三かな」

「操縦服の酸素はどうなんだ！」

「それをつかいはたしてぇ、ASのぉ、燃料でんちのぉ、酸素を使ってるんですぅ、でもぅぅ、なんかぁ、もれてるんですよねぇ」

ASの搭乗員は緊急時には軽量宇宙服にもなる操縦服を着用し、ASに損傷が起きたなら、操縦服の酸素に切り替わる。しかし、どうもASの故障で、マイア先任兵曹長は操縦服の酸素を使い続けていたらしい。

それに気がついて、ASの燃料電池の酸素セルを繋いでいた。だが酸素セル自体も漏れており、彼の酸素は底をついていることになる。

「電気くうからヒーターもとめたんですけど、さいしょさむかったけど、なんか暖かくなってきました」

「おい先任寝るな！」

「でも眠たいっすよ、なんか気持ちいいじゃないですかぁ、寝るのって」

「寝るな、命令だ！　この先も生きることを考えろ！　生きる希望みたいなのは貴様にもあるだろうが！」

「ありますよぉ、ぼくだって、生きるぅ、希望くらい」

「なんだ、言ってみろ！　自分にできることなら協力するわよ！」

「わぁ、嬉しいなぁ、あのねぇ、あのねぇ、僕ねぇ、中隊長のこと好きなんですよ、美人でかっこいいじゃないですか」

「はぁ!? 何を言ってるんだ、先任！」

「だからぁ、僕のゆめですよぉぉだ。ねぇ、シャロン、僕が生きてもどったらぁ、一発やらしてくれるかなぁ」

「何を言ってるんだ！」

「やらしてくれないなら、僕ねるもん」

「寝るな！　一発でも二発でもやらしてやるから、生きて戻ってこい！　生きるために知恵をつかえ！」

「わーい、うれしいなぁ。いいこと思いついちゃった、ここから出ようっと！」

「馬鹿、マイア、ASから出るな！　死ぬぞ！」

ASのハッチの開く光景とともに、マイア先任兵曹長からの通信は途絶えた。

エピローグ

「で、どうやって助かったんだ、先任？」

ロズリン副長は、そう言いつつ、マイア先任兵曹長のベッド脇に、病室の隅にあったスツールを移動し、腰掛ける。

そこは準惑星禍露棲にある第三管区司令部の衛戍病院の一室だった。マイア先任兵曹長は個室をあてがわれ、バイタルモニターをつけられた状態で、ベッドに寝ている。戦闘の影響か、青痣もなまなましい。

第七中隊のロズリン副長は、フォースレコンの主なメンバーを連れて見舞いに訪れていた。いまはマイアの代行として分隊を率いているラム浅井も、花束を持っている。

「すごく単純な話です。自分のASは外付けの通信モジュールを装着していたじゃないですか。あれはASとは独立した電源です。だから外に出て、通信モジュールの燃料電池から酸素セルを取り外せば、問題解決です。燃料電池も操縦服も、酸素セルのソケットは同規格でしたからね」

「それを、あの時に思いついたのか？」

ロズリンはいささか呆れた表情で尋ねた。

「ええ、だってASの酸素がゼロなのに、電力消費の激しい通信モジュールが生きてるのっておかしいでしょ。それに気がついたんで」

「お前なぁ、そういう説明は、ハッチを開ける前にしろよ。あの時なぁ、中隊長はお前が死んだと思って泣いてたんだぞ」

「そうなんですか、信じられないな」

「どうして、あれで、あの人は情に篤《あつ》いんだぞ」

「だって、病室に入ってくるなり、僕のことボコボコに殴るんだよ。負傷兵なのよ、僕は」

それもまたロズリンには意外な話だった。シャロン中隊長が自分たちより先に見舞いに来ていたとは……。

「えっ、その痣、負傷時のじゃないの？」

「ASに乗っていて、どうしてこんな痣ができる？　怪我をしないためのASじゃないですか。ヘルメットだって被ってるのに。あれ、どうしたの副長？」

「いや、先任の見舞いに中隊長も誘ったんだが、断られたんだ。変だと思ったら、なんだ先に来てたのか」

さきほどから花束を抱えたままのラムは、マイアに何か言いたそうだった。

「あの、いいですか、先任？」

「なんだ、ラム？　あっ、その花束なら、看護師さんに頼めば活けてもらえるらしい」

「いや、そういうことじゃなくて、もっと中隊にとって大事なことです」

「なんだ？」

「先任、中隊長と一発やったんですか？」

「……おい、誰か、この馬鹿、病室からたたき出してくれや！」

＊

惑星壱岐における壱岐派遣艦隊司令部の現地事務所は、首都の官庁街に近いホテルを借り切る形で開設された。これは契約であり、会計実務に責任を持つ火伏兵站監も、「接収」という単語は神経質なまでに避けていた。

現地事務所開設にあたっては、盗聴器の有無なども徹底して調べられたが、壱岐星系政府もそれは予想していたのか、特に不穏な点はなかった。

現地事務所で働くスタッフの八割は兵站監の部下であった。現地雇用は少なく、出雲星系からの出向者が多い。ただ現地企業との契約は積極的に行われていた。

ガイナスとの地域紛争――公式には現状が戦争とは宣言されていない――に関連して、壱岐星系経済に占めるコンソーシアム艦隊との契約額は小さいものではあったが、無視できる水準ではなかった。

そうした中で、壱岐派遣艦隊司令長官直属の部局は、比較的奥まった場所にあった。いまそこは、増員された文官たちでごったがえしていた。

その多くは各種メディア関係者や心理学者などである。

「六人で一万の敵兵を倒した降下猟兵の英雄たち！」

天涯戦での勝利を五星系世界の各種メディアにどう露出させるか、どう訴えるのが効果的か？　そうしたプロパガンダ戦略を検討するためだ。壱岐派遣艦隊司令長官職の水神准将は、そうしたプロパガンダ戦略の陣頭指揮にも立っていた。

「このプロパガンダの要点は、異星人を恐れる必要はないことを市民に理解させる点にある。異星人といえども人類が太刀打ちできない超絶技術など持っていない。そこを強調するのだ」

水神は、幾度となく、この基本方針をスタッフに徹底する。

「ガイナス恐るるに足らず、ですね」

そう口にしたスタッフに、水神司令長官は首を振る。そう、このスタッフのように、プロパガンダを理解できない人間は少なからずいる。

プロパガンダを作る才能以前に、それを理解できる才能が必要だ。水神はそう感じることが多い。

「そうではない。敵を侮《あなど》るプロパガンダでは駄目だ。敵を恐れず、しかし、侮らずだ。コンソーシアム艦隊は公平な視点であるという印象を与えねばならない」

「公平に見て、敵は恐れる必要はないが、警戒は必要だ、あたりですか？」

それは別のスタッフだ。彼も前は話を理解してくれなかったが、今は違う。才能を開花させるにも教育は必要だ。

「そう、そんなところだ。

ガイナスに関しては、天涯での戦闘で少なくない情報が手に入った。それでも、彼らについては分からない点が多々ある。

この先の戦闘も地域紛争で収まるのか、全面戦争にまで拡大するのかわからん。市民には、事態がどう展開しても、動揺せずに我々に協力できるような心理状態でいてほしいのだ」

もっとも水神准将は、自分の送った情報が本国でどう料理されるのか、それに対しては一切タッチできなかった。それは左近コンソーシアム艦隊司令長官と殿上星系連合政府首席執政官のやり取りの中で決まるだろう。

すでに左近からは、シャロン紫檀について、「戦功多大なるを以《もっ》て、二階級特進」の辞令が届いていた。つまりシャロン中隊長は少佐から大佐になる。

それは降下猟兵の英雄譚に華をそえることになる。ただ水神は、シャロンの昇進は戦意高揚では終わらないと考えていた。単純に考えるなら、降下猟兵中隊の中隊長から連隊長の職に昇進となる。

今回の戦訓からは、降下猟兵の編制について大規模な改変が加わると考えるのに、それほどの想像力は必要あるまい。

じっさい艦隊司令部のプロパガンダ戦略に異を唱えはしないものの、水神との非公式なミーティングでシャロンは、今回の勝利は幸運以外の何物でもなく、降下猟兵については多くの改善意見があるように見えた。

それでも壱岐星系政府主催のレセプションで、二五〇名あまりの降下猟兵たちは、真新しい軍服を着用し、メディアの演出もあって多くの市民の共感を呼んでいた。

幸か不幸かシャロン紫檀はかなりの美貌の持ち主であり、知的な受け答えも相まって、多くのファンを生んでいた。じっさい公開されたレセプションの翌日には、事務所であるホテルに「降下猟兵になりたい」という若者が列を作ったとも聞いている。

結婚以来、どんな美人を前にしても興味の無くなった水神魁吾であったが、シャロン紫檀には確かに好意を抱いた。しかし、それはシャロンが美人だからというよりも、妻に似ているからであった。

派遣艦隊の将兵への郵便物などを運ぶ伝令艦からは、毎日、真理恵からのビデオレターが届いていた。そうして赤ん坊の成長を真理恵は水神に伝えていた。

赤ん坊のうちに我が子を抱くことができるのだろうか？　水神は自分たちの作り出したプロパガンダ映像を見ながら思う。

そんな彼も数日続いたレセプションが一段落した後、再び戦隊指揮官制母艦ズームルッドに戻るべく、公用車を軌道エレベーターまで向かわせる。

「ちょっといいかな？」

水神の返事も待たずに乗り込んできたのは、火伏兵站監であった。

「なんだ、兵站監も上に戻るのか？」

「いや、俺はしばらく下にいる。司令長官殿をターミナルまで送ったら、事務所に戻るよ」

「夜の街中をドライブするなら、お前より真理恵との方が楽しいんだけどな」

「そう嫌うなよ。お前とのつきあいは真理恵さんより長いんだ」

強引に乗り込んできた火伏は、公用車の広いコンパートメントで、小さなテーブルを挟んで、水神と対面の席に着く。

「説教か」

「わかる？」

「長いつきあいだと言ったのはお前だろ。で、なんだ？」

「お前のプロパガンダ戦略だ。全否定するつもりはない。人類初の異星人との戦闘状態というなかで、市民の不安を払拭する明るい情報が必要なのは自分にもわかる。

降下猟兵第七中隊は精鋭部隊で、二五〇人の人員が一万のガイナス兵を降した。自己犠牲の精神でミサイルの誘導を行った兵士がいて、指揮官は女優なみの美女だ。多くの英雄がいて、プロパガンダの材料には事欠かない。

だが自分は、多くの部分で肯定しがたい」

「プロパガンダとして失敗だからか？」

「いや、成功だろう、大成功だ。だから問題なのだ。

水神、どうして我々は軍隊という組織を作ると思う？」

火伏は、コンパートメントの小さな冷蔵庫を指で差し、カクテルでも作ろうかと身振りで示すが、水神は首を振る。

面倒な話をする時は、火伏はいつも変な気を使ってくる。

「抽象的な質問だな。ここは士官学校じゃないんだ、話を進めてくれ」

「ならば、軍隊を組織化する理由。それは暴力装置で凡人を戦力化するためだ。歴史を見ればわかる。少数精鋭のエリート部隊では、戦闘では勝てても、戦争という大きな枠組みでは勝てない。

少数精鋭と言うと聞こえはいいが、要するに組織の不備を、少数の有能な人間への負荷で凌《しの》いでいるに過ぎない。

勝てる軍隊とは、凡人を戦力化できる組織なんだよ。機構がしっかりしていれば、凡人が粛々と与えられた仕事をするだけで、組織は目的を達成でき、つまり勝利することができる。

兵站とは、凡人による軍隊組織を、正常に機能させるための機構だ。だから軍の組織が健全であり、兵站が機能しているなら、英雄など生まれない」

火伏のそんな考えは、水神も昔から知っている。ただ、頭では理解できても心情的に納得できなかった。軍隊は英雄を否定するという火伏の立場に、いまだ反発があるのである。

「軍隊に非凡な才能が入る余地はないというのか？」

「そうは言わん。あえて非凡な才能というなら、それは指揮官にこそ要求される。有能な指揮官が、自分の部下たちに適切な指示をだすなら、あとは凡人たちの軍組織が機能するだけで目的は達成される。

よく言うだろう。ゼロが幾ら集まってもゼロだが、トップが一なら一〇にも一〇〇にもなるって。

その場合の指揮官もまた、英雄の称号を手にするかも知れないが、それは組織管理の成功者としての英雄だ。勝利が英雄を作り出すのであって、英雄が勝利を生むわけではない。勝利とヒロイズムとは本質的に無関係だ」

「英雄が生まれるのは組織が不完全だから、と言うのか？」

「というより、兵站の失敗が英雄を生む。戦場で英雄を必要としなくとも、組織の目的を達成できるのが兵站の理想、あるべき姿だ」

「だとすればだ、それは兵站監の仕事であって、プロパガンダとは関係ない……」

そう口にしかけて水神准将は気がついた。降下猟兵第七中隊の派遣に際して、兵站面の準備を主張した火伏兵站監に対して、戦機を優先して部隊派遣を決定したのは、自分である。

「司令長官である自分の判断ってことか。確かに兵站監は自分の隷下にあるな」

「いや、そういう風に、問題を矮小化しないで欲しい」

「どういう意味だ？」

水神は嫌な予感がした。火伏は物事の本質をつかむのが得意だが、結果として話はいつも遠回りになる。

「兵站監として、自分も降下猟兵第七中隊には話を聞いた。シャロン大佐は間違いなく逸材だ。英雄の資格十分だ」

「お前が彼女を褒めるとは意外だな」

「そうか？　有能な人材は評価して当然だ。

そもそも彼女の作戦目的は準惑星天涯の奪還ではなく、ガイナスに関する情報収集であり、その意味では威力偵察だった。

そして彼女は作戦目的を達成したばかりか、天涯奪還も実現した。しかし、彼女はそれを幸運だっただけと分析していた。謙遜ではなく、職業軍人としての分析でだ。

彼女は自分たちの兵力が過小であることを誰よりも理解していた。だから、作戦目的を威力偵察に設定し、状況が悪化した場合には、すぐに撤退することを決めていた。

なるほど予想外のことは多々起きたが、彼女は適切な采配を降した。あの状況での想定外を論難するのは可能だが、それは酷というものだ。

それでも彼女の自分の采配への評価は厳しい。死傷者がでなかったのは、奇跡であり、無傷で生還したマイア先任兵曹長のような部下たちこそが英雄だと。あれこそ逸材だ」

「それは自分も同意見だ」

水神は火伏が何を問題としているのか、いまひとつ見えない。シャロンは、北方特殊機械製造所の件もあって、火伏兵站監をあまり評価していないようだった。それは火伏もわかっているらしい。それでも彼はシャロンを英雄と評価している。何が問題か？

「逸材だからこそ困るのさ、その有能さが」

「有能で何が困る？」

「水神もわかると思うがな、あんな逸材は全軍でも数えるほどしかいない。コンソーシアム艦隊の構成員の大半が凡人だ。それこそ我々の組織の健全さの証だ。それでもちゃんと部隊は機能しているのだからな。

なぁ、凡人と英雄の違いってわかるか？」

水神は、車内の時計を見る。火伏が乗り込んできて、まだ一〇分と経過していない。いましばらく時間切れで議論を終えられそうにはない。

「今日は謎々デーだな。能力の違いじゃないのか？」

「ちょっと違う。英雄は自分を凡人と思っている。より高い水準を知っているからな。凡人は逆だ、高みを知らぬがゆえに、自分を隠れた英雄と思ってる」

「それで？　それがプロパガンダの問題とどう関わる？」

「降下猟兵第七中隊は降下猟兵部隊の中で、戦術研究や装備の実戦テストも行う精鋭部隊だ。全員が基本戦術や戦技に対する豊富な知識と経験を有している。プロ中のプロだ。そうした精鋭だからこそ、演習や実験で起こる想定外の事態にも適切に対処できる。

だから、あのガイナスとの想定外の戦場で死傷者も出さず、作戦目的を達成できた。

だが、プロパガンダで描かれた降下猟兵第七中隊が精鋭である根拠は、困難にも挫けない精神性だけであり、それが奇跡を生んだように描かれている。勝利への不屈の闘志みたいな精神論だ。たしかに戦意向上や士気を高める上では、それは必要だろう。

しかし、あのプロパガンダによって、我々は大きなツケを払わされることになるだろう」

水神は火伏に苛立ちを覚えていた。その一方で、友人としての信頼も感じていた。人は信用できない人間に、諫言《かんげん》はしない。

「どんなツケだ？」

「凡人たちが英雄になろうとする。兵站の常識は無視され、冒険主義に走る指揮官が続出する。それにより多大な犠牲が生まれる。

冒険主義はすぐに終わるとしても、死ななくてもいい人材が無駄に死ぬことになるんだよ。

英雄でも凡人でも、人類には違いない。そして我々が守るべきは、その人類だ。そして無駄死にから英雄は生まれない、いや、それを英雄にしてはいかんのだ」

水神は、そこで火伏の抑制した怒りを確かに感じた。

「兵站監は、自分にどうしろと言うんだ？　いまさらプロパガンダの変更は利かないぞ」

「わかってる。自分が兵站監として、いや友人として水神に言いたいことは一つだ。我々は苦難の時を覚悟する必要がありそうだ、というそれだけだ」

「士官学校時代から思っていたが、お前はやはり親友なんだな」

「なぜそう思う？」

「火伏と真理恵だけだ、耳に痛い話を懇々としてくれるのは」

「水神だって自分にとっては親友だよ」

「そう思ってくれるか」

「あぁ、面と向かってこんな嫌な話をしても、殴ってこないのはお前くらいだ」

＊

準惑星禍露棲にある第三管区司令部は、それ自体が一つの都市であり、狭義の司令部施設は全体の一割程度で、星系防衛軍の各種施設を除けば、半分が都市居住区であった。

基本的に禍露棲は要塞として考えられており、内惑星よりもはるかに強い宇宙線を避ける意味でも、都市居住区も地下にあった。

巨大なドーム状の空間に、惑星壱岐の都市のような町並みが作られていた。低重力に適応するように品種改良された樹木の茂る公園もあり、天井のプロジェクションマッピングにより、空も描かれている。ブレンダ霧島の官舎は文官ブロックの一等地にあった。

高層マンションのように見えるが、それは天井を支える構造材も兼ねている。その見晴らしの良い幹部用官舎がブレンダの住居だった。

一人暮らしには広すぎる家だったが、夫の生還を信じている彼女は、決してここから出ようとはしなかったし、セリーヌ司令官もまた、そんなことは要求しなかった。

そこは巨大な洞窟に過ぎないとはいえ、空の明るさは壱岐標準時に従い変化する。ブレンダは、深夜に帰宅した。

彼女自身の必要性からすれば、帰宅することなく、仕事場で寝泊まりしてもいい。職場のラボには宿泊施設もあり、職員は三直で動いているため、食堂はいつでも開いている。いま家に夫はいない。それなら彼女一人が帰宅する意味もない。育《はぐく》むべき家庭がないのだから。

それでも帰宅するのは、スタッフのためだ。リーダーである彼女が帰らなければ、スタッフも帰宅できない。

それでもここ数日は、帰宅が躊躇われなかったと言えば嘘になる。理由は、準惑星天涯から回収された夥しい量のガイナス兵やガイナス艦の残骸調査があるからだ。

調査チームは壱岐派遣艦隊ではなく、コンソーシアム艦隊司令部直属の調査チームが派遣され、ブレンダたちもその下に組み込まれた。

それでもいままでの経緯から、彼女は壱岐星系側の調査チーム全体の統括を担当し、実質的なナンバー2のポジションにいる。

ガイナス兵については、出雲星系を中心とする科学者チームが天涯と禍露棲に分かれて調査を行っていた。基礎的な生命科学のような地味で蓄積のいる分野は、壱岐よりも出雲の方が研究者の質や量、さらには機材面でも一日《いちじつ》の長があった。

壱岐星系の国力の発展がめざましいとはいえ、基礎科学への投資は十分とは言えず、投資の中心は科学ではなく工業技術が中心だった。

だから壱岐星系のチームが主に担当するのは、ガイナス兵の宇宙服や回収できた機材などである。ガイナス艦はミサイルの直撃を受けて木っ端微塵になったので、破片の分析こそ可能だったものの、宇宙船としての解析は絶望的だった。だから宇宙服などの解析が重要となったのだ。

為すべき作業は膨大だったが、スタッフの数は少ない。母惑星からの増援はあったらあったで、それらの組織化という厄介な作業がある。だからここ数日の彼女は、科学者というより、組織管理者としての仕事を強いられていた。

それでも深夜にもかかわらず帰宅するのは、やはりスタッフを帰宅させるためだ。短期で解決がつく問題なら、多少の無理も許されよう。

しかし、未知の異星人の工業製品の解析は年単位の時間がかかるだろう。研究室も戦場なら、この戦争は長期戦が避けられない。だからこそ、スタッフに無理は強いられないのだ。

マンションの建物はブレンダの個人認証を済ませているので、ゲートもドアも自動で開き、自動で閉じる。

そうして帰宅して、着替えて、リビングでくつろいでもすることはない。食事は食堂で済ませた。寝るには少し早い。夫のフリッツがいた時は、一緒にワインを嗜《たしな》むのが楽しみだったが、いまは飲酒の気分ではない。

寝るまで何も考えない。それがここしばらくの彼女の生活だ。

「タオ迫水筆頭執政官とセリーヌ迫水第三管区司令官が入室許可を求めています。いかがなさいますか？」

官舎のエージェント機能が、来客があることを告げる。他の人間なら追い返してしまうところだが、この二人を邪険に扱うわけにはいかない。直属の上司と政府の実力者だ。

「ドアを開けて、ここまでお通しして」

くれぐれも無礼がないように、などとは言わない。AIに言ったところで理解できないし、相手が大物でも、玄関まで出迎える気分でもない。

たとえ不興を買ったところで、禍露棲以上の左遷先などない。強いて言えば占領した天涯だろうが、科学者としてはあそこに行けるなら本望だ。

「お邪魔するわね」

セリーヌ迫水は、普段なら、自宅のように自然にスツールに腰掛ける。

だが今日ばかりは軍の正装で直立している。タオ迫水もまた正装で並んでいた。その異様な雰囲気に、ブレンダもラフな恰好のまま立ち上がる。

「出迎えもせず、失礼しました」

「いいの、こんな時間にやってくる方が非常識だから。ただ早い方がいいだろうと判断したの」

「どういう用件です？」

ブレンダにはわからない。時期的にガイナスがらみの案件なのは間違いないだろう。ただ、あと数時間で通常の勤務時間だ。それほど急ぐべき用件なのか？

さらにわからないのはタオ迫水まで同行していることだ。筆頭執政官が来る理由とは何か？

「順を追って説明します。

出雲星系からの伝令艦により、ガイナスに関する最新の分析結果が届きました」

「生物学的分析結果ですか？　しかし、早すぎませんか？」

こうした分析は年単位の時間が必要なはずだ。ガイナス兵のみならず、共棲している微生物や寄生虫もまた、彼らの生命を知る重要な手がかりになる。

「ガイナス兵の全貌がわかるには何年もかかるでしょう。ただ、分析の初期段階で、重大な事実が判明したのです」

「それをいち早く私に？」

壱岐星系側の科学分析の責任者は自分であるから、出雲星系側の重要情報を共有するというのは理解できる話ではある。だが、こんな時間にすることか？

「現時点においては非公式な情報です」

「つまり公開できない情報ですね」

「さすが、わかりが早いわね」

セリーヌとタオがやって来たのは、この二人のレベルでしか情報にアクセスできないためだろう。

「あなたもシャロン紫檀のレポートは目を通したわよね？」

「はい、あれを読んで、降下猟兵でも頭に脳味噌が入っている人間がいることがわかりました」

「なら、ガイナス兵がメタな意味で、人間に似ている理由について、彼女の見解を支持する？」

「生物としての経済性から手足は四本であり、惑星組成で豊富な元素を利用することで、ヘモグロビンにより血液も赤い、そういう話ですね。

確かに合理的な仮説としてはあり得るとは思います。結論を出すには情報が少なすぎますが」

「なるほど。出雲星系チームの分析では、シャロンの仮説は否定された」

「そうですか」としか、ブレンダには言えない。

「ガイナス兵が人間に似ている理由、それはガイナス兵が基本的に人間であるからよ」

「司令官、お言葉の意味がよくわかりませんが。それは、ガイナス社会では彼らが人間に相当するという意味でしょうか？」

「そうではありません。ガイナス兵の細胞は人類の細胞と同じ構造で、ミトコンドリアがあり、核膜があり、遺伝子があり、DNAがありRNAがある。そしてRNAには差異があれど、DNAはホモサピエンスのそれだ」

「ちょっと待って下さい！　どうしてDNAがホモサピエンスと同じなんですか？　並行進化……いや、あり得ないはずです。サンプルの取り間違えではないんですか？」

「そんな初歩的なミスを犯すと思う？」

そう、幾ら何でもこんな重要な分析で、取り間違いなど起こるはずがない。しかし、ブレンダは納得できない。

「だとしても、それはあり得ないです。人類と同じDNAだとして、どうして左右非対称で身長が二メートル半もある巨人になるというんです！」

「それが役割不明のRNAと関係があると推測されている。ただ骨の成長などから推測して、ガイナス兵は受精卵から二、三年であそこまで成長し、その過程で、本来なら人類として成長すべき胎児は、発生学的に何らかの干渉を受けて、あのような形状となるらしい。回収したかぎりで、すべてのガイナス兵が同じDNAを持っていた」

「クローン……ですか？」

「そう彼らは分析している。

つまりこういうこと。受精卵レベルかどうかはともかく、ガイナスは人類のクローンを量産し、それに対してさまざまな処置を施し、最終的にガイナス兵として成長させる」

「なら、あれは人間……」

「ではない。人類をクローン化し、変異させた左右非対称の巨人には、人類にはない未知の構造が付属していた。それが何をするのかはわからない。

脳幹から脊髄にかけて付着している柔組織で、脳神経系に関わると思われる。その役割はわからない。デリケートで、代謝が止まると組織崩壊が激しいのよ。

ただその組織だけは、遺伝子的な多様性が認められる。そしてその組織がガイナス人の意識を宿しているのではないか、それが出雲星系側の現時点での仮説よ」

「つまりこういうことですか。我々の見ているガイナス兵は、巨人の部分は工場が量産した自動車であり、それを運転している未知の組織がガイナスの本体だと？」

「あいにくとまだ脳神経系の分析は緒についたばかりだ。あの組織は受信機みたいもので、本体は別にあるのかも知れん。あるいは我々には想像もできない特異な構造の可能性もある。

ただ一つ言えるのは、ホモサピエンスの肉体のクローン自体は、人間とは異質な行動パターンから推測して、意識を持たない可能性が少なくない。人類そのもののクローンではなく、人類に手を加え、クローンの原型を作り上げたのではないかと推測されている」

「ちょっと待ってください！　ガイナスは人類が遭遇した初めての異星人です。我々もガイナスも、互いにはじめて接触した。なのに、どうしてガイナスは人類をベースにしてガイナス兵を量産できたというのですか！」

ブレンダの心の奥底で、その答えを知っている自分がいた。しかし、彼女は必死にその可能性を封印する。だがセリーヌには通用しない。

ブレンダはタオに助けを求め、彼に向き合う。しかし、筆頭執政官は表情にこそ哀しみを浮かべながらも無言を貫いていた。

司令官であるセリーヌからブレンダへという形式を重んじているからだろう。つまりここでのやり取りは、国家による公式なものということだ。

「星系防衛軍は不測の事態に備え、構成員のDNAデータを個人識別のために記録している。それで先ほど確認できた」

そしてセリーヌとタオは、青ざめたブレンダの前で敬礼する。

「本日、壱岐星系防衛軍第三管区所属、フリッツ霧島中佐の殉職が確認されました。

セリーヌ迫水第三管区司令官ならびに壱岐星系統領府筆頭執政官タオ迫水は、ここに壱岐星系防衛軍および統領府を代表し、ご家族に対して哀悼の意を表します」

あとがき

子供の頃から疑問に思っていたことに、TV・映画などで地球を侵略に来る宇宙人への疑問があった。どうして彼らは地球人より高度な技術を持っているのに、負けてしまい、そして一度負けたら、二度と地球に来ないのか。

一方で、同じ宇宙人が一年間、色々な作戦で毎週攻めてくるというパターンもあった。

結局、彼らも負けてしまうのだが。

技術的に優位な側が負けてしまう筋の通る理由を考えると、やはり兵站にあるのではないかと思う。

ほとんどの宇宙人が、自分たちが乗ってきた宇宙船（空飛ぶ円盤とか）で攻めてくる。必要な機材・物資は宇宙船に載せているものだけ。乾坤一擲で総攻撃一回はかけられるかもしれないが、手持ちの機材・物資を使い切ったらもう戦えない。母星に逃げ帰るしかないわけです。

とはいえ、攻める側も母星で相応の準備をしているわけですし、地球侵略とは要するに経済活動ですから、一度失敗したら負債しか残らない。投資は回収できないから、二度目の侵略などできようはずもない。

中には煙草の自販機に細工して、変な薬を混ぜる奴とか、若さだけ吸い取りにくる奴とかいましたが、あれも侵略コストを如何に低減するかという文脈で理解できる。地球人同士でいがみ合ってくれれば、抵抗が少ないから侵攻も安上がり。あるいは欲しいのは若さだけだから、欲しいものだけ手に入れてコスト削減というわけ。

一方で、一年間攻めてくる連中というと、海底とか地中とかに、まず秘密基地を建設する。兵站を支える拠点を用意するから、一回ぽっきりではなく、作戦が失敗しても何度でも再挑戦ができる。

兵站というのはかなり包括的な概念で、基地さえあれば十分というものではありませんが、宇宙船だけの侵攻と比べると、やはり継戦力が全然違う。

とはいえ、工業基盤も、教育機関、医療機関まで持っている地球人と比較すれば、基地があったとしても宇宙人の兵站面の劣勢は明らか。

ことほど左様に、兵站の強みは技術的劣勢を補ってくれるものなのです。

本書は、書き下ろし作品です。

小川一水作品

第六大陸1

二〇二五年、御鳥羽総建が受注したのは、工期十年、予算千五百億での月基地建設だった

第六大陸2

国際条約の障壁、衛星軌道上の大事故により危機に瀕した計画の命運は……。二部作完結

復活の地Ⅰ

惑星帝国レンカを襲った巨大災害。絶望の中帝都復興を目指す青年官僚と王女だったが…

復活の地Ⅱ

復興院総裁セイオと摂政スミルの前に、植民地の叛乱と列強諸国の干渉がたちふさがる。

復活の地Ⅲ

迫りくる二次災害と国家転覆の大難に、セイオとスミルが下した決断とは？　全三巻完結

野尻抱介作品

太陽の簒奪者《さんだっしゃ》

太陽をとりまくリングは人類滅亡の予兆か？星雲賞を受賞した新世紀ハードSFの金字塔

沈黙のフライバイ

名作『太陽の簒奪者』の原点ともいえる表題作ほか、野尻宇宙SFの真髄五篇を収録する

南極点のピアピア動画

「ニコニコ動画」と「初音ミク」と宇宙開発の清く正しい未来を描く星雲賞受賞の傑作。

ふわふわの泉

高校の化学部部長・浅倉泉が発見した物質が世界を変える――星雲賞受賞作、ついに復刊

ヴェイスの盲点

ロイド、マージ、メイ――宇宙の運び屋ミリガン運送の活躍を描く、〈クレギオン〉開幕

ハヤカワ文庫

星界の紋章／森岡浩之

星界の紋章Ⅰ—帝国の王女—

銀河を支配する種族アーヴの侵略がジントの運命を変えた。新世代スペースオペラ開幕！

星界の紋章Ⅱ—ささやかな戦い—

ジントはアーヴ帝国の王女ラフィールと出会う。それは少年と王女の冒険の始まりだった

星界の紋章Ⅲ—異郷への帰還—

不時着した惑星から王女を連れて脱出を図るジント。痛快スペースオペラ、堂々の完結！

星界の断章Ⅰ

ラフィール誕生にまつわる秘話、スポール幼少時の伝説など、星界の逸話12篇を収録。

星界の断章Ⅱ

本篇では語られざるアーヴの歴史の暗部に迫る、書き下ろし「墨守」を含む全12篇収録。

ハヤカワ文庫

星界の戦旗／森岡浩之

星界の戦旗Ⅰ―絆のかたち―

アーヴ帝国と〈人類統合体〉の激突は、宇宙規模の戦闘へ！『星界の紋章』の続篇開幕。

星界の戦旗Ⅱ―守るべきもの―

人類統合体を制圧せよ！　ラフィールはジントとともに、惑星ロブナスⅡに向かったが。

星界の戦旗Ⅲ―家族の食卓―

王女ラフィールと共に、生まれ故郷の惑星マーティンへ向かったジントの驚くべき冒険！

星界の戦旗Ⅳ―軋《きし》む時空―

軍へ復帰したラフィールとジント。ふたりが乗り組む襲撃艦が目指す、次なる戦場とは？

星界の戦旗Ⅴ―宿命の調べ―

戦闘は激化の一途をたどり、ラフィールたちに、過酷な運命を突きつける。第一部完結！

著者略歴　1962年生，作家　著書『ウロボロスの波動』『ストリンガーの沈黙』『ファントマは哭く』『記憶汚染』『進化の設計者』（以上早川書房刊）他多数

HM=Hayakawa Mystery
SF=Science Fiction
JA=Japanese Author
NV=Novel
NF=Nonfiction
FT=Fantasy

星系出雲《せいけいいずも》の兵站《へいたん》1

〈JA1340〉

二〇一八年八月二十五日　発行
二〇一八年九月　十　日　二刷

（定価はカバーに表示してあります）

著者　林《はやし》　譲《じょう》　治《じ》
発行者　早川　浩
印刷者　矢部真太郎
発行所　株式会社　早川書房

郵便番号　一〇一 - 〇〇四六
東京都千代田区神田多町二ノ二
電話　〇三 - 三二五二 - 三一一一（大代表）
振替　〇〇一六〇 - 三 - 四七七九九
http://www.hayakawa-online.co.jp

乱丁・落丁本は小社制作部宛お送り下さい。
送料小社負担にてお取りかえいたします。

印刷・三松堂株式会社　製本・株式会社川島製本所

ISBN978-4-15-031340-1 C0193

本書は活字が大きく読みやすい〈トールサイズ〉です。